简单生活，如此甚好

叶圣陶——著

中国文史出版社

图书在版编目（CIP）数据

简单生活，如此甚好 / 叶圣陶著. — 北京：中国文史出版社，2021.10

ISBN 978-7-5205-3206-8

Ⅰ.①简… Ⅱ.①叶… Ⅲ.①散文集—中国—现代 Ⅳ.①I266

中国版本图书馆CIP数据核字（2021）第202342号

责任编辑： 张春霞

出版发行：**中国文史出版社**

社　　址：北京市海淀区西八里庄路69号院　邮编：100142

电　　话：010-81136606　81136602　81136603（发行部）

传　　真：010-81136655

印　　装：廊坊市海涛印刷有限公司

经　　销：全国新华书店

开　　本：710mm × 1010mm　1/16

印　　张：17.5　　字数：284千字

版　　次：2022年2月第1版

印　　次：2022年2月第1次印刷

定　　价：59.80元

目　录

■ 第五辑　心有余闲，看山看水看朝阳

■ 第六辑　书不可以一日不读

■ 第七辑　故友旧交，三三两两

第一辑

万般滋味，皆是生活

生　活

乡镇上有一种“来扇馆”，就是茶馆，客人来了，才把炉子里的火扇旺，炖开了水冲茶，所以得了这个名称。每天上午九十点钟的时候，“来扇馆”却名不副实了，急急忙忙扇炉子还嫌来不及应付，哪里有客来才扇那么清闲？原来这个时候，镇上称为某爷某爷的先生们睡得酣足了，醒了，从床上爬起来，一手扣着衣扣，一手托着水烟袋，就光降到“来扇馆”里。泥土地上点缀着浓黄的痰，露筋的桌子上满缀着油腻和糕饼的细屑，苍蝇时飞时止，忽集忽散，像荒野里的乌鸦；狭条板凳有的断了腿，有的裂了缝；两扇木板窗外射进一些光亮来。某爷某爷坐满了一屋子，他们觉得舒适极了，一口沸烫的茶使他们神清气爽，几管浓辣的水烟使他们精神百倍。于是一切声音开始散布开来：有的讲昨天的赌局，打出了一张什么牌，就赢了两底；有的讲自己的食谱，西瓜鸡汤下面，茶腿丁煮粥，还讲怎么做鸡肉虾仁水饺；有的讲本镇新闻，哪家女儿同某某有私情，哪家老头儿娶了个十五岁的侍妾；有的讲些逸闻奇事，说鬼怪之事不可不信，不可全信。有几位不开口的，他们在那里默听，微笑，吐痰，吸烟，支颐，遐想，指头轻敲桌子，默唱三眼一板的雅曲。迷蒙的烟气弥漫一室，一切形一切声都像在云里雾里。午饭时候到了，他们慢慢地踱回家去。吃罢了饭依旧聚集在“来扇馆”里，直到晚上为止，一切和午前一样。岂止和午前一样，和昨天和前月和去年和去年的去年全都一样。他们的生活就是这样了！

城市里有一种茶社，比起“来扇馆”就像大辂之于椎轮了。有五色玻璃的窗，有仿西式的红砖砌的墙柱，有红木的桌子，有藤制的几和椅子，有白铜的水烟袋，有洁白而且洒上花露水的热的公用手巾，有江西产的茶壶茶杯。到这里来的先生们当然是非常大方，非常安闲，洪亮的语音表示上流人的声调，顾盼无禁的姿态表示绅士式的举止。他们的谈话和“来扇馆”里大不相同了。他们称他人不称“某老”就称“某翁”；报上的记载是他们谈话的资料，或表示多识，说明某事的因由，或好为推断，预测某事的转变；一个人偶然谈起了某一件事，这就是无穷的言语之藤的萌芽，由甲而及乙，由乙而及丙，一直蔓延到癸，癸和甲是绝不可能牵连在一席谈里的，然而竟牵连在一起了；看破世情的话常常可以在这里听到，他们说什么都没有意思都是假，某人干某事是“有所为而为”，某事的内幕是怎样怎样的；而赞誉某妓女称扬某厨司也占了谈话的一部分。他们或是三三两两同来，或是一个人独来；电灯亮了，坐客倦了，依旧三三两两同去，或是一个人独去。这都不足为奇。可怪的是明天来的还是这许多人；发出洪亮的语音，做出顾盼无禁的姿态还同昨天一样，称“某老”“某翁”，议论报上的记载，引长谈话之藤，说什么都没有意思都是假，赞美食色之欲，也还是重演昨天的老把戏！岂止是昨天的，也就是前月，去年，去年的去年的老把戏。他们的生活就是这样了！

上海的马路上，来来往往的，谁能计算他们的数目。车马的喧闹，屋宇的高大，相形之下，显出人们的混沌和微小。我们看蚂蚁纷纷往来，总不能相信它们是有思想的。马路上的行人和蚂蚁有什么分别呢？挺立的巡捕，挤满电车的乘客，忽然驰过的乘汽车者，急急忙忙横穿过马路的老人，徐步看玻璃窗内货品的游客，鲜衣自炫的妇女，谁不是一个蚂蚁？我们看蚂蚁个个一样，马路上的过客又哪里有各自的个性？我们倘若审视一会儿，且将不辨谁是巡捕，谁是乘客，谁是老人，谁是游客，谁是妇女，只见无数同样的没有思想的动物散布在一条大道上罢了。游戏场里的游客，谁不露一点笑容？露笑容的就是游客，正如黑而小的身体像蜂的就是蚂蚁。但是笑声里面，我们辨得出哀叹的气息；喜愉的脸庞，我们可以窥见寒噤的颦蹙。何以没有一天马路上会一个动物也没有？何以没有一天游戏场里会找不到一个笑容？他们的生活就是这样了。

我们丢开优裕阶级欺人阶级来看，有许许多多人从红绒绳编着小发辫的孩子时代直到皮色如酱须发如银的暮年，老是耕着一块地皮，眼见地利确是生生不息的，而自己只不过做了一柄锄头或者一张犁耙！雪样明耀的电灯光从高大的建筑里放射出来，机器的声响均匀而单调，许多撑着倦眼的人就在这里做那机器的帮手。那些是生产的利人的事业呀，但是……他们的生活就是这样了！

一切事情用时行的话说总希望它“经济”，用普通的话说起来就是“值得”。倘若有一个人用一把几十位的大算盘，将种种阶级的生活结一个总数出来，大家一定要大跳起来狂呼“不值得”。觉悟到“不值得”的时候就好了。

将　离

跨下电车，便是一阵细且柔的密雨。旋转的风把雨吹着，尽向我身上卷上来。电灯光特别昏暗，火车站的黑影兀立在深灰色的空中。那边一行街树，枝条像头发似的飘散舞动，萧萧作响。我突然想起：难道特地要叫我难堪，故意先期做起秋容来么！便觉得全身陷在凄怆之中，刚才喝下去的一斤酒在胃里也不大安分起来了。

这是我的揣想：天日晴朗的离别胜于风凄雨惨的离别，朝晨午昼的离别胜于傍晚黄昏的离别。虽然一回离别不能二者并试以作比较，虽然这一回的离别还没有来到，我总相信我的揣想是大致不谬的。然而到福州去的轮船照例是十二点光景开的，黄昏的离别是注定的了。像这样入秋渐深，像这样时候吹一阵风洒一阵雨，又安知六天之后的那一夜，不更是风凄雨惨的离别呢？

一点东西也不要动：散乱的书册，零星的原稿纸，积着墨汁的水盂，歪斜地摆着的砚台……一切保持原来的位置。一点变更也不让有：早上六点起身，吃了早饭，写了一些字，准时到办事的地方去，到晚回家，随便谈话，与小孩胡闹……一切都是平淡的生活。全然没有离别的气氛，还有什么东西会迫紧来？好像没有快要到来的这回事了。

记得上年平伯去国，我们一同在一家旅馆里，明知不到一小时，离别的利刃就要把我们分割开来了。于是一启口一举手都觉得有无形的线把我牵着，又似乎把我浑身捆紧；胸口也闷闷的不大好受。我竭力想摆脱，故意做出没有什么的样子，靠在椅背上，举起杯子喝口茶，又东一句西一句地谈着。然而没有用，只觉得十分勉强，只觉得被牵被捆被压得越紧罢了。我于是想：离别的气氛既已凝集，再也别想冲决它，它是非把我们拆开来不可的。

现在我只是不让这气氛凝集，希望免受被牵被捆被压的种种纠缠。我又这么痴想，到离去的一刻，最好恰正在沉酣的睡眠里，既泯能想，自无所想。虽然觉醒之后，已经是大海孤轮中的独客，不免引起深深的惆怅；但是最难堪的一关已经闯过，情形便自不同了。

然而这气氛终于会凝集拢来。走进家里，看见才洗而缝好的被袱，衫裤长袍之类也一叠叠地堆在桌子上。这不用问，是我旅程中的同伴了。“偏要这么多事，事已定了，为什么不早点儿收拾好！”我略微烦躁地想。但是必须带走既属事实，随时预备尤见从容，我何忍说出责备的话呢——实在也不该责备，只该感激。

然而我触着这气氛了，而且嗅着它的味道了，与上年在旅馆里感到的正是同一的种类，不过还没有这样浓密而已。我知道它将要渐渐地浓密，犹如西湖上晚来的烟雾；直到最后，它具有一种强大的力量，便会把我一挤；我于是不自主地离开这里了。

我依然谈话，写字，吃东西，躺在藤椅上；但是都有点儿异样，有点儿不自然。

夜来有梦，梦在车站月台旁。霎时火车已到，我急忙把行李提上去，身子也就登上，火车便疾驰而去了。似乎还有些东西遗留在月台那边，正在检点，就想到遗留的并不是东西，是几个人。很奇怪，我竟不曾向他们说一声“别了”，竟不曾伸出手来给他们；不仅如此，登上火车的时候简直把他们忘了。于是深深地悔恨，怎么能不说一声，握一握手呢！假若说了，握了，究竟是个完满的离别，多少是好。“让我回头去补了吧！让我回头去补了吧！”但是火车不睬我，它喘着气只是向前奔。

这梦里的登程，全忘了月台上的几个人，与我痴心盼望的酣睡时离去，情形正相仿佛。现在梦里的经验告诉我，这只有勾引些悔恨，并不见得比较好些。那么，我又何必作这种痴想呢？然而清醒地说一声握一握的离别，究竟何尝是好受的！

“信要写得勤，要写得详；虽然一班轮船动辄要隔三五天，而厚厚的一叠信笺从封套里抽出来，总是独客的欣悦与安慰。”

“未必能够写得怎样勤怎样详吧。久已不干这勾当了；大的小的粗的细的种种事情箭一般地射到身上来，逐一对付已经够受了，知道还有多少坐定下来执笔的功夫与精神！”

离别的滋味假若是酸的，这里又掺入一些苦辛的味道了。

客 语

侥幸万分的竟然是晴明的正午的离别。

“一切都安适了，上岸回去吧，快要到开行的时刻了。”似乎很勇敢地说了出来，其实呢，处此境地，就不得不说这样的话。但也不是全不出于本心。梨与香蕉已经买来给我了，话是没有什么可说了，夫役的扰攘，小舱的郁蒸，又不是什么足以赏心的，默默地挤在一起，徒然把无形的悽心的网织得更密罢了，何如早点儿就别了呢？

不可自解的是却要送到船栏边，而且不止于此，还要走下扶梯送到岸上。自己不是快要起程的旅客么？竟然充起主人来。主人送了客，回头踱进自己的屋子，看见自己的人。可是现在——现在的回头呢？

并不是懦怯，自然而然看着别的地方，答应“快写信来”那些嘱咐。于是被送的转身举步了。也不觉得什么，只仿佛心里突然一空似的（老实说，摹写不出了）。随后想起应该上船，便跨上扶梯；同时用十个指头梳满头散乱的头发。

倚着船栏，看岸上的人去得不远，而且正回身向这里招手。自己的右手不待命令，也就飞扬跋扈地舞动于头顶之上。忽地觉得这刹那间这个境界很美，颇堪体会。待再望岸上人，却已没有踪迹，大概拐了弯赶电车去了。

没有经验的想象往往是外行的，待到证实，不免自己好笑。起初以为一出吴淞口便是苍茫无际的海天，山头似的波浪打到船上来，散为裂帛与抛珠，所以只是靠着船栏等着。谁知出了口还是似尽又来的沙滩，还是一抹连绵的青山，水依然这么平，船依然这么稳。若说眼界，未必开阔了多少，却觉空虚了好些；若说趣味，也不过与乘内河小汽轮一样。于是失望地回到舱里，爬上上层自己的铺位，只好看书消遣。下层那位先生早已有时而猝发的鼾声了。

实在没有看多少页书，不知怎么也朦胧起来了。只有用这朦胧二字最确切，因为并不是睡着，汽机的声音和船身的微荡，我都能够觉知，但仅仅是觉知，再没有一点思想一毫情绪。这朦胧仿佛剧烈的醉，过了今夜，又是明朝，只是不醒，除了必要坐起来几回，如吃些饼干牛肉香蕉之类，也就任其自然——连续地朦胧着。

这不是摇篮里的生活么？婴儿时的经验固然无从回忆，但是这样只有觉知而没有思想没有情绪，该有点儿相像吧。自然，所谓离思也暂时给假了。

向来不曾亲近江山的，到此却觉得趣味丰富极了。书室的窗外，只隔一片草场，闲闲地流着闽江。彼岸的山绵延重叠，有时露出青翠的新妆，有时披上轻薄的雾帔，有时不知从什么地方来了好些云，却与山通起家来，于是更见得那些山郁郁然有奇观了。窗外这草场差不多是几十头羊与十条牛的领土。看守羊群的人似乎不主张放任主义的，他的部民才吃了一顿，立即用竹竿驱策着，叫它们回去。时时听得仿佛有几个人在那里割草的声音，便想到这十头牛特别自由，还是在场中游散。天天喝的就是它们的奶，又白又浓又香，真是无上的恩惠。

卧室的窗对着山麓，望去有裸露的黑石，有矮矮的松林，有泉水冲过的涧道。间或有一两个人在山顶上樵采，形体藐小极了，看他们在那里运动着，便约略听得微茫的干草瑟瑟的声响。这仿佛是古代的幽人的境界，在什么诗篇什么画幅里边遇见过的。暂时充当古代的幽人，当然有些新鲜的滋味。

月亮还在山的那边，仰望山谷，苍苍的，暗暗的，更见得深郁。一阵风起，总是锐利的一声呼啸一般，接着便是一派松涛。忽然忆起童年的情景来：那一回与同学们远足天平山，就在高义园借宿，稻草衬着褥子，横横竖竖地躺在地上。半夜里醒来了，一点儿光都没有，只听得洪流奔放似的声音，这声音差不多把一切包裹起来了；身体颇觉寒冷，因而把被头裹得更紧些。从此再也不想睡，直到天明，只是细辨那喧而弥静静而弥旨的滋味。三十年来，所谓山居就只有这么一回。而现在又听到这声音了，虽然没有那夜那么宏大，但是往后的风信正多，且将常常更甚地听到呢，只不知童年的那种欣赏的心情能够永永持续否……

这里有秋虫，有很多的秋虫，本来没有秋虫的地方到底是该诅咒的例外。躺在床上听听，真是奇妙的合奏，有时很繁碎，有时很凝集，而总觉得恰合刚好，足以娱耳。中间有一种不知名的虫，它们的声音响亮而漫长，像一种弦乐，而且引起人家一种想象，仿佛见到一位乐人在那里徐按慢抽地拉奏。

松声与虫声渐渐地微淡微淡，终于消失了……

仓前山差不多一座花园，一条路，一丛花，一所房屋，一个车夫，都有诗意。尤其可爱的是晚阳淡淡的时候，礼拜堂里送出一声钟响，绿荫下走过几个张着花纸伞的女郎。

跟着绍虞夫妇前山后山地走，认识了两相仿佛的荔枝树与龙眼树，也认识了长髯飘飘的生着气根的榕树，眺望了我们所住的那座山，又看了胭脂似的西边的暮云，于是坐在路旁的砖砌的矮栏上休息。渐渐地四围昏暗了，远处的山只像几笔极淡的墨痕染渍在灰色的纸上。乡间的女人匆匆地归去，走过我们身边，很自然地向我们看一看。那种浑朴的意态，那种奇异的装束（最足注目的是三支很长的银发钗，像三把小剑，两横一竖地把发髻拢住，我想，两个人并肩走时，横插的剑锋会划着旁人的头皮），都使我想到古代的人。同时又想，什么现代精神，什么种种的纠纷，都渺茫得像此刻的远山一样，仿佛沉在梦幻里了。

中秋夜没有月，这倒很好，我本来不希望看什么中秋月。与平常没有月亮的晚上一样，关在书室里，就美孚灯光下做了一点功课，就去睡了。

第二天的傍晚，满天是云，江面黯然。西风震动窗棂，“吱嘎”作响。突然觉得寂寥起来，似乎无论怎样都不好。但是又不能什么都不，总要在这样那样里占其一，这时候我占的是倚窗怅望。然而怅望又有什么意思呢?

绍虞似乎有点儿揣度得出，他走来邀我到江边去散步。水波被滩石所挡，激触有声。还有广遍而轻轻的风一般的音响平铺在江面上，潮水又退出去了。便随口念旧时的诗句：“潮声应未改，客绪已频更。”七年以前，我送墨林去南通。出得城来，在江滨的客店里歇宿候船，却成了独客。荒凉的江滨晚景已够叫人怅怅，又况是离别开始的一晚，真觉得百无一可了。聊学雅人口占一诗，借以排遣。

现在这两句就是这一首诗里的。唉，又是潮声，又是客绪！

所谓客绪，正像冬天的浓云一般，风吹不散，只是越凝集越厚，散步的药又有什么用处。回到屋里，天差不多黑了，我们暂时不点火，就在昏暗中坐下。我说："介泉在北京常说，在暮色苍茫之际，炉火微明，默然小坐，别有滋味。"绍虞接应了一声就不响了。很奇怪，何以我和他的声音都特别寂寞，仿佛在一个广大的永寂的虚空中，仅仅荡漾着这一些声音，音波散了，便又回复它的永寂。

想来介泉所说的滋味，一定带着酸的。他说"别有"，诚然是"别有"，我能够体会他的意思了。

点灯以后，居然送来了切盼而难得的邮件，昨天有一艘轮船到这里了。看了第一封，又把心挤得紧一点。第二封是平伯的，他提起我前几天作的一篇杂记，说："……此等事终于无可奈何，不呻吟固不可，作呻吟又觉陷于怯弱。总之，无一而可，这是实话。……"

似乎觉得这确是怯弱，不要呻吟吧。

但是还要去想，呻吟为了什么？恋恋于故乡么？故乡之足以恋恋的，差不多只有藕与莼菜这些东西了，又何至于呻吟？恋恋于鹁鸽箱似的都市里的寓居么？既非鹁鸽，又何至于因为飞开了而呻吟？老实地说，简括地说，只因一种愿与最爱与同居的人同居的心情，忽然不得满足罢了。除了与最爱与同居的人同居，人间的趣味在哪里？因为不得满足而呻吟，正是至诚的话，有什么怯弱不怯弱？那么，又何必不要呻吟呢？

呻吟的心本来如已着了火的燃料，浓烟郁结，正待发焰。平伯的信恰如一根火柴，就近一引，于是炽盛地燃烧起来了……

从墓似的人间

上海有种种的洋房，高大的，小巧的，红得使人眼前晕眩的，白得使人悠然意远的，实在不少。在洋房的周围，有密叶藏禽的丛树，有交枝叠蕊的砌花，凉椅可以延爽，阳台可以迎月。在那里接待密友，陪伴恋人，背景是那样清妙，登场人物又是那样满怀欢畅，真可谓赏心乐事，神仙不啻了。但是我不想谈这些人和他们的洋房，我要引导读者到狭窄的什么弄什么里去。

在内地有这么一个称谓，叫作“上海式房子”，可见这种房屋的式样是起源于上海而流行到内地去的。我想，再减省不得再死板不过的格局，要数上海式的房子了。开进门去，真是井一样的一个天井。假如后门正开着，我们的视线就可以通过客堂，直望到后面一家人家的前门。客堂后面是一张峭直的扶梯，好让我们爬上楼去。最奇妙的，扶梯后面还不到一楼一底的高度，却区分为三，上是晒台，中称亭子间，下作灶房。没有别的了，尽在于此了。倘若要形容家家相同的情形，很可以说就像印版文字那样，见一个可以知道万万。住在这种房屋里的人们，差不多跟鸽子箱里的鹁鸽一样，一对对地伏在里边就是了，决说不到舒服，说不到安居，更说不到什么怡神悦性的佳趣。但是，假如一对夫妇能占这么一所房屋，他们就是十二分的幸运者，至少可以赠给他们“准贵族”的称号了；更有无量数的人，要合起好几对来，还附带各家的老的小的，才得以占这样一所房屋，他们连鹁鸽都不如呢！

最大的限度，这样一所房屋可以住七八家人家。待我指点明白，读者就不会以为是奇闻了。客堂以及楼面各用板壁划分为二，可以住下四家，这是天经地义，所以平淡无奇。亭子间可以关起门来自成小天地，当然住一家。各家的饭都在自己的领域里做，那么灶房里也可以住一家。在晒台顶上架起些薄板，只要像个形式，不管风来受冷，雨来受淋，就也可以住一个单身汉或者一对孤苦的老夫妇。再在楼板底下，客堂后半间的上面，搭成一个板阁，出入口就开在扶梯的半腰里，虽然出进非爬不可，虽然陈设不下什么床铺，两三个“七尺之躯”还容得下，所以也可以住一家。这不是八家了么？

情形如此，我们还称这是一所房屋，似乎不很适当了。试想夜深入睡的时候，这里与那里，上层与下层，都横七竖八躺满了人，这不是与北城郊外，白杨树下，新陈错杂的丛墓相仿佛么？所不同的，死人是错乱纵横躺在泥土之中，这些睡着的人是错乱纵横躺在浑浊不堪而其名尚存的空气之中罢了。

丛墓里的死人永远这样躺着，错乱纵横倒还没有什么关系，这些睡着的人可不然，他们夜间的墓场也就是白天的世界。一到晨梦醒来，竖起身子，大家就要在那里做种种活动；图谋生活的工作，维持生活的杂务，都得在这仅够横下身子的领域里干起来。他们只有身体与身体相摩，饭碗与便桶并列，坐息于床铺之上，烧饭于被褥之侧；今天，明天，今年，明年，直到永远！

在这个领域里实在也无从整理，当然谈不到带着贵族气息的卫生。苍蝇来与他们夺食，老鼠来与他们同居；原有的窗户因为分家别户不免少开几扇，一部分清新的空气就给挡驾了，于是疾病之神偷偷地溜了进来。这家煨破旧的泥炉，那家点无罩的煤油灯，于是祝融之神默默地在那里相度他的新领土。小孩在这个领域里产生出来，生活过来，不是面黄肌瘦，软弱无力，就是深深印着这么一个观念，杂乱肮脏就等于生活，于是愚蠢者卑陋者的题名册上又要添上许多名字。总之，这活人的丛墓面前清清楚楚标着这样几个无形的大字，就是“死亡，灾难，愚蠢”。

是谁把这什么弄什么里化成丛墓的呢？是谁驱使这许多人投入丛墓的呢？这些真是极其愚笨的问题。人家出不起独占一所屋子的钱，当然只好七家八家合在一起住。所以，如果要编派处分，谁也怪不得，只能怪住在丛墓里的人自己不好，你们为什么没有富足的钱！你们如果怪房东把房价定得太贵，房东将会回答你们说：“我是将本求利的，这房屋的利息是最公道的呢。我并不做三分息四分息的营生。你们不送我个‘廉洁可风’的匾额，倒怪起我来了么！”你们如果去怪市政机关没有限制，没有全盘的规划，市政机关会回答你们说：“就因为我们没有限制，你们才有个存身之处。有了限制，你们只好住到郊野去了！至于空阔舒畅的房屋尚没有人住的，某处有一所美国式的洋房，某处有一所带花园的别墅，某处某处有什么什么，你们为什么不去买来或租来住呢？”他们都不错，只有你们错，你们为什么没有富足的钱！

为千错万错的人们着想，只有两条路。其一，回复到上古的时代，空间跟清风明月一样，不用一钱买，在山巅水涯自由自在地造起房屋来。其二，提倡货真价实到二十四分的精神生活，尽管七家八家挤在一起，但是天理可以胜人欲，妙想可以移实感，所以大家能优游自适，无异处高堂大厦。

假如既已出了轨的世运的车是继续向前奔驶的，那么回复到原来的轨道是没有希望了，第一条路通不过去了。假如理学不昌，生活不能不依赖物质，那么七家八家死挤，总是莫大的悲哀，第二条路又通不过去了。

这似乎颇有点绝望。但是也不尽然。平心而论，同是一个人，所占空间应该是同样大小，没有一个人配特别占得多，也就没有一个人该特别占得少。你能说出谁配多占谁该少占的理由么？能够做到所占均等，能够做到人人得有整洁舒适的居所，那么，丛墓就恢复为人间了。这绝不是开起倒车，退到歧路那儿，然后郑重前进的办法所能办到的。这须得加速度前进，飞越旧的轨道，转上那新的轨道。

什么事情的新希望都在于转上新的轨道。困在丛墓中而感到悲哀的人们，就为这一点悲哀，已经有奔向新的轨道的必要了。

苍 蝇

住在这里里，第一件不如意的事要数苍蝇的纷扰了。晨光才露，我们还没有起来，就听见昏昏的嚷嚷之声。等到一开门，又扑头扑面地飞进许多新客，它们与隔宿留在这里的旧客合伙，于是嚷嚷之声使你心烦意乱，不知如何是好。

市上的苍蝇拍脆弱得可怜，用不到两三天便纱穿柄脱，只剩三四分的效用了。妻不愿意再买，自己去买了一方铁纱，手制成三个苍蝇拍，那铁纱颇结实，拿着虽觉重一些，而所向必能奏功，那是不待试验的。于是妻一个，母一个，孩子也是一个，捕蝇队居然组织起来了；别的都不管，一心一意只在于拍，拍，拍，差不多半天工夫才停手。地上的蝇尸足有一酒杯的容积，若在夸耀武功的人，这也足以"取其鲸鲵而封之，以为京观"了。又把吃饭的桌子储菜的橱子以及地板都用水冲过抹过，以免招引未来的新客。这时候耳根特别清静，脸上手上也没有刺得痒痒的感觉，大家很安适。

但是，我家没有富翁准富翁家里所有的铁纱门窗。出进是不得不开门的，为要透气，窗又不得不开着；不多一会儿工夫，不招自至的新客又从门外窗外飞进来了。起初只略见几个在眼前掠过，继而就成轻微的营营，终于是不可堪的骚扰了。

于是捕蝇队继续努力，不休不歇，只是拍，拍，拍。

这样经过了三五天，妻觉得无聊了：几个人什么也不做，却一天到晚不得空，只是拿着这劳什子拍，拍，拍，算个什么呢！她提议改用捕蝇纸，以为这是以逸待劳，而且或许可以一网打尽的办法。那一天我到租界去，就买了几张捕蝇纸回来。

捕蝇纸上确乎粘住不少苍蝇，到处横飞的现象也似乎觉得好些。至于一网打尽，却还远之又远。那些苍蝇不飞到铺着蝇纸的地方去，犹如野兽在没有陷阱的地方逍遥，就奈何它们不得。有些已经走近了那纸的胶质，用口器或前脚轻轻去探一探，就振翅飞去了。看它们那样轻捷的姿态，似乎故意表示警觉与狡狯。捕蝇纸对它们自然是失败了。为补救这等缺点起见，捕蝇队还是不能退伍，还是要常常拿起这劳什子来拍，拍，拍。

这个里在去年还是一片荒地，是粪尿废物的积聚所。苍蝇曾在这一片地上有过一段繁盛的历史，那是可想而知的。自从房屋落成，道路铺好以后，我想去冬未死的老苍蝇定有今昔之感了。幸而还有几个垃圾桶，它们可以在那里长养子孙，绵延族类。里中住户大概是“多一事不如少一事”之流，他们开了桶盖，倒了垃圾，转身就走，桶盖就让它开着。他们家里吃了饭或是瓜果，所有骨壳皮核渣滓之类就随手向门外丢，省却一番洒扫的麻烦。这对于苍蝇实在是无上功德；它们在垃圾桶里闷得慌，桶盖开着，就可以自由自在出来看看广大的世界；它们没有可口的东西吃，无谓游行也未必有趣，骨壳之类遍地，就无往而不写意了。安知那营营的声音里，它们不是在唱“被人类劫夺了的领土，现在光复了”的得胜歌呢。

我们觉得苍蝇可厌，希望它们不要来骚扰我们，根本的办法，自然在于做到这里里没有苍蝇。简单想想，似乎这一点不难办到。凡是苍蝇的发祥地，如垃圾桶之类，都给它倒些杀虫药水，垃圾桶盖每开必关，骨壳之类一定要倒在垃圾桶内，以免游行的苍蝇饱吃和追逐；捕蝇拍和捕蝇纸家家必备，有飞进门来的，总不让它侥幸生还：这样，不消半个月工夫，就可以做到一个苍蝇都没有了——这算得难办的事么？

怎么能约齐家家户户一起合作呢？这似乎不成问题；我们想起了这办法，就由我们向邻居传说，这是最方便不过简单不过的。除尽了苍蝇，大家舒服，不光是我们一家受到好处，哪会有不赞成的道理？

但是，我们的经验开口了：“不然，大不然。你劝他们把垃圾桶盖关了，他们说偏不高兴关，你怎么样？你劝他们不要把骨壳等物丢在路上，他们说偏爱这么丢，你怎么样？你劝他们扑灭苍蝇，买拍子，买灭蝇纸，他们说没有这等闲钱闲工夫，或者爽性回答你一句，他们不怕什么苍蝇，你又怎么样？所以约齐家家户户一起合作，不过是个梦想罢了！”

经验的那种老练的腔调每足使希望的心爽然若失；它这样说，我们的办法不就等于无法么？“这个里将永远是苍蝇的世界，”我们想，“澄清既无望，还是搬到别处地方，没有苍蝇的地方去住罢。”

但是，这实在是腐败的不道德的思想！我们搬走了，不是就有一家搬来住么？我们怕苍蝇，所以要搬走，却让给了后一家，难道他们就命该受苍蝇的累么？譬如吃一样东西，我们尝了一点儿，发现这是含毒的，就吐掉嘴里的，丢掉手里的，自顾自走开了。人家不知道，捡起地上的东西，无心地大嚼起来，结果不是牺牲一命，就是沉疴三月，这不是我们的罪恶么？所以凡是尝到了毒物，最正当的办法是先把毒物消灭净尽，再进一步，想法制成无毒有益的东西供大家吃；倘若舍此不图，就是腐败，就是不道德！而搬到别处去住的思想正与随手丢掉毒物的情形相仿佛，这怎么能要得！由此类推，住在上海地方的人说上海太污浊，须得离开它，住在中国地方的人说中国太不堪了，须得抛弃它，也同样是腐败的不道德的思想。唯其污浊，唯其不堪，我们一定要住在这里，使它干净，使它像样，是我们最低限度的责任；改造成个灿烂的上海，涌现出个庄严的中国，是我们进一步的努力。到了那个时候，情形又不同了，高兴住的当然住下，想换换空气的就不妨离开，因为与道德不道德的问题没有关系了。

话说开来了，现在回过来：总之，搬到别处去的办法是要不得的。那么，装起铁纱的门窗来，行么？我们并不主张还淳返朴，现在固然未必装得起，可是确乎希望有一天家家户户装起铁纱门窗来。然而，即使家家户户装起了铁纱门窗，若不从扑灭苍蝇这方面下手，苍蝇还是要猖狂的，它们进不进我们的居屋，就在路上扑头扑面地飞舞，偶尔闪了进来，就像进了养老院，终身隐居于此了。

至此，我们可以制定一句格言：“我们嫌苍蝇讨厌，只有一法，就是扑灭它们。”

而单独扑灭之不能收效，我们的经历已经证明了；所以上面的格言还得修正为以下的说法：“我们嫌苍蝇讨厌，只有一法，就是联合邻里共同扑灭它们。”

这真像苏州城外坐马车，绕了一个圈子，依旧回到原地方了。我们的经验不是已经说过，这是个梦想么？

不错，我们的经验确曾这么说。但是，一切梦想如能不致发生，发生之后如能马上消散，那自然没有什么，设或不能，梦想在前头诱引着，我们在这里可望而不可即，总是一种莫甚的懊丧。这只有奋力向前，终于跨进梦想的实境，把经验先生的见解修正一下，才能彻底排除这种懊丧。除此之外，再没有丝毫的办法，唯有终于懊丧而已。

所以我们要扑灭苍蝇，想联合邻里通力合作，虽然被经验先生嗤为梦想，我们却只有走这一条路。怀着梦想的既是我们，当然先由我们向邻里们一一传告。这当儿，“偏要这样，不高兴那样”的回声是必然会有的，但这算得了什么！给孩子们吃药，不是总回你个哭脸么？我们还是凭我们的真诚与理由，锲而不舍地向他们陈诉。总有一天，他们会觉得垃圾桶是非关不可的，骨壳等物是非当心收拾不可的，买蝇拍灭蝇纸并非浪费的开支，拍拍苍蝇并非无聊的消遣，总而言之，他们也觉得苍蝇是必须扑灭的了。于是通力合作，处处注意，不消半个月，苍蝇就可以销声绝迹。于是在这原先苍蝇猖狂的里中，也得享受没有一个苍蝇的欢乐。

这当然是大众的舒服。然而我们得以享受这舒服，不得不感激邻里们的明达与努力；因为他们是我们仅有的伙伴，如果他们不明达不努力，灭尽苍蝇依然只是我们的梦想。

说了一大堆话，苍蝇还是三三五五在眼前飞舞着。但我们的路是决定了，其要旨如上述，今后就照此做去。

末了想蛇足地说一句：扑灭苍蝇是如此，扑灭类似苍蝇的任何事物，也是如此，唯有去找我们仅有的伙伴，唯有靠着伙伴们的明达与努力。

再蛇足一句：一个人如其不能够扑灭里里的苍蝇，再也不用抱着扑灭类似苍蝇的东西的梦想了——因为无非徒然抱着个梦想而已。

希　望

希腊神话里这样说：天上众神之王宙斯派他的使者曼克莱送一个女子到地上来，随后又派曼克莱带来一只小箱子，寄存在那女子和她的男子同居的地方。那女子见这只雕镂精致的箱子没有锁，只用一条金索捆着，很想解开来看一看。但是她的男子不同意偷看别人的东西，劝她不要多管闲事。她难过极了，几乎忘了一切，总想看一看才好。当她一个人在房里的时候，听见箱子里发出一阵声音，越来越清楚，原来在喊她的名字，求她援救。她再也忍不住了，同时外面有脚步声，来的一定是她的男子，等他跨进门来就要被他阻止，她就急忙解掉金索，揭开箱盖。仅仅开到一条缝那么宽，里面就冲出来一群长着翅膀的小东西，一会儿四处飞散了。这些小东西是制造烦恼的专家，其中有病魔，有罪魔，有战魔，有仇恨嫉妒的恶魔，于是世界上开始有烦恼了。那女子自知闯了一场大祸，非常懊悔，只要有什么法子可以补救，她都愿意去做。正当她吓得放手的时候，箱子就关上了，里面又有一阵呼声送出来，说："只要放我出去，我能医治你们的痛苦。"那女子又惊又喜，又怀着疑心，但是除了姑且试一试没有别的办法。最后放出来的那个小东西却是好的，名叫"希望"。他能补救他的同伴们的过失。世界上受到他的同伴们的蹂躏而感到烦恼的，一遇到他，就能够产生新精神，勇于向前干。"希望"这个小东西真值得称颂啊！

现在讲一个老鼠的家族。这个家族并不繁盛，计有公鼠两名，母鼠四口，其中大的一公一母是夫妇，其余都未成年，是他们的儿女。大概"希望"这个小东西是墨子的信徒，他安慰了世界上的人，也不肯亏待世界上的老鼠。这个老鼠家族受到他的安慰，恬适地过日子，直到最后。故事如下；

“痒啊，痒”。一只小公鼠索索地牵动着身躯说。

“我这张皮要是能够撕下来倒还舒服些。”一只小母鼠项颈的部分痒得最厉害，不住地旋转她的头。

“蚤虱这东西最乖觉不过，嘴咬过去，就不知钻到哪里云了！”又一只小母鼠这么说，随后又低下头去向胸腋间一口口地咬。

“没有办法，痒啊，痒。”小公鼠翘起细长的尾巴在自己背上只是抽。

老公鼠伏在暗角里，全身都隐没不见，只有两颗眼珠子闪出一点儿光。他沉静地说道：“我难道不痒么？我也同你们一样地痒。只因闹也没有用．不如定心养养神的好，所以半个字也不说。”

“不错，”一群小鼠赞同地想，“闹也没有用。我们闹我们的，蚤虱咬它们的，有什么办法呢？还是定心养养神来得受用些。”但是痒究竟熬不大住，他们仍旧浑身牵动着。

“我倒有一个希望在这里。”老公鼠不要紧地表示他的意见。

“希望！”一群小鼠都像刚刚畅搔了一阵，觉得异常松爽，齐声喊了出来。

“我想，我们要捉尽蚤虱，应当请求那只白猫帮助。他身上也生过蚤虱，但是现在都给他捉光了。他的眼力，他的趾爪，我们向来是佩服的，他又有了新的经验，不找他还找谁！他会不会欺侮我们，我想大概不至于，他的脸没有一刻不在笑呢。我们希望着吧，只希望他答应为我们干这件事。”

像通了电似的，霎时间母鼠和一群小鼠心里都存着这个希望，痒的事情仿佛微不足道了。

不一会儿，那只白猫来了。他嘴里衔着一段“油炸桧”，四面看了看，放下嘴里的油炸桧，“妙乎妙乎”地叫几声，声音挺柔和挺妩媚。雪白的脸的确在那里笑——鼠的家族大家都觉得他在那里笑。

油炸桧唤起了鼠的家族饥饿的感觉。大家觉得动嘴巴的事儿远在好些时候以前了。在这一角地方，一点儿储藏也没有，花生米屑，饼干屑，熏鱼骨头以及其他等等，统统都搜得光光了；而突然感觉的饿却来得特别厉害，竟有点忍受不住的样子。于是请求代捉蚤虱的事暂搁，大家都默默地不动。

油炸桧在白猫的嘴里像棍棒似的舞动，原来白猫要把它玩弄一番再吃，这就可见他颇有吃东西的艺术了。鼠的家族个个看得清楚，禁不住一口一口咽唾沫，肚子里一阵阵地作怪。

老公鼠暗自想：“他大概吃得正饱，吃不下了。分给我们一点儿，看他那副慈善的样子，未必不肯答应罢。”

“妙乎！”白猫叫了一声。

“他答应了。”老公鼠心里一喜，好像已吃了半顿，因为希望的明灯挂在他前面了。他就用他的鼠须触触他的夫人和一群孩子，表示他的欢喜。

母鼠和一群小鼠其实并不知道他心里的欢喜，但是大家都对他点点头，表示能够领会。他们以为他想的该是这个意思：白猫吃油炸桧一定会有小块残屑掉下来，那就是我们的好处了。他们本来就这么想，现在一家之主也这么想，可见这是大可希望的希望了，于是大家也好像已经吃了半顿。

白猫开始嚼他的油炸桧。

不知是哪一只鼠希望太盛，欢喜得忘形了，身体一动，发出索索的声音。

白猫连忙放下油炸桧，突然袭击过来，一口衔住那只老公鼠，一只右前脚抓住了他的夫人。四只小鼠吓得浑身麻木了，八只眼睛直望着那笑着的猫脸，僵僵地，仿佛是烂泥塑成而晒干了的群象。

所有的希望统统飞去了。

但是，新的希望像魔术一样马上又出现了。老公鼠横在白猫的嘴里，觉得白猫的牙齿咬得不十分紧，就想：“希望你咬得再松点儿，不然，就像现在这样也还受得住。”母鼠伏在白猫的脚爪下，她想：“希望你不要弄破我这件皮外套。”四只小鼠大致相同地这样想：“够了，希望你不要来衔我们抓我们吧！”

希望越浓，恐怖越来越淡，像秋天的轻云一般终于消散无存。

“希望”安慰生灵，使生灵无时无刻不觉得恬适，又能安慰生灵直到临命终时也不作已经到了绝路之想。这小东西真值得称颂啊！

无谓的界线

前几天和几位朋友喝酒。一位朋友新近完成他的恋爱，正在计划同居的事。大概他周询博访已经好多回了，这一天问到我，他以为仪式总是要的，但是用怎样的仪式，繁呢，简呢，尊长本位呢，新人本位呢，那是应该考虑的。

我还没有回答出来，另一位朋友先开口了。他已经是中年人，因为生活负担和职业的缘故，头发变成了灰白色；近视眼几乎到了极度，眼镜的两片凹玻璃就像两个鼻烟盆。去年初冬，他为他儿子完了婚，大概他自以为对于结婚的事是熟悉的，禁不住这么说：

“当然从新式。借旅馆也行，借花园也行。能简便最好，免得许多麻烦和浪费。可是回到家里见尊长是一定要行礼的，非磕头不可！去年我的小儿结婚，他们就是磕头的。”

“为什么？”我自言自语，又似乎问他。

“这是报答。”

“报答！”对于他那伸出手臂大呼“拿谢仪来”的态度我颇有点反感，我知道谢仪是只有馈赠没有索取的。

“的确应该报答，尤其是我那个小儿。他在学校里念书，忽然病起来了，是严重的神经衰弱，这当然是用功过度引起的，我就接他回家养病。接连几个月病不见好，妻悄悄地向我开口了：‘你知道他的病怎么来的？’‘他用功过度了。’‘用功过度？一点儿也不相干。他不敢对你说，却对我透露了，他不要定下了的亲……’我明白了，那学校里外国校长的几个女儿常常跟学生们拍网球，那些同学又很有几个结交女朋友的，这些事情影响到我的小儿了。”

“我知道这是个重要的时机，错过了这个时机，事情就要弄糟了。可是我决不能损伤父亲的尊严，我仍然若无其事的样子，只让妻去暗示儿子，要他赶快结婚，一面向女家去说，晓以利害，要他们答应在这时期把女儿送来。女儿送来了，一切侍奉的事都移交给她。儿子的病果然渐渐地好起来了。我就给他们结婚，小夫妻非常亲密，一点没有什么——我是知道的，临到这样的时机，只有赶快把他们牵合在一起，牵合在一起就什么事情都没有了。”

他端起酒杯呷了一口酒，得意地说：“他们两个不该给我磕个头么？不过我没有坐下来受他们的头，我和妻只站在椅子旁边。这也是谦逊的意思。”

记得去年的《妇女杂志》有过一回讨论，《结婚是否必须有相当的仪式？》参加讨论的几位中间，似乎只有一位主张要仪式的。但是这一位没有举出“报答”来做他的理由，也没有说仪式中间必须有“磕头”一项。像我的那位中年朋友，虽然和我们在一家酒店里促膝聚饮，虽然和我们有多年的友谊，丝毫没有恶感，可是无形的绳索或是不可见的围墙把他束缚或是圈禁在另一个世界里。他的世界既然和我们的不同，那么他要仪式，要磕头的仪式，我们就不便讥笑他、议论他了。我们能够讨论的，只有在我们的世界以内的事情。

在我们的世界以内，差不多没有一个人不承认结婚必须有恋爱的。这句话的含义是：倘若没有恋爱，就是郑重其事大举结婚的仪式也不相干。换句话，要是真的两相恋爱，就是一点仪式没有也不要紧。讨论这个问题主张不要仪式的人，据我看来，不外乎把这一点意思敷陈开来，说得比较充畅而已。我也只能这样想，免得雷同，所以不再敷陈了。

我在这里这样问：“结婚是什么？”

谁都要笑我的这个提问，鄙夷不屑地回答：“这还用问，结婚不就是男女两个共同生活么？”

不错，男女两个共同生活，我早就知道了。但是请问，共同生活是结了婚才开始的么？男女两个由初次见面到发生感情，到爱好，到热恋，这中间互诉爱慕不知多少回，互倾心曲不知多少回，互帮互助做成大事或者小事不知多少回，相伴相携游山玩水吃东西看电影等等又不知多少回。在这样的时候，两颗心交融了，不感到彼此的差别，只觉得必须这样地合在一起才是完美的整体。要是说这不是共同生活，不但我不承认，这男女两个首先要表示反对了。那么，结婚就是男女两个共同生活这句话未免有点不切实了。

我再在这里问："结婚之后还是互相恋爱么？"

恋爱的火正燃烧着的男女们必然高声回答："还是互相恋爱，直到海枯石烂！"

这是的确的，假如结婚之后就此不恋爱，结婚真成恋爱的坟墓了。这就可见恋爱像一条无穷无尽而时刻有新意味新境界的通路。除非不走上这条路，一走上这条路就永远前进，以恋爱始，也以恋爱终。我们在地球仪上画出经纬线，为的是便于指认。在无穷尽的恋爱的路程上，也给它画上一条界线叫作"结婚"，这算什么呢？

结婚这个词儿既不足以包括男女两个的共同生活，把它作为恋爱路程上的界线又用不着，那么，到底含的什么意思呢？老实说，就只表示男女两个发生肉体关系。说他们今天结婚，就像说他们两个将要发生肉体关系了，说这是结了婚的一对，就像说他们两个已经发生过肉体关系了。依我愚见，发生肉体关系是极其平常的事，是恋爱路程中的一个境界，走走走走自然会走到那里的。既是恋爱的一对，已经临近这个境界，如果不违背卫生学的条教，对于这意外而又意内的事又有了适当的准备，那就无妨任其自然地跨进去，就像两只手相携，两个头相偎一样。其他的事如有没有结婚之类，当然是不用问的了。要是在时间上画一条界线，标明从此开始发生关系，这样的不自然，这样的看得特异，是嫖客跟娼妓的事，从前叫作"梳栊"，现在窑子里叫作"点大红蜡烛"，绝不是恋爱的一对的事。但是，结婚这个词儿却有和"梳栊"之类同样腐朽的气味。

把发生肉体关系这件事看得特异，大概也是我们很远很远的祖先的"蛮性的遗留"。人类学者一定能明白地告诉我们，当时这族的女子抢了他族的男子，或者这族的男子劫了他族的女子，而至于发生肉体关系，那抢劫者对于被抢劫者就有"这是我的东西"的想头。那是多么不平常的事呀，所以在发生关系之前，或者在发生关系之后，要举行一种仪式，歌呼跳叫，表示于众。一是夸耀"这是我的东西"；二是警告他人"这是我的东西，你们不得染指"。其唯一的根据，就在发生肉体关系这件事上。那怎么能不把这件事看得特异呢？

世界进化，本来是抢劫的已经进化到互相恋爱，本来是"我的东西""你的东西”已经进化到“同心一体”。彼此都不是物品，就没有所谓夺过来的光荣；真正是互相爱着，就没有让谁插进一个足趾来的危险，还有什么值得夸耀必须警告的呢？从此可见嚷着结婚这个词儿的，无非表示他自己不爱思索，只是盲目地保存着远古残余的习性而已。

所以，是昂起头挺起胸来的人，是愿意过合理的生活的人，不但不要结婚的仪式（磕头不要，三鞠躬不要，茶话会也不要），并且不要结婚这个词儿。始于恋爱，终于恋爱。

不受传统观念的拘束，能自趋于合理的生活，这是真正的道德。至于没有了结婚这个词儿，没有了什么仪式，就会扰乱社会，给人们以坏影响，我实在想不出其所以然，所以我不相信。

本来想到此为止了，忽然记起传闻的一位小姐的话。当人家谈起某某男女两个的时候，她“若将浼焉”地嗤之以鼻说：“喝，他们跟店家一样，是先行交易的！”

这男女两个曾否先行交易，我们无从查考，好在也不必查考。只是这位小姐不问别的，如相爱不相爱之类，偏偏注目于“交易”，已经够别致了，而又深恶痛绝于那个“先”字，特地加上含有春秋笔法的一声“喝”尤其值得玩味。

原来这位小姐又是另外一个世界里的人。在她的世界里，相爱不相爱是废话，男女的关系是“交易”。在正式开张以前而“交易”是不道德，正式开张之后呢，“交易”是唯一的天经地义。她认为这样的世界最合适，所以她“待价而沽”，所以她讥贬“先行交易”。

在她的世界里，正式开张的重要不言可知。我替他们想，不但结婚这个词儿不可无，而且必须大磕其头才行，因为头磕得越响越见得郑重，越见得真个正式开张了。

我坐了木船

从重庆到汉口，我坐了木船。

木船危险，当然知道。一路上数不尽的滩，礁石随处都是。要出事，随时可以出。还有盗匪——实在是最可怜的同胞，他们种地没得吃，有力气没处出卖，当了兵经常饿肚子，没奈何只好出此下策。假如遇见了，把铺盖或者身上衣服带了去，也是异常难处的事儿。

但是，回转来想，从前没有轮船，没有飞机，历来走川江的人都坐木船。就是如今，上上下下的还有许多人在那里坐木船，如果统计起来，人数该比坐轮船坐飞机的多得多。人家可以坐，我就不能坐吗？我又不比人家高贵。至于危险，不考虑也罢。轮船飞机就不危险吗？安步当车似乎最稳妥了，可是人家屋檐边也可能掉下一片瓦来。要绝对避免危险就莫要做人。

要坐轮船坐飞机，自然也有办法。只要往各方去请托，找关系，或者干脆买张黑票。先说黑票，且不谈付出超过定额的钱，力有不及，心有不甘，单单一个“黑”字，就叫你不愿领教。“黑”字表示作弊，表示越出常轨，你买黑票，无异帮同作弊，赞助越出常轨。一个人既不能独个儿转移风气，也该在消极方面有所自守，帮同作弊，赞助越出常规的事儿，总可以免了吧。——这自然是书生之见，不值通达的人一笑。

再说请托找关系，听人家说他们的经验，简直与谋差使一样的麻烦。在传达室恭候，在会客室恭候，幸而见了那要见的人，他听说你要设法买船票或飞机票，爱理不理地答复你说：“困难呢……下个星期再来打听吧……”于是你觉着好像有一线希望，又好像毫无把握，只得挨到下个星期再去。跑了不知多少回，总算有眉目了，又得往这一处签字，那一处盖章，看种种的脸色，候种种的传唤，为的是得一份充分的证据，可以去换一张票子。票子到手，身份可改变了，什么机关的部属，什么长的秘书，什么人的本人或是父亲，或者姓名仍旧，或者必须改名换姓，总之要与你自己暂时脱离关系。最有味的是冒充什么部的士兵，非但改名换姓，还得穿上灰布棉军服，腰间束一条皮带。我听了这些，就死了请托找关系的念头。即使饿得要死，也不定要去奉承颜色谋差使，为了一张票子去求教人家，不说我自己犯不着，人家也太费心了。重庆的路又那么难走，公共汽车站排队往往等上一个半个钟头，天天为了票子去奔跑实在吃不消。再说与自己暂时脱离关系，换上别人的身份，虽然人家不大爱惜名器，我可不愿滥用那些名器。我不是部属，不是秘书，不是某人，不是某人的父亲，我是我。我毫无成就，样样不长进，我可不愿与任何人易地而处，无论长期或是暂时。为了跑一趟路，必须易地而处，在我总觉得像被剥夺了什么似的。至于穿灰布棉军服更为难了，为了跑一趟路才穿上那套衣服，岂不亵渎了那套衣服？亵渎的人固然不少，我可总觉不忍。——这一套又是书生之见。

抱着书生之见，我决定坐木船。木船比不上轮船，更比不上飞机，千真万确。可是绝对不用请托，绝对不用找关系，也无所谓黑票。你要船，找运输行。或者自己到码头上去找。找着了，言明价钱，多少钱坐到汉口，每一块钱花得明明白白。在这一点上，我觉得木船好极了，我可以不说一句讨情的话，不看一副难看的嘴脸，堂堂正正凭我的身份东归。这是大多数坐轮船坐飞机的朋友办不到的，我可有这种骄傲。

决定了之后，有两位朋友特地来劝阻。一位从李家沱，一位从柏溪，不怕水程跋涉，为的是关爱我，瞧得起我。他们说了种种理由，设想了种种可能的障碍，结末说，还是再考虑一下的好。我真感激他们，当然不敢说不必再考虑，只好带玩笑地说“吉人天相”，安慰他们的激动的心情。现在，他们接到我平安到达的消息了，他们也真的安慰了。

过节

逢到节令，我们遵照老例祭祖先。苏州人把祭祖先特称为“过节”，别地方人买一些酒菜，大家在节日吃喝一顿，叫作“过节”；苏州人对于这两个字似乎没有这样用法。

过节以前，母亲早已把纸锭折好了。纸锭的原料是锡箔，是绍兴地方的特产。前几年我到绍兴，在一个土山上小立，只听得密集的市屋间传出达达的声音，互相应答，就是在那里打锡箔。

我家过节共有三桌。上海弄堂房子地位狭窄，三桌没法同时祭，只得先来两桌，再来一桌。方桌子仅有一只，只得用小圆桌凑数。本来是三面设座位的，因为椅子不够，就改为只设一面。杯筷碗碟拿不出整齐的全套，就取杂色的来应用。蜡盏弯了头。香炉旦香灰都没有，只好把三支香搁在炉口就算。总之，一切都马虎得很。好在母亲并不拘于成规，对于这一切马虎不曾表示过不满。但是我知道，如果就此废止过节，一定会引起她的不快。所以我从没有说起废止过节。

供了香，斟了酒，接着就是拜跪。平时太少运动了，才过四十岁，膝关节已经硬化，跪下去只觉得僵僵的，此外别无所思。在满座的祖先中间，记忆得最真切的是父亲与叔父，因为他们过世最后。但是我不能想象他们与十几位祖先挤坐在两把椅子上举杯喝酒举筷吃菜的情状。又有一个十一岁上过世的妹妹，今年该三十八了，母亲每次给她特设一盘水果，我也不能想象她剥橘皮吐桃核的情状。

从前父亲叔父在日，他们的拜跪就不相同。容貌显得很肃穆，一跪三叩之后，又轻轻叩头至数十回，好像在那里默祷，然后站起来，恭敬地离开拜位。所谓“祭如在”，“临事而敬”，他们是从小就成为习惯了的。新教育的推行与时代的转变把古传的精灵信仰打破，把儒家的报本返始的观念看得并没有什么了不起，于是“如在”既“如”不起来，“临事”自不能装模作样地虚“敬”，只成为一种毫无意义的例行故事：这原是必然的。

几个孩子有时跟着我拜，有时说不高兴拜，也就让他们去。焚化纸锭却是他们欢喜干的事，在一个搪瓷面盆里慢慢地把纸锭加进去，看它们给火焰吞食，一会儿变成白色的灰烬，仿佛有冬天拨弄炭火盆那种情味。孩子们所知道的过节，第一自然是吃饭时有较好较多的菜；第二，这是家庭里的特种游戏，一年内总得表演几回的。至于祖先会扶老携幼到来，分着左昭右穆坐定，吃喝一顿之后，又带着钱钞回去：这在孩子是没法想象的，好比我不能想象父亲叔父会到来参加这家族的宴飨一样。从这一点想，虽然逢时过节，对于孩子大概不至于有害吧。

“为万世开太平”

大家努力不懈了，大家就有个希望在。希望有大有小，有深有浅，可以说各各不同。可是，只要是进步的人，彼此的希望就有个共同之点，就是“为万世开太平”。

“为万世开太平”是张横渠“四句教”的末了一句。张横渠以理学大家的胸襟，深切体验到人生的标的要像他所标举的那样才对。他那“四句教”是很足以摄引人心的，谁领会了它的意思，谁的人生境界就展开了光明的前景。可是，究竟为时代所限，他的“四句教”不免带着玄学意味。

我们现在袭用他的“为万世开太平”是现实意义的，绝不带玄学意味。

第二次世界大战打完了，令人怀念不已的罗斯福早已提出了“四大自由”，各国进步人士正在竭力争取集体安全与全面和平，殖民地以及类乎殖民地的人民不惜以血以肉发动解放运动，这些是为了什么？无非要“为万世开太平”。

科学进步了，交通发达了，各国各民族之间相需相成的关系越来越密切了。从前人说“四海之内皆兄弟也”只是一句运用修辞方法的言语，现在我们却实实在在进了“天下一家”的时代。如果不“为万世开太平”，这个世界怎么住得下去？

所以，从现实意义上，我们希望“为万世开太平”。

这个希望可以说是为公的，也可以说是为私的。要知道，现在已经到了公私不分的时代。私的方面搞不好，公的方面没法搞好。公的方面得不到安全和平，私的方面休想得到安全和平。公私既然不分，就只有把公私放在同一的地位上，无论学习什么，服务什么，为公也为私，为私也为公。

在公私一致的努力上，我们就看见了“为万世开太平”的希望。

天井里的种植

搬到上海来十多年，一直住的弄堂房子。弄堂房子，内地人也许不明白是什么式样。那是各所一律的；前墙通连，隔墙公用，若干所房子成为一排；前后两排间的通路就叫作“弄堂”；若干条弄堂合起来总称什么里什么坊，表示那是某一个房主的房产。每一所房子开门进去是个小天井。天井，也许又有人不明白是什么。天井就是庭院；弄堂房子的庭院可真浅，只需三四步就跨过了，横里等于一所房子的阔，也不过五六步光景，如果从空中望下来，一定会觉得那个“井”字怪适当的。天井跨进去就是正间。正间背后横生着扶梯，通到楼上的正间以及后面的亭子间。因为房子并不宽，横生的扶梯够不到楼上的正间，碰到墙，拐弯向前去，又是四五级，那才是楼板。到亭子间可不用跨这四五级，所以亭子间比楼正间低。亭子间的下层是灶间；上层是晒台，从楼正间另一旁的扶梯走上去。近年来常常在文人笔下出现的亭子间就是这么局促闷损的居室。然而弄堂房子的结构确乎值得佩服；俗语说，“麻雀虽小，五脏俱全”，弄堂房子就合着这样经济的条件。

住弄堂房子，非但栽不成深林丛树，就是几棵花草也没法种，因为天井里完全铺着水门汀。你要看花草只有种在花盆里。盆里的泥往往是反复地种过了几种东西的，一些养料早被用完，又没处去取肥美的泥土来加入；所以长出叶子来开出花朵来大都瘦小可怜。有些人家嫌自己动手麻烦，又正有余多的钱足以对付小小的奢侈的开支，就与花园约定，每个月送两回或者三回盆景来；这样，家里就长年有及时的花草，过了时的自有花匠带回去，真是毫不费事。然而这等人家的趣味大都在于不缺少照例应有的点缀，自己的生活跟花草的生活却并没有多大干系；只要看花匠带回去的，不是干枯了的叶子，就是折断了的枝干，可见我这话没有冤枉了他们。再有些人家从小菜场买一些折枝截茎的花草，拿回来就插在花瓶里，不像日本人那样讲究什么“花道”，插成“乱柴把”或者“喜鹊窠”都不在乎；直到枯萎了，拔起来向垃圾桶一扔，就此完事。这除了“我家也有一点儿花草”以外，实在很少意味。

我们乐于亲近植物，趣味并不完全在看花。一条枝条伸出来，一张叶子展开来，你如果耐着性儿看，随时有新的色泽跟姿态勾引你的欢喜。到了秋天冬天，吹来几阵西风北风，树叶毫不留恋地掉将下来；这似乎最乏味了。然而你留心看时，就会发现枝条上旧时生着叶柄的处所，有很细小的一粒透露出来，那就是来春新枝条的萌芽。春天的到来是可以预计的，所以你对着没有叶子的枝条也不至于感到寂寞，你有来春看新绿的希望。这固然不值一班珍赏家的一笑，在他们，树一定要搜求佳种，花一定要能够入谱，寻常的种类跟谱外的货色就不屑一看；但是，果真能从花草方面得到真实的享受，做一个非珍赏家的“外行”又有什么关系。然而买一点折枝截茎的花草来插在花瓶里，那是无法得到这种享受的；叫花匠每个月送几回盆景来也不行，因为时间太短促，你不能读遍一种植物的生活史；自己动手弄盆栽当然比较好，可是植物入了盆犹如鸟进了笼，无论如何总显得拘束，滞钝，跟原来不一样。推究到底，只有把植物种在泥地里最好。可是哪来泥地呢？弄堂房子的天井里有的是坚硬的水门汀！

把水门汀去掉；我时时这样想，并且告诉别人。关切我的人就提出了驳议。有两说：又不是自己的房产，给点缀花木犯不着，这是一说；谁知道这所房子住多少日子，何必种了花木让别人看，这是又一说。前者着眼在经济，后者只怕徒劳而得不到报酬。这种见识虽然不能叫我信服，可是究属好意；我对他们都致了谢。然而也并没有立刻动手。直到三年前的冬季，才真个把天井里的水门汀的两边凿去，只留当中一道，作为通路。水门汀下面满是砖砾，烦一个工人用了独轮车替我运出去。他就从不很近的田野里载回来泥土，倒在凿开的地方。来回四五趟，泥土与留着的水门汀平了。于是我买一些植物来种下，计蔷薇两棵，紫藤两棵，红梅一棵，芍药根一个。蔷薇跟紫藤都落了叶，但是生着叶柄的处所，萌芽的小粒已经透出来了；红梅满缀着花蕾，有几个已经展开了一两瓣；芍药根生着嫩红的新芽，像一个个笔尖，尤其可爱。我希望它们发育得壮健些，特地从江湾买来一片豆饼，融化了，分配在各棵的根旁边；又听说芍药更需要肥料，先在安根处所的下边埋了一条猪的大肠。

不到两个月，“一·二八”战役起来了。停战以后，我回去捡残余的东西。天井完全给碎砖断板掩没了。只红梅的几条枝条伸出来，还留着几个干枯的花萼，新叶全不见，大概是没命了。当时心里充满着种种的愤恨，一瞥过后，就不再想到花呀草呀的事。后来回想起来，才觉得这回的种植真是多此一举。既没有点缀人家的房产，也没有让别人看到什么，除了那棵红梅总算看见它半开以外，一点儿效果都没有得到，这才是确切的“犯不着”。然而当初提出驳议的人并不曾想到这一层。

去年秋季，我又搬家了。经朋友指点，来看这所房子，才进里门，我就中了意，因为每所房子的天井都留着泥地，再不用你费事，只一条过路涂的水门汀。搬了进来之后，我就打算种点儿东西。一个卖花的由朋友介绍过来了。我说要一棵垂柳，大约齐楼上的栏杆那么高。他说有，下礼拜早上送来。到了那礼拜天，一家人似乎有一位客人将要到来，都起得很早。但是，报纸送来了，到小菜场去买菜的回来了，垂柳却没有消息。那卖花的“放生”了吧，不免感到失望。忽然，“树来了！树来了！”在弄堂里赛跑的孩子叫将起来。三个人扛着一棵绿叶蓬蓬的树，到门首停下；不待竖直，就认知这是柳树而并不是垂柳。为什么不送一棵垂柳来呢？种活来得难哩，价钱贵得多哩，他们说出好些理由。不垂又有什么关系，具有生意跟韵致是一样的。就叫他们给我种在门侧；正是齐楼上的栏杆那么高。问多少价钱，两块四，我照给了。人家都说太贵，若在乡下，这样一棵柳树值不到两毛钱。我可不这么想。三个人的劳力，从江湾跑了十多里路来到我这里，并且带来一棵绿叶蓬蓬的柳树，还不值这点儿钱吗？就是普通的商品，譬如四毛钱买一双袜子，一块钱买三罐香烟，如果撇开了资本吸收利润这一点来说，付出的代价跟取得的享受总有些抵不过似的，因为每样物品都是最可贵的劳力的化身，而付出的代价怎样来的未必每个人没有问题。

柳树离开了土地一些时，种下去过了三四天，叶子转黄，都软软地倒垂了；但枝条还是绿的。半个月后就是小春天气，接连十几天的暖和，枝条上透出许多嫩芽来；这尤其叫人放心。现在吹过了几阵西风，节令已交小寒，这些嫩芽枯萎了。然而清明时节必将有一树新绿是无疑的。到了夏天，繁密的柳叶正好代替凉棚，遮护这小小的天井：那又合于家庭经济原理了。

柳树以外我又在天井里种了一棵夹竹桃，一棵绿梅，一条紫藤，一丛蔷薇，一个芍药根，以及叫不出名字来的两棵灌木；又有一棵小刺柏，是从前住在这里的人家留下来的。天井小，而我偏贪多；这几种东西长大起来，必然彼此都不舒服。我说笑话，我安排下一个“物竞”的场所，任它们去争取“天择”吧。那棵绿梅花蕾很多，明后天有两三朵开了。

骑　马

我小时候，苏州地方还没有人力车，代步的是轿子和船。一些墙门人家的女眷，即便要去的地方就在本城，出门总要依靠这两种交通工具。男人呢，为了比较体面的庆吊应酬出门大都坐轿子，往城外乡间去上坟访友大都坐船，平时出门，好在至多不过三四条巷，那就走走罢了。

那时候已经通行了脚踏车，可是很少见。骑脚踏车的无非是教会里的外国人，以及到过上海得风气之先的时髦小伙子。偶然看见一个人骑着脚踏车在铺着小石块的路上经过，抖抖抖抖的似乎要把浑身的骨节都震得发酸，在几乎肩贴肩走着的两个人中间，只这么一闪就擦过去了：这使大家感到新奇，不免停了脚步回过头去望那好像只有一片的背影。

与脚踏车一样需要自己驾驭的，还有驴子和马。可是骑驴子和马，意义不纯在代步，把它当作玩意儿的居多。骑了驴子往玄妙观去吧，骑了马往虎丘去吧，并不为玄妙观和虎丘路远走不动，却在于借此题目尝一尝控纵驰骋的快乐。

一般人对于驴子和马，用两样的眼光来看待。驴子，那长耳朵的灰黑色的畜生，饲养它的只是借此为生的驴夫，一匹驴子又不值几个钱，所以大家不把它看作奢侈品。无论是谁，骑骑驴子，还不至于惹人非议。马，那昂然不群的畜生，可不同了，虽然多数的马也由马夫饲养，但是很有几个浮华的少爷名门的败家子也养着马，所以大家都把马看作要不得的奢侈品。谁如果骑着马在路上经过，有些相识的人就不免窃窃私议，某人堕落了，他竟骑起马来了。这种想法，在别的事例上也常常可见。从前我们地方一些规矩人都不爱穿广东的拷绸，因为拷绸是所谓“流氓”之类惯用的衣料。马既是浮华的少爷名门的败家子的玩意儿，规矩的有教养的人当然不应该骑：这好像是很周密的推理。

当时我们一班中学生可没有顾到这一层，一时高兴，竟兴起了骑马的风尚。原由是有一个同学在陆军小学待过一年，他会骑马，把骑马的趣味说得天花乱坠，大家听得痒痒的，都想亲自试一试。刚好学校近旁有一片兵营里的校场，校场东边是一条宽阔的道路，两旁栽着柳树，正是试马的好所在。马夫养马的草棚又正在校场的西北角，花一角钱，就可以去牵一匹出来，骑它一个钟头。于是你也去试骑，我也去试骑，最盛的时候竟有二十多人同时玩这宗新鲜玩意儿。

现在马背上大都用西式皮鞍子了，从前却用木鞍子。十三四岁的人，站在平地，头顶就高出木鞍子不多，要用两手按着鞍子，左脚踏在踏镫里，让身子顺势一耸跨上马背，这是一连串并不容易的动作。马好像知道骑马的人本领的高低似的，生手跨上去，它就歪着头只是将身子旋转，这又是很难制服的。这当儿，马夫和朋友的帮助自属必要了，拉缰绳的拉缰绳，托身子的托身子，一阵子的乱嚷嚷，生手居然坐上了鞍子。于是把缰绳接在手里，另一只手按着鞍子，再也不敢放松。那畜生如果是比较驯良的，以为一切都已停当，肯规规矩矩走这么几步，初学的人就心花怒放了。

但是这样按着鞍子骑马叫作“请判官头”，是最不漂亮的姿势。多骑了几回，自然想把手放松，不再去“请”那“判官头”。同时拉缰绳的一只手也要学着去测验马的“口劲”，试探马的脾气，准备在放松一点儿或是扣紧一点儿的几微之间操纵胯下的畜生。

通常以为骑马就是让屁股服服帖帖坐在鞍子上。其实不然，得在大腿里侧用劲，把马背夹住，屁股部分却是脱空的。如果不用腿劲，在马“跑开”的时候不免要倒翻下来，两只脚虽然踏在踏镫里，也没有多大用处。这腿劲自然要从锻炼得来。我骑了好几回马，腿劲未见增强多少，可是站到地上，坐到椅子上，只觉得两条腿和腰部都是僵僵的了。

让马走慢步，称为“骑老爷马”，最没有趣味。那是一步一拍的步调，马头一颠一颠的，与婚丧的仪仗中执事人员所骑的马一样。我们都不爱“骑老爷马”，至少得叫它“小走”。“小走”是较为急促的步调，说得过甚些，前后左右四个蹄几乎同时离地，也几乎同时着地。各匹马的脾气不同，有的须把缰绳放松，有的却须扣紧；有的须略一放松随即扣紧，有的却须向上一提，让它的头偏左或是偏右一点儿，只要摸着它的脾气，它就会了意，开始“小走”了。好的马四条腿虽然在急速地运动，身子可绝不转侧，总是很平稳地前进。骑到这样的马是一种愉快，挺着身躯，平稳地急速地向前，耳朵旁边响着飕飕的风，柳树的枝条拂着头顶和肩膀，于是仿佛觉得跑进了古人什么诗句的境界中了。

至于“跑开”，那又是另一种步调：前面两个蹄同时着地，随即后面两个蹄离地移前，同时着地，接着前面两个蹄又同时跨出去了。这里所谓着地实在并不“着”，只能说是非常轻快地在地上“点”一下。在前面两个蹄点地和后面两个蹄点地之间，时间是极其短促的。这当儿，马身一高一低，约略成一条曲线前进。骑马的人一高一低地飞一般地向前，当然爽快不过，有凌云腾空的气概。但是腿劲如果差点儿，这种爽快很难尝试，尝试的时候不免要吃亏。

有一回，我就这样从马上摔了下来。那一天，我跟在那个进过陆军小学的同学的后面，在我背后还有好几匹马。起初是“小走”，忽然前面的那个同学把缰绳一扣，他的马开始“跑开”了。我的马立即也换了步调。我没有提防，大概马跑了两三步，我就往左侧里倒翻下来。后面的几匹马怎么一脚也不曾踩着我，我至今还不明白。当时如果有一个马蹄踩着我的脑壳或是胸膛，我的生命早在中学二年级时候结束了。

我摔了下来就不省人事，醒来的时候，很觉得奇怪，我是通学生，怎么睡在寄宿舍里的一张床上！又好像时间很晚了，已经吃过晚饭。其实还是上午十一点过后，我只昏迷了一点钟多一点儿。想了一会儿，才把刚才的事想起来。坐起来试试，居然没有什么痛苦，只觉得浑身软软的，像病后起身的光景。我赶紧跑回家，像平时一样吃午饭，绝不提摔跤的事——在外面骑马，我从来不曾在父母面前提起过。直到前几年，儿子在外面试着骑马，回来谈他的新经验，我才把那回摔跤的事说出来。母亲听了，微皱着眉头说：“你不回来说，我们在家里哪里知道。这种危险的事，还是不要去试的好。”她现在为孙儿担心了。

当时我们骑马，现在想起来，在教师该是桩讨厌的事儿。那时候学校比较放任，校长是一个自以为维新的人物，虽然不曾明白提倡骑马，对于其他运动却颇着力鼓励。七八匹马在学校墙外跑过，铃声蹄声闹成一片，他不会绝不知道。他为什么不禁止呢？大概以为这也是一项运动，不妨任学生去练习吧。但是多数教师却受累了。他们有一般人的偏见，以为骑马是不端的行为，眼睁睁地看学生骑着马在旁边跑过，总似乎有失体统。于是有故意低着头走过去，假作不知道马背上是什么人的，也有远远望见学生的马队在前面跑来，立刻回身，或者转向从别一条路走去的。他们一定在怨恨学生，为什么不肯体谅教师，离开学校远一点儿去练习你们的骑术呢！

没有秋虫的地方

阶前看不见一茎绿草，窗外望不见一只蝴蝶，谁说是鹁鸽箱里的生活，鹁鸽未必这样枯燥无味呢。

秋天来了，记忆就轻轻提示道：“凄凄切切的秋虫又要响起来了。”可是一点影响也没有，邻舍儿啼人闹弦歌杂作的深夜，街上轮震石响邪许并起的清晨，无论你靠着枕头听，凭着窗沿听，甚至贴着墙角听，总听不到一丝秋虫的声息。并不是被那些欢乐的劳困的宏大的清亮的声音淹没了，以致听不出来，乃是这里根本没有秋虫。啊，不容留秋虫的地方！秋虫所不屑居留的地方！

若是在鄙野的乡间，这时候满耳朵是虫声了。白天与夜间一样安闲；一切人物或动或静，都有自得之趣；嫩暖的阳光和轻淡的云影覆盖在场上，到夜呢，明耀的星月和轻微的凉风看守着整夜，在这境界这时间里唯一足以感动心情的就是秋虫的合奏。它们高低宏细疾徐作歇，仿佛经过乐师的精心训练，所以这样地无可批评，踌躇满志。其实它们每一个都是神妙的乐师；众妙毕集，各抒灵趣，哪有不成人间绝响的呢。

虽然这些虫声会引起劳人的感叹，秋士的伤怀，独客的微喟，思妇的低泣；但是这正是无上的美的境界，绝好的自然诗篇，不独是旁人最欢喜吟味的，就是当境者也感受一种酸酸的麻麻的味道，这种味道在另一方面是非常隽永的。

大概我们所祈求的不在于某种味道，只要时时有点儿味道尝尝，就自诩为生活不空虚了。假若这味道是甜美的，我们固然含着笑来体味它；若是酸苦的，我们也要皱着眉头来辨尝它：这总比淡漠无味胜过百倍。我们以为最难堪而极欲逃避的，唯有这个淡漠无味！

所以心如槁木不如工愁多感，迷蒙的醒不如热烈的梦，一口苦水胜于一盏白汤，一场痛哭胜于哀乐两忘。这里并不是说愉快乐观是要不得的，清健的醒是不必求的，甜汤是罪恶的，狂笑是魔道的；这里只是说有味远胜于淡漠罢了。

所以虫声终于是足系恋念的东西。何况劳人秋士独客思妇以外还有无量数的人，他们当然也是酷嗜趣味的，当这凉意微逗的时候，谁能不忆起那美妙的秋之音乐?

可是没有，绝对没有！井底似的庭院，铅色的水门汀地，秋虫早已避去唯恐不速了。而我们没有它们的翅膀与大腿，不能飞又不能跳，还是死守在这里。想到“井底”与“铅色”，觉得象征的意味丰富极了。

第二辑

人生的路，难与易都得走

做了父亲

假若至今还没有儿女，是不是要与有些人一样，感到是人生的缺憾，心头总有这么一个失望牵萦着呢?

我与妻都说不至于吧。一些人没有儿女感到缺憾，因为他们认为儿女是他们份所应得的，应得而不得，当然要失望。也许有人说没有儿女就是没有给社会尽力，对于种族的绵延没有尽责任，那是颇为冠冕堂皇的话，是随后找来给自己解释的理由，查问到根底，还是个得不到应得的不满足之感而已。我们以为人生的权利固有多端，而儿女似乎不在多端之内，所以说不至于。

但是儿女早已出生了，这个设想无从证实。在有了儿女的今日，设想没有儿女，自然觉得可以不感缺憾；倘若今日真个还没有儿女，也许会感到非常寂寞，非常惆怅吧。这是说不定的。

教育是专家的事业，这句话近来几乎成了口号，但是这意义仿佛向来被承认的。然而一为父母就得兼充专家也是事实。非专家的专家担起教育的责任来，大概走两条路：一是尽许多不必要的心，结果是“非徒无益，而又害之”；一是给了个“无所有”，本应在儿女的生活中给充实些什么，可是并没有把该给充实的付与儿女。

自家反省，非意识地走的是后一条路。虽然也像一般父亲一样，被一家人用作镇压孩子的偶像，在没法对付时，就“爹爹，你看某某！”这样喊出来；有时被引动了感情，骂一顿甚至打一顿的事也有；但是收场往往像两个孩子争闹似的，说着“你不那样，我也就不这样”的话，其意若曰彼此再别说这些，重复和好了吧。这中间积极的教训之类是没有的。

不自命为“名父”的，大多走与我同样的路。

自家就没有什么把握，一切都在学习试验之中，怎么能给后一代人预先把立身处世的道理规定好了教给他们呢？

★

学校，我想也不是与儿女有什么了不起的关系的。学习一些符号，懂得一些常识，结交若干朋友，度过若干岁月，如是而已。

以前曾经担过忧虑，因为自家是小学教员出身，知道小学的情形比较清楚，以为像个模样的小学太少了，儿女达到入学年龄的时候将无处可送。现在儿女三个都进了学校，学校也不见特别好，但是我毫不存勉强迁就的意思。

一定要有理想的小学才把儿女送去，这无异看儿女作特别珍贵特别柔弱的花草，所以要保藏在装着暖气管的玻璃花房里。特别珍贵么，除了有些国家的华胄贵族，谁也不肯对儿女作这样的夸大口吻。特别柔弱么，那又是心所不甘，要抵挡得风雨，经历得霜雪，这才可喜。——我现在作这样想，自笑以前的忧虑殊属无谓。

何况世间为生活所限制，连小学都不得进的多得很，他们一样要挺直身躯立定脚跟做人。学校好坏于人究竟有何等程度的关系呢？——这样想时，以前的忧虑尤见得我的浅陋了。

★

我这方面既然给了个“无所有”，学校方面又没有什么了不起的关系，这就拦到了角落里，儿女的生长只有在环境的限制之内，凭他们自己的心思能力去应付一切。这里所谓环境，包括他们所有遭值的事和人物，一饮一啄，一猫一狗，父母教师，街市田野，都在里头。

做父亲的真欲帮助儿女仅有一途，就是诱导他们，让他们锻炼这种心思能力。若去请教专门的教育者，当然，他将说出许多微妙的理论，但是要义大致也不外乎此。

可是，怎样诱导呢？我就茫然了。虽然知道应该往哪一方向走，但是没有往前走的实力，只得站在这里，搓着空空的一双手，与不曾知道方向的并无两样。

我很明白，对儿女最抱歉的就是这一点，将来送不送他们进大学倒没有多大关系。因为适宜的诱导是在他们生命的机械里加添燃料，而送进大学仅是给他们文凭、地位，以便剥削他人而已。(有人说起振兴大学教育可以救国，不知如何，我总不甚相信，却往往想到这样不体面的结论上去。)

他们应付环境不得其当甚至应付不了的时候，一定会怅然自失，心里想，如果父亲早给点儿帮助，或者不至于这样无所措吧。这种归咎，我不想躲避，也没法躲避。

★

对于儿女也有我的希望。

一句话而已，希望他们胜似我。

所谓人间所谓社会虽然很广漠，总直觉地希望它有进步。而人是构成人间社会的。如果后代无异前代，那就是站在老地方没有前进，徒然送去了一代的时光，已属不妙。或者更甚一点，竟然“一代不如一代”，试问人间社会经得起几回这样的七折八扣呢！凭这么想，我希望儿女必须胜似我。

爬上西湖葛岭那样的山就会气喘，提十斤左右重的东西走一两里路胳膊就会疼好几天，我这种身体是完全不行的。我希望他们有强壮的身体。

人家问一句话一时会答不上来，事务当前会十分茫然，不知怎样处置或判断，我这种心灵是完全不行的。我希望他们有明澈的心灵。

说到职业，现在干的是笔墨的事，要说那干系之大，当然可以戴上文化或教育的高帽子，于是仿佛觉得并非无聊。但是能够像工人农民一样，拿出一件供人家切实应用的东西来么？没有！自家却使用了人家生产的切实应用的东西，岂非也成了可羞的剥削阶级？文化或教育的高帽子只能掩饰丑脸，聊自解嘲而已，别无意义。这样想时，更菲薄自己，达于极点。我希望他们与我不一样：至少要能够站在人前宣告道，“凭我们的劳力，产生了切实应用的东西，这里就是！”其时手里拿的是布匹米麦之类；即使他们中间有一个成为玄学家，也希望他同时铸成一些齿轮或螺丝钉。

“双双的脚步”

小孩看见好玩的东西总是要。他不懂得成人的“欲不可纵”那些条例，“见可欲”就老实不客气要拿到手，否则就哭，就闹。父母们为爱惜几个铜子几毛钱起见，常常一手牵着孩子，只作没看见走过玩具铺子；在意思里还盼望有一位魔法师暗地里张起一把无形的伞，把孩子的眼光挡住了。魔法师既没有，无形的伞尤其渺茫，于是泥马纸虎以及小喇叭、小桌椅等终于到了孩子手里。

论理，到了手里的后文总该是畅畅快快地玩一阵子了；玩得把爸爸妈妈都忘了，玩得连自己是什么，自己在什么地方都忘了，这是可以料想而知的。但是事实上殊不尽然。父母说：“你当心着，不要把这些好玩的东西一下子就毁了。最乖的孩子总把他的玩意儿珍重地藏起来。现在给你指定一个抽屉，你玩了一会儿也够了，赶紧收藏起来吧。”祖母说得更其郑重：“快藏起来吧，藏起来了日后再好玩。只顾一刻工夫的快乐，忘了日后，这是最没出息的孩子。我小时候，就是把小木碗郑重地收藏起来的，直到生了你爸爸，还取出来给他玩。你不要只顾玩了，也得想想留给你将来的孩子。”这样在旁边一阵一阵地促迫，孩子的全心倾注如入化境的玩戏美梦做不成了。他一方面有点儿生气，一方面又不免有点儿怕父母祖母的威严，于是颓然怅然与玩具分了手。这当儿比没有买到手还要难受；明明是得到的了，却要搁在一旁如同没有得到一样，这只有省克功夫有名的大人们才做得到，在孩子确是受不了的。

隔天，泥马纸虎等等又请出来了，父母祖母们还是那一套，轻易地把孩子的美梦打破了。这样，孩子买了一份玩具，倒好像买了一个缺憾。

这似乎是无关重要的事，孩子依然会长大起来，依然会担负人间的业务，撑住这个社会。但当他回忆起幼年的情况，觉得生活不很充实，如同泄了气的气球，而这又是没法填补的（哪有一个成年人擎起一个纸老虎玩得一切都忘了的呢？我们读过梭罗古勃那篇小说《铁圈》，讲一个困苦的老工人独个儿在林中玩一个拾来的铁圈，他觉得回到童年了，满心的快乐，一切都很幸福，这也不过是沉于空想的小说家的小说罢了），这时候憾惜就网络住他的心了。

世间的事类乎孩子这样的遭遇的很多，而且往往自己就是父母祖母。譬如储蓄钱财，理由是备不时之需。但是到了要用钱的时候，再一考虑，却说："这还不是当用的时候，且待日后别的需要再用吧。"屡次作如是想，储蓄的理由其实已经改变了，变而为增加储蓄簿上的数目。在这位富翁的生活里，何尝称心得当地用过一回钱呢？

学生在学校里念书做功课，理由是预备将来做人，将来做事，这是成千成万的教师父母们如是想的，也是成千成万的学生们信守着的。换句话说，学生过的并不是生活，只是预备生活。所以一切云为，一切思虑，都遥遥地望着前面的将来，却抹杀了当前的现在。因此，从初级小学校以至高等大学校里的所有一个个生物只能算"学生"，还不能算"人"，他们只学了些"科目"，还没有做"事"。

念书，念得通透了，就去教学生。学生照样地念着，念得与老师一样通透了，也去教学生。顺次教下去，直至无穷。试问，"你们自己的发现呢？""没有。""你们自己享用到多少呢？""没有想到。"这就是一部教育史了。聪明的大学生发现了这种情形，作了一篇题为《循环教育》的文字，若在欢喜谈谈文学的人说起来，这简直是地道的写实派。然而大学教授们看得不舒服了，一定要把作者查出来严办，于是闹成大大的风潮，使各种报纸的教育新闻栏有机会夸耀材料的丰富。大学教授们大概作如是想："循环难道不好么？"

上对于父母，我得做孝子。从身体发肤以至立功扬名，无非为的孝亲。下对于儿女，我得做慈父。从喂粥灌汤以至做牛做马，无非为的赡后。这的确是人情，即使不掮出"东方文化""先哲之教"等金字招牌来，也不会有谁跑来加以否认，硬要说对父母不当孝，对子女不当慈。可是，对自己呢？没有，什么也没有。祖宗是这样，子孙是照印老版子。一连串的人们个个是抛荒了自己的，我想，由他们打下的历史的基础总不见得怎样牢靠结实吧。

将来的固然重要，因为有跨到那里的一天；但是现在的至少与将来的同样重要，因为已经立足在这里了。本与末固然重要，因为它们与正干分不开；但是正干至少与本末同样重要，没有正干，本末又有什么意义呢？不懂得前一义的人无异教徒，以现世为不足道，心向天堂佛土；其实只是一种极贫俭枯燥的生活而已。不懂得后一义的人犹如吃甘蔗只取根部与末梢，却把中段丢在垃圾桶里，这岂不是无比的傻子。

过日子要当心现在，吃甘蔗不要丢了中段，这固然并非胜义，但至少是正当而合理的生活态度。

朱佩弦的诗道：

从此我不再仰眼看青天，
不再低头看白水，
只谨慎着我双双的脚步；
我要一步步踏在泥土上，
打上深深的脚印。

纯乎其纯

像我似的，不高兴的时候听见孩子嚷嚷就要呵斥，写信或是写什么的时候不许他们有较为繁琐的说话声，他们哭得不休的时候，觉得这哭就是不好，就该骂，也不问为什么而哭；但是偶尔兴致来了，又正好没有旁的事做，“父亲的”心情，忽然觉醒了，于是拉他们到膝前来，抚摩着，讲些人间海外的故事，又唱着仅有的几个从前学堂里的歌儿，这当儿，颇自以为教育的意味沦肌浃髓了。试问，这算得当之无愧的父亲么？当然算不得，因为一会儿所谓教育的意味就幻梦一般飞散了。呵斥、厌恶、禁止等等马上恢复原状。

好的父亲一定不是这样，他所以不同于平常的父亲，就在永远怀抱着“父亲的”心情。孩子的嚷嚷他能够利导，使化为天真嘹亮的歌声，或是娓娓动听的谈话，而决不加以呵斥。孩子哭了，他更能入微地体贴，是身体的机能有什么障碍么？是小小的心灵有什么不安么？切心的忧虑是有的，而与怒骂绝缘。至于自己有什么工作，即便是从事伟大的发明，撰写名山的著作，也决不为了这些侵占孩子们的自由，他相信这天下是孩子与大人共有的。他这样做，用不着什么强制的工夫，只以为对付孩子就只有这种态度，就是醉里梦里也换不出第二种，他唯有这样做才觉得合适，才觉得舒泰。结果，他的孩子有福了。

类推开来想，各色的人都有当之而无愧和当之而有愧两类。人间需要的，当然是当之而无愧的一类，但是这一类少得很，我不禁为世道担忧了。

大学里的教授，学问为学生的先导，人格为学生的模式。从这些概念上想，该是怎样一种人可以知道了。而近来听见有公然喝打的教授，有挥众动手的教授，而站在他们对面的，却是个赤手空拳的人，而且并不是应该与众共弃的恶人。虽然他们自辩的文电里屡屡说“全属子虚”，而在场目睹其事的人却“言之凿凿”，未必真属子虚吧。我们闭目冥想，当他们指挥群众的时候，脸一定涨得通红，脉络一定胀得挺粗，眼光带着杀气，声音转变成异样的喊叫，学问是什么，人格是什么，飞散了，飞散了，散得无影无踪；主宰着他们的身体的只有原始的蛮性，粗野的无所谓教育的本能。我想，好的纯乎其纯的大学教授该不是这样的吧。

游山玩水的当儿，或当生离死别之际，忽然一念涌上心头，“此时此地，不可无诗”。于是笃旧的就仄仄平平一韵两韵地吟咏起来，维新的也美丽啊悲哀啊写下一大堆。在忽然一念之前，他们本同诗分隔在两边，莫说其生活其心情不曾沉浸在诗里头，连诗的水滴也不曾沾着一点儿。但是他们有记忆，记忆在那里提示着：“你是自以为能诗的，你在诗这方面是有浮名的，你是看重诗这件东西，认为是生活的点缀品的，现在是时候了，为什么不作诗呀？”这就感到欠了夙债似的一种心情，似乎非赶紧清偿不可，于是他们就吟咏起来写录下来了。但是，我想，好的纯乎其纯的诗人该不是这样的吧。

书馆里的编辑员，报馆里的主笔先生，在坐上他们的座位以前，做种种活动，或为营利求名，或为寻欢享乐，总之想不到今天坐上座位写的第一个是什么字。坐定了，笔从笔帽里抽出来了，稿纸也铺在桌上了，一支笔扶乩似的画儿画，随意落纸，这才算写定了第一个字。这固然写意得很，舒服得很，但是，我想，好的纯乎其纯的编辑员和主笔先生该不是这样的吧。

孙中山先生临死之际，几乎不能说话了，还断断续续呼唤“和平”“奋斗”“救中国”（见十八日《申报》《北京通信》），这里头含着极其重大的意义，从这里就可见中山先生是一位纯乎其纯的革命家。他没有把自己分成两橛，一橛是这个，一橛又是那个，他的思想行动，无论巨细，全都沉浸在革命里头，非由勉强，自然神化，假若把他分析起来，可以说他的每个细胞就是革命，所以他的思想精神绝对不是外铄的，所以直到最后一息，什么都不说，单给我们说这表示革命的伟大精神的金玉之言。我不佩服自己做孩子的父亲，我不佩服会显原形的大学教授，我不佩服视作诗为还债的诗人，我不佩服落笔才写定第一个字的编辑员和主笔先生；不佩服的理由，就在这些都出于偶然的高兴与勉强的自制，结果一点事也做不好。但是我佩服中山先生，我要称他为“圣人”；因为他干革命工作，终身以之，生死以之，不知其他。

纯乎其纯的精神太可贵了。能有这种精神，如果是为父的，儿子有福了；如果是大学教授，大学生有福了；如果是诗人，我们有好诗读了；如果是编辑员和主笔先主，我们有好书好报看了；如果是革命家，中国就将终于得救了。

一件烂棉袄

家传的一件烂棉袄，破到几乎不像棉袄了。棉絮露出来了，沾了灰尘垢污，同蓝布面子一样转成油光光的黑。

冷呀冷！风穿过棉袄的罅隙，刺着肩膀，刺着腋下，刺着背心，也刺着前胸。受不住呀，受不住呀，于是勉勉强强去买一件新的，这自然是为的要活。

古语云，衣食足而后知礼义，现在脱一句调（仅仅脱调），新袄来而后摆架子。不行，不行，没有一件旧棉袄，没有一件烂棉袄，不就证明向来没有穿过棉袄么？没有穿过棉袄，当然也没有穿过短衫，也没有穿过长袍，这不就是裸体么？裸体是野蛮，比亡国奴更可耻，亡国奴犹可，一向是裸体，其辱不可堪。——这样想的时候，就庄重地把那件烂棉袄捡起来。

那件烂棉袄有历史呢。二十四世祖穿了它去吃邻村的喜酒，曾邀一位戴红花的大姑娘瞟过一眼；十八世祖请他的仇人吃清脆的巴掌，博得旁人一阵喝彩的时候，也正穿着它；除此以外，列代祖宗逢到婚丧喜庆总穿着它。仿佛觉得身躯扩大了，高举了，尽扩大，尽高举，巍巍乎，巍巍乎，俯视“你们”，俯视“他们”，何藐小乃尔！何低微乃尔！华胄是我，大国民是我，什么什么全是我，总之，好的都在我这里——于是重行披上那件烂棉袄，心情与先前不同了，似乎一点儿没有风，似乎穿着锦绣那样光辉。

一切的棉袄简直不在眼里，无论是新裁原旧，无论是杭纺湖绉，我有我的烂棉袄，尽够安身立命的了。作诗曰。

我不想歌唱杭纺的柔软，
我不想歌唱丝棉的轻暖，
我不上衣庄也不找裁缝，
你穿得漂亮我也不爱看；

我有祖宗传下来的蓝布袄，
它的历史那么长那么荣耀，
你有么？你有么？
拖一片，挂一块，胜过皇帝的龙袍。

风自然照旧穿过棉袄的罅隙，刺着身体的露出的部分。但是关什么紧要呢？耽了禅悦似的，早已“似乎一点儿没有风”了。而要活的事，在禅悦里本来是不成问题的，自可不提。

冲破那寂静

一片可怕的寂静。

寂静为什么可怕？因为寂静邻于死亡，有时候也许就是死亡。身体死亡了，在尸躯本身无所谓可怕；看见尸躯的人也许觉得可怕，然而这只是原始的恐惧心理，仔细一想，也就没有什么可怕。唯有身体机能还存在，而精神已经死亡了，才是真正的可怕。说他死亡，明明没有死亡；吃啊喝啊，一切照常。说他没有死亡，又明明死亡了；活着而不知道为什么活着，该怎么活着，一切没有根，没有源，只是飘飘浮浮的，像个虚幻的影子。这种不死亡的死亡，如果本人觉察出来了，势必大叫起来，“我成个什么东西了！还算个人不算！”他叫出这两句，那可怕的程度就可以想见。在旁人看来，只见他是个行尸走肉，有人之名，无人之实，如果人间多的是这样的人，那还成什么人间？这么想下去，不由你不害怕起来。

一片可怕的寂静。

那寂静就是死亡吗？

得不到个回答，只遇见个寂静，可怕的情绪是只会增高，不会消除的。

幸而回答来了。

在某一个集会上，青年人当着中年人老年人慷慨地说，“我们青年人并没有忘了我们该做的事儿。你们中年的老年的先生们肯说肯干，我们与你们是一伙儿。”

在某一处地方，青年人把积蓄在心头的种种问题写了出来，说了出来，邀请许多先生进来共同讨论，求个解答。那一天热烈的情况，据说最近若干年间是仅见的。

还有些谈话的片段。青年人说，“我们并没有消沉，您不能只看外表。”青年人说，“我们明白什么是什么，挂羊头，卖狗肉，对于我们不发生影响。”青年人说，“我们知道有所为，也知道有所不为。您不留意，自然看不出，请从今为始，留意看我们的。”

还有其他。

从此可见那寂静不是死亡。那只是动物在蛰伏时期似的一种状态。动物经过了蛰伏时期，不是要起来飞翔，奔驰，跳跃，在世间各自演出一场生动活泼的戏吗？不是死亡，绝对不是死亡，所以并不可怕。到将来起来飞翔、奔驰、跳跃的时候，更将使人们欢欣鼓舞，喜不可支。

动物从蛰伏到飞翔，奔驰，跳跃，由于季节的改换。青年人在寂静了一阵子之后，旧的季节过去了，新的季节到来了，也就会冲破那寂静，起来飞翔，奔驰，跳跃。如今，寂静达到了它的最高限度，可以说旧的季节即将过去，时势等待着青年人起来飞翔，奔驰，跳跃，可以说新的季节即将到来。青年人啊！起来飞翔吧！奔驰吧！跳跃吧！以往你们的寂静不是死亡，凭你们的真诚，没有人不相信。今后你们冲破那寂静，起来飞翔，奔驰，跳跃，更将给人个真凭实据，使人硬要不相信而不可得。

动物从蛰伏状态中起来的时候，也许会遇到一阵寒冷，一阵风暴，因而受到伤害。同样情形，冲破寂静的青年人将会遇到一阵寒冷，一阵风暴。人间的季节是比自然的季节更多变幻的。可是青年人并不顾虑这个，就是伤害等候在面前也不顾虑。因为青年人有所信。没有什么东西比“信”更坚强的。此时此地必须行我所信，那就刀锯汤镬有所不避。

说到“信”，细说起来虽有多端，简要说来不过一项。一切思维行动以大众幸福为本位，那是要得的，值得拥护的，应该身体力行的。反过来，一切思维行动不以大众幸福为本位，甚至要牺牲大众幸福，那是要不得的，必须排斥的，应该加以扫荡的。就是这么一项。青年人就信这么一项。

没有这项信念的，即使年纪轻轻，油头光脸，实际上算不得青年人。具有这项信念的，即使年迈力衰，头童齿豁，实际上依然是青年人。通常说青年，中年，老年，只从形貌上判别；若从精神上判别，就得丢开形貌，看他的信念。而前面所说的信念是与青年的世界相适应的。老年的世界将要消亡了，青年的世界正在成长。凡与青年的世界相适应的，才是真正的青年人，精神上的青年人。

真正的青年人啊！精神上的青年人啊！起来飞翔吧！奔驰吧！跳跃吧！

无视客观环境，当然不对。可是，把客观环境看得太严重，把一切责任往客观环境一推，也要不得。

如果客观环境一向就非常之好，也就不会有你们那一阵子的寂静，也就无须乎你们起来冲破那寂静。唯其客观环境不怎么好，甚至非常之不好，才有以往那样的寂静，以及如今的亟待冲破。能不能把客观环境改变过来，全看你们的冲破有没有力量。

“我们反对不顾一切客观条件的观念论的梦呓家，我们反对客观条件决定一切的机械论的懒惰汉。我们承认，一定限度的客观条件是精神活动的基础，但是我们必须指出，政治的发展和文化的发展不是两条平行的直线。不仅如此，在历史上，苦难往往是文化的诞生之母。在西方，古代文化开始于希伯莱的先知，而那些灿若晨星的先知们的预言却正是在犹太国家空前的民族危机中产生的。近代文化开始于意大利的文艺复兴，而文艺复兴最伟大的先驱者但丁的一生，却是在放逐中度过的。在我们的历史中，也不乏光辉的先例。司马迁说，‘文王拘而演《周易》，仲尼厄而作《春秋》，屈原放逐，乃赋《离骚》，左丘失明，厥有《国语》’，正是同一的现象。”(《中原》第三期于潮先生作《方生未死之间》)

景慕往哲，固然是好。然而徒然景慕，实际上没有什么好。要紧的是拿出力量来，踏着往哲的道路，从苦难中争取前途的光明。

说到力量，说到争取，说到刀锯汤镬有所不避，那就不是知识方面的事，而是实践方面生活方面的事了。仅仅口头心头有个“信”，不济事。必须一切思维行动贯彻在那个“信”里，沉浸在那个“信”里，久而不渝，终身以之，才成。没有什么东西比它更坚强的“信”就是这样的“信”。

青年人啊！在冲破那寂静的当儿，你们该有这么个准备。如果你们已经有这么个准备，那么，飞翔吧！奔驰吧！跳跃吧！

假如我有一个弟弟

假如我有一个弟弟，他在中学毕业了，我想对他说以下这些话。客观地立论的习惯还没有养成，因而所说的只是些简简单单的直觉。

中学生是中国社会里少数的选手。不去查统计，当然不能说出确切的总数；但是只要想到数十年来唱惯了的“四万万同胞”，同时把中学生的总数来比较，大概会有“沧海一粟”之感了。

这些选手的入选条件是付得出一切费用。暂时还不需要或者永远不需要靠自己的劳力生活。

他们为了什么目的而入学呢？普通的名目是“受教育”“求学问”。骨子里是要向生活的高塔的上层爬，知识和学问是生活的高塔，地位和报酬也是生活的高塔，我说向上层爬，并不含有讥刺的意思。

爬到某一层（这就是说中学毕了业），停了脚步想一想，是再往上爬呢还是不？再爬该怎样爬？不爬又怎样？这就来了许多踌躇。

从“沧海”方面说，“一粟”是包括在内的，有问题也只是“沧海”问题的一个子目。但是从“一粟”本身说，却有种种问题可以商论。

所谓再爬不爬等等问题，总括地说就是出路问题；有人说，说“进路”比较恰当；再换一句，就是“往哪里走”。

往哪里走呢？

升学是一条路。任事是一条路。无力升学又没法任事也是一条无路之路。各人的凭借不同，所趋的路当然分歧了。

弟弟，如果你的凭借好，我赞成你升学。你爱好学问，你希望深造，你不仅为学问而学问，还想在人类的生活和文化上添上这么几笔，把它们润色得更充实更完美；我哪有不赞成之理？

如果你不为着这些，却要升学，我可不赞成。你想给自己镀上一层金么？这是一种欺诳的心理。心存欺诳，做出事来必然损害他人；这怎么行！

我曾走进大学，看见选手们颇有在那里给自己镀金的，亲爱的弟弟，我不愿你这样。

你若真个爱好学问，有一层又必须知道，就是现在的社会并不适宜于做学问。这意思说起的人很多，着眼点不一，总之都能抓住真相的一角。

我要你知道这一层，不是叫你就此灰心，袖起手来叹“非其时也！”或者说“社会负我！”

我希望你从爱好学问的热诚里发出一股力量，把社会改得适宜于你一点儿。这当然不是一个人的事，不过你与他人各自尽了一份力量时，就更有把握。

凡具有爱好某一事项的热诚的人都应该这样，才不至于徒存虚愿。否则，志在兼利天下的发明家发明了什么事物，结果只供少数人去享用，两心相印的恋爱者不顾一切，誓欲合并，终于给排斥纯爱的世网绊住了。

你如其想走任事的那条路，我也赞成。成语说“不得已而思其次”，任事并非升学的“其次”，你不必想起那成语。任事也是做学问，做学问的目的无非要成就些事物。

任哪种事呢？列举很难，还是概括说吧。

譬如讲授死书的教师，我不赞成你去当。一代一代的教师讲授下来轮到你，你又传下去，一代一代，以至无穷，一串的人就只保守了几本书，自身并没有成就些什么，生产些什么，你若反省时，一定会感觉无谓的。——这是一例，其他可类推。

譬如电报局邮政局的职员之类，都是社会这一具大机械的齿轮，你若愿意当，不感到什么不满，我也赞成你去当。——这又是一例，其他可类推。

我想劝你去干的，是成就些什么生产些什么的事，尤其是劳力的事。

无论如何天花乱坠的文明文化，维持生活的基本要件总是劳力的结果。大家需要享用，大家就该劳力，这是简单不过可是颠扑不破的道理。

“我们研究学问，我们担任要务，劳了心了，劳力的事你们去干吧。”这种分工说是狡猾自私的“治人者”的欺人话。各种劳力的事之间，那当然要分工。

论理，研究天文学的也该织一匹布，担任什么委员的也该种一块地，因为他们维持生活的基本要件与一般人一样。何况不研究天文学不担任什么委员的你，要想任事，自应拣那些能够成就些什么生产些什么的了。

即就织布种地而论；手工业的织布在现代文明中将被淘汰净尽了，要织布就得进工厂去当职工，而职工是困苦的，种地的事也很困苦，形容起来就是“无异牛马”。这些我都知道。

然而这些事总得由人去做。你若说，似乎犯不着吧，这句话我不爱听；因为你是一个不比所有的人卑微也不比所有的人高贵的人。

那么关于困苦这一层呢？你一定要问了。亲爱的弟弟，我绝不至于这样糊涂，竟会叫你低首下心忍受一辈子，像那驮石碑的赑屃一样。而且你身历其境之后，自然会不甘忍受一辈子；那时你必将有所见，根据这所见来改革来变更，是你的权利。改革变更一件事的权利最正当是归到担任这件事的人的手里。

末了，如果你无可奈何只好走上“无路之路”，我当然无所用其不赞成，因为你碰着的是事实的壁。

那时你一定要愤愤。愤愤是应该的，否则真成弱虫了。

但是你为什么愤愤，却须问个明白。

如其说，你有中学毕业的资格而竟无路可走，所以愤愤；这就不怎么妥当。中学毕业岂是你特别优异于人的条件；你只因有所凭借罢了。你的口气却似乎说，别人不妨无路可走，唯有你不该无路可走。为什么唯有你不该无路可走呢？——具有商业经验的父兄送子弟入学校，本来就看作一宗买卖；花了本，非但得不到利，结果连本都蚀掉，于是愤愤，自属常情。但是我不希望你运用这种商业经验。

如其说，你是一个要任事的人，而竟无路可走，所以愤愤；这就比较妥当。你这样想，就会和入那无路可走的大群里去，不复自觉有什么特别优异于人的条件；而且你的问题也就是大群的一般问题了。

这个问题于你是很好的功课，你若能精细地剖析，扼要地解释，社会病态的诊断就将了然于你的胸中；同时你必能给它开个对症的药方，为大群也为你自己。

亲爱的弟弟，我的话很幼稚，又很不具体，我自己知道。我的实力只有这一点儿，我不能说出超乎实力的话。如果这些话于你有一毫用处，自是我的欣喜。

生命和小皮箱

空袭警报传来的时候，许多人匆匆忙忙跑到避难室防空壕里去。其中有些人，手里提着一只小皮箱。小皮箱里盛的什么？不问可知是金银财物证券契据之类，总之是值钱的东西，可以活命的东西。生命保全了，要是可以活命的东西保不住，还是不得活命。带在身边，那就生命和可以活命的东西“两全”了。这样想法原是人情之常，无可非议。

我现在想猜度各人对生命和小皮箱的观念。

也许作这样想吧：——既已有了生命，别的且不管，生命总得保住，直到事实上再也不能保住的一瞬间。敌人的轰炸机来了，当前有避难室防空壕，当然要躲到里头去，因为这是保住生命唯一的办法。待听到了一声拖得很长的解除警报，走出避难室防空壕一看，假如满眼是坍毁了的房屋，翻了身的田园，七零八落的肢体，不免点头自慰，生命过了一道难关了。其时看看手里的小皮箱，好好的，没有裂开一道缝，更不免暗自庆幸。有这个小皮箱在，那么一个地下室毁了还有别的地下室，一个防空壕炸了还有别的防空壕，敌人炸到东边，自己可以逃到西边，旅馆总有得住，馆子里的饭菜总有得吃。有得住又有得吃，不是生命仍然可以保住吗？

也许作这样想吧：——自己的生命是与别人的生命有关联的，自己的小皮箱是与别人的小皮箱“休戚相共”的。仅仅想保住自己的生命，生命难保；仅仅想依靠自己的小皮箱，小皮箱毫无用处。因此，要保住生命就得推广开来保住“四万万同胞”的生命，要依靠小皮箱就得推广开来依靠整个中华国土这个其大无比的小皮箱。（整个中华国土不是我们的小皮箱吗？）敌人的轰炸机来了，当前有避难室防空壕，自然要往里头躲，血肉之躯拼不过炸弹，这是常识。手头有个小皮箱，自然不妨提着走，化为灰屑究竟是可惜的。但是在听到一声拖得很长的解除警报之后，见到自己的生命和小皮箱都还存在，并不觉得有什么可以安慰庆幸之处，只觉得一种责任感压在心头，非立刻再去操心思，流血汗，干那保住大众的生命，守护其大无比的小皮箱的工作不可。

我只能猜度，不能发掘人家的心。重庆人口头惯说“要得”“要不得”，提着小皮箱跑进避难室防空壕的人不妨问问自己：哪一种想头“要得”，哪一种“要不得”？还不妨问问自己：自己的想头属于哪一种？

“习惯成自然”

“习惯成自然”，这句老话很有意思。

我们走路，为什么总是左脚往前，右脚往后，两条胳臂跟着动荡，保持身体的均衡，不会跌倒在地上？我们说话，为什么总是依照心里的意思，先一句，后一句，一直连贯下去，把要说的都说明白了？

因为我们从小习惯了走路，习惯了说话，而且“成自然”了。什么叫作“成自然”？就是不必故意费什么心，仿佛本来就像那样的意思。

走路和说话是我们最需用的两种基本能力。推广开来，无论哪一种能力，要达到了习惯成自然的地步，才算我们有了那种能力。不达到习惯成自然的地步，勉勉强强地做一做，那就算不得我们有了那种能力。如果连勉勉强强做一做也不干，当然更说不上我们有了那种能力了。

听人家说对于样样事物要仔细观察，才能懂得明白，心里相信这个话很有道理。这当儿，我们还不是已经有了观察的能力。

听人家说劳动是人人应做的事，一切的生活资料，一切的文明文化，都从劳动产生出来的，心里相信这个话很有道理。这当儿，我们还不是已经有了劳动的能力。

听人家说读书是充实自己的一个重要法门，书本里包含着古人今人的经验，读书就是向许多古人今人学习，心里相信这个话很有道理。这当儿，我们还不是已经有了读书的能力。

听人家说人必须做个好公民，现在是民主的时代，个个公民尽责守分，才能有个好秩序，成个好局面，自己幸福，大家幸福，心里相信这个话很有道理。这当儿，我们还不是已经有了做好公民的能力。

这样说下去是说不完的，就此打住，不再举例。

要有观察的能力，必须真个用心去观察。要有劳动的能力，必须真个动手去劳动。要有读书的能力，必须真个把书本打开，认认真真去读。要有做好公民的能力，必须真个把公民应做的一切事认认真真去做。在相信人家的话很有道理的时候，只是个“知”罢了，“知”比“不知”似乎好些，但仅仅是“知”，实际上与“不知”并无两样。到了真个去观察去劳动……的时候，“知”才渐渐化为我们的习惯，习惯成自然，才是我们的能力。

通常说某人能力不强，就是某人没有养成多少习惯的意思。譬如说张三记忆力不强，就是张三没有把看见的听见的一些事物好好记住的习惯。譬如说李四发表力不强，就是李四没有把自己的思想和感情说出来写出来的习惯。

习惯养成得越多，那个人的能力越强。我们做人做事，需要种种的能力，所以最要紧的是养成种种的习惯。

养成习惯，换个说法，就是教育。教育不限于学校，也不限于读书，学校教育只是教育的一部分，读书这件事也只是教育的一部分。我们在学校里受教育，目的在养成习惯，增强能力。我们离开了学校，仍然要从种种方面受教育，并且要自我教育，目的还是在养成习惯，增强能力。习惯越自然越好，能力越增强越好，孔子一生“学而不厌”，就为他看透了这个道理。

两种习惯养成不得

在本志第一期里，我说“习惯成自然”才是能力，一个人养成的习惯越多，他的能力越强。这一回要说的是习惯不嫌其多，有两种习惯却养成不得，除掉那两种习惯，其他的习惯多多益善。

哪两种习惯养成不得？一种是不养成什么习惯的习惯，又一种是妨害他人的习惯。

什么叫作不养成什么习惯的习惯？举例来说，容易明白。坐要端正，站要挺直，每天要洗脸漱口，每事要有头有尾，这些都是一个人的起码习惯，有了这些习惯，身体与精神就能保持起码的健康。但是这些习惯不是一会儿就会有的，也得逐渐养成。在没有养成的时候，多少要用一些强制功夫，自己随时警觉，坐硬是要端正，站硬是要挺直，每天硬是要洗脸漱口，每事硬是要有头有尾。直到“习惯成自然”，不待强制与警觉，也能行所无事的做去，这些就是终身受用的习惯了。如果在先没有强制与警觉，今天东，明天西，今天这样，明天那样，那就什么习惯也养不成。而这今天东，明天西，今天这样，明天那样，倒反成为一种习惯，牢牢地在身上生根了。这种习惯就是“不养成什么习惯的习惯”，最要不得。为什么最要不得？只消一句话回答：这种习惯是与其他种种习惯冲突的，养成了这种习惯，其他种种习惯就很少有养成的希望了。

什么叫作妨害他人的习惯？也可以举例来说。走进一间屋子，砰的一声把门推开，喉间一口痰涌上来了，噗的一声吐在地上，这些都好像是无关紧要的事。但是很关紧要，因为这些习惯都将妨害他人。屋子里若有人在那里做事看书，他们的心思正集中，被你砰的一声，他们的心思扰乱了，这是受了你的影响。你的痰里倘若有些传染病菌，噗的一声吐在地上，这些病菌就有传染给张三或李四的可能，他们因而害起病来，这是受了你的影响。所以这种习惯是“妨害他人的习惯”，最要不得。在“习惯成自然”之后，砰的一声与噗的一声将会行所无事，也就是说，妨害他人将会行所无事。一个人如果明了自己与他人的密切关系，不愿意妨害他人，给他人不好的影响，就该随时强制，随时警觉，不要养成妨害他人的习惯。不问屋子里有没有人，你推门进去总是轻轻地，不问你的痰里有没有传染病菌，你总是把它吐在手绢或纸片上，这样“习惯成自然”，你就在推门与吐痰两件事上不致妨害他人了。推广开来说，凡是为非作歹的人，他们为非作歹的原因固然有许多，也可以用一句话来包括，他们的病根在养成了妨害他人的习惯。他们不明了自己与他人的密切关系，他们不懂得爱护他人，一切习惯偏向妨害他人的方面，他们就成了恶人。如希特勒、墨索里尼、日本军阀，是头等的恶人，其他如贪官、污吏、恶霸、奸商，也都是恶人中的代表角色。这些恶人向来为人们所痛恨，今后的世界上尤其不容许他们立足。谁要立足在今后的世界上，谁就得深切记住，不要养成妨害他人的习惯。

习惯不嫌其多，只有两种习惯养成不得，一种是不养成什么习惯的习惯，又一种是妨害他人的习惯。

第三辑

生活实苦，但处处有光

篮球比赛

这一天上午，绍虞走来闲谈，不知从什么谈到了午后的篮球比赛。他说：“今天这十个人是这里最好的两组，在福州地方，他们是常胜军。”我的心一动，但是随后就淡忘了，既不复想起刚才心头曾有这么一动，当然不会想起为什么而动。午后，已经四点多了，蛎粉墙上映着淡淡的斜方的日影，略有风声水声来自江上，无意中听得楼下有细碎的鞋底擦着沙地的声音，中间偶尔夹着轻松而短促的一声“蓬”。这把我的淡忘的印象唤回来了，心里想：“这是最好的两组，是常胜军，何不看一看呢。”便站起来走到窗前，倚着栏杆，就是每天傍晚靠着它怅望那上潮或下潮的江面，以及若隐若现的远山，或是刻刻变幻的云霞的栏杆。

这球场是经行惯的；沿着场的方框疏疏密密站着些旁观者，这也是以前在别处见惯，不足为奇的。可是这两组十个人的活动却把我的心神摄住了。他们的身体那样轻，腿那样健：才奔向这一角，刹那间已赶到那一角了，正同于绝顶机敏的猎犬。他们的四肢百骸又那样柔软：后弯着身躯能接球，能送球；横折着腰肢能受球，能发球；要夺球时，跳起来，冲前去，便夺得了；要让球时，闪过些儿，蹲下些儿（甚至故意跌倒在地上），便避开了。他们两方面各有熟习的阵势：球在某人手中，第二个人早已跑到适当的地位等着，似乎料得定他手中的球将怎样抛出来，而且一定抛得怎样远。同时预备接第二个人的球的第三个人也就跑到另一个适当的地位，预备接到了球便投入那高高挂起的篮里。在敌对的一面，那就一个人贴近正拿着球的，极敏捷极警觉地想法夺那手中的球。又一人监守着预备接球的第二个人，似乎他能确断他站的是个最为适当的地位，那球过来时一定落在自己手中，又一定能送到同伴的手中——他的眼光早已射到站在远处的可把球付与的同伴了，而他的几个同伴正散开在几个适当的地位等着。这些仅是一瞬间的形势而已，而且叙述得太粗疏了，实际绝不止这些。待球一脱手，局面便全变了。主客之势，犄角之形，身体活动的姿态，又样样是全新的了。那球腾扔不歇，场上便刻刻呈现新的局面。

他们都沉默不作声响；脸上现出一种特异的神采，这不能叫作希望的容光，又不合称为争竞的气概，勉强地说，“力的征象”或者“活动的征象”也许较为适切。偶然间一个人感到有招呼同伴的必要，那就极轻悄的一声“某”——真是轻悄到十二分，仅足使同伴感觉而已——这某字是姓是名字，当然无从知道。可是这么一声“某”已能收到与几多言语同样的效果，要表达的提示嘱咐鼓励等等意思，都一丝不漏地传达给所谓“某”的同伴，虽然他并不回答一声“知道了”，甚至点一点头抬一抬眼的表示都没有，然而旁观者自能默悟，知道他确已完全领会了。

擦擦的脚步声是场上的音乐，节奏有徐有疾，却总带着轻快的情调。皮球着地或者与人的肢体碰撞时发出空洞的音响，仿佛点着板眼。

我对这一场力的活剧，活动的表现，仅有一种感觉，大略如以下的情形。我感觉这十个人如涌而来，如涌而往，竟同潮水那样伟大。皮球的一回抛出，身体的一回运动，完全与各个人相呼应，正如潮水的一波一浪，与全潮水的呼吸融合着一样。他们那样地无心，什么胜利荣誉贪婪欺诈的心都没有，简直可以说他们没有各自的我。他们的心已融合为一个了！他们又这样地雄健，什么困疲伤残痛楚的顾虑都没有，简直可以说他们没有各自的身体。他们的身体也已融合为一个了！他们就是力！他们就是活动！

藕与莼菜

同朋友喝酒，嚼着薄片的雪藕，忽然怀念起故乡来了。若在故乡，每当新秋的早晨，门前经过许多乡人：男的紫赤的胳膊和小腿肌肉突起，躯干高大且挺直，使人起健康的感觉；女的往往裹着白地青花的头巾，虽然赤脚，却穿短短的夏布裙，躯干固然不及男的那样高，但是别有一种健康的美的风致；他们各挑着一副担子，盛着鲜嫩的玉色的长节的藕。在产藕的池塘里，在城外曲曲弯弯的小河边，他们把这些藕一再洗濯，所以这样洁白。仿佛他们以为这是供人品味的珍品，这是清晨的画境里的重要题材，倘若涂满污泥，就把人家欣赏的浑凝之感打破了；这是一件罪过的事，他们不愿意担在身上，故而先把它们洗濯得这样洁白，才挑进城里来。他们要稍稍休息的时候，就把竹扁担横在地上，自己坐在上面，随便拣择担里过嫩的“藕枪”或是较老的“藕朴”，大口地嚼着解渴。过路的人就站住了，红衣衫的小姑娘拣一节，白头发的老公公买两支。清淡的甘美的滋味于是普遍于家家户户了。这样情形差不多是平常的日误，直到叶落秋深的时候。

在这里上海，藕这东西几乎是珍品了。大概也是从我们故乡运来的。但是数量不多，自有那些伺候豪华公子硕腹巨贾的帮闲茶房们把大部分抢去了；其余的就要供在较大的水果铺里，位置在金山苹果吕宋香杧之间，专待善价而沽。至于挑着担子在街上叫卖的，也并不是没有，但不是瘦得像乞丐的臂和腿，就是涩得像未熟的柿子，实在无从欣羡。因此，除了仅有的一回，我们今年竟不曾吃过藕。

这仅有的一回不是买来吃的，是邻舍送给我们吃的。他们也不是自己买的，是从故乡来的亲戚带来的。这藕离开它的家乡大约有好些时候了，所以不复呈玉样的颜色，却满披着许多锈斑。削去皮的时候，刀锋过处，很不爽利。切成片送进嘴里爵着，有些儿甘味，但是没有那种鲜嫩的感觉，而且似乎含了满口的渣，第二片就不想吃了。只有孩子很高兴，他把这许多片嚼完，居然有半点钟工夫不再作别的要求。

想起了藕就联想到莼菜。在故乡的春天，几乎天天吃莼菜。莼菜本身没有味道，味道全在于好的汤。但是嫩绿的颜色与丰富的诗意，无味之味真足令人心醉。在每条街旁的小河里，石埠头总歇着一两条没篷的船，满舱盛着莼菜，是从太湖里捞来的。取得这样方便，当然能日餐一碗了。

而在这里上海又不然；非上馆子就难以吃到这东西。我们当然不上馆子，偶然有一两回去叨扰朋友的酒席，恰又不是莼菜上市的时候，所以今年竟不曾吃过。直到最近，伯祥的杭州亲戚来了，送他瓶装的西湖莼菜，他送给我一瓶，我才算也尝了新。

向来不恋故乡的我，想到这里，觉得故乡可爱极了。我自己也不明白，为什么会起这么深浓的情绪？再一思索，实在很浅显：因为在故乡有所恋，而所恋又只在故乡有，就萦系着不能割舍了。譬如亲密的家人在那里，知心的朋友在那里，怎得不恋恋？怎得不怀念？但是仅仅为了爱故乡么？不是的，不过在故乡的几个人把我们牵系着罢了。若无所牵系，更何所恋念？像我现在，偶然被藕与莼菜所牵系，所以就怀念起故乡来了。

所恋在哪里，哪里就是我们的故乡了。

卖白果

总弄里边不知不觉笼上昏黄的暮色，一列电灯亮起来了。三三两两的男子和妇女站在各弄的口头，似乎很正经的样子，不知在谈些什么。几个孩子，穿鞋没拔上跟，他们互相追赶，鞋底擦着水门汀地，作“替替”的音响。

这时候，一个挑担的慢慢地走进弄来，他向左右观看，顿一顿再向前走两三步。他探认主顾的习惯就是如此；主顾确是必须探认的，不然，挑着担子出来难道是闲要么？走到第四弄的口头，他把担子歇下来了。我们试看看他的担子。后头有一个木桶，盖着盖子，看不见盛的是什么东西。前头却很有趣，装着个小小的炉子，同我们烹茶用的差不多，上面承着一只小镬子，瓣状的火焰从镬子旁边舔出来，烧得不很旺。在这暮色已浓的弄口，便构成个异样的情景。

他开了镬子的盖子，用一片蚌壳在镬子里拨动，同时不很协调地唱起来了：“新鲜热白果，要买就来数。”发音很高，又含有急促的意味。这一唱影响可不小，左弄右弄里的小孩子陆续奔出来了，他们已经神往于镬子里的小颗粒，大人在后面喊着慢点儿跑的声音，对于他们只是微茫的喃喃了。

据平昔的经验，听到叫卖白果的声音时，新凉已经接替了酷暑；扇子虽不至于就此遭到捐弃，总不是十二分时髦的了；因此，这叫卖声里似乎带着一阵凉意。今年入秋转热，回家来什么也不做，还是气闷，还是出汗。正在默默相对，仿佛要叹息着说莫可奈何之际，忽然送来这么带着凉意的一声两声，引起我片刻的幻想的快感，我真要感谢了。

这声音又使我回想到故乡的卖白果的。做这营生的当然不只是一个，但叫卖的声调却大致相似，悠扬而轻清，恰配作新凉的象征；比较这里上海的卖白果的叫卖声有味得多了。他们的唱句差不多成为儿歌，我小时候曾经受教于大人，也模仿着他们的声调唱：

烫手热白果，
香又香来糯又糯；
一个铜钱买三颗，
三个铜钱买十颗。
要买就来数，
不买就挑过。

这真是粗俗的通常话，可是在静寂的夜间的深巷中，这样不徐不疾，不刚劲也不太柔软地唱出来，简直可以使人息心静虑，沉入享受美感的境界。本来，除开文艺，单从声音方面讲，凡是工人所唱一切的歌，小贩呼唤的一切叫卖声，以及戏台上红面孔白面孔青衫长胡子所唱的戏曲，中间都颇有足以移情的。我们不必辨认他们唱的是些什么话，含着什么意思，单就那调声的抑扬徐疾送渡转折等等去吟味；也不必如考据家内行家那样用心，推究某种俚歌源于什么，某种腔调是从前某老板的新声，特别可贵，只取足以悦我们的耳的，就多听它一会，这样，也就可以获得不少赏美的乐趣。如果歌唱的也就是极好的文艺，那当然更好，原是不待说明的。

这里上海的卖白果的叫卖声所以不及我故乡的，声调不怎么好自然是主因，而里中欠静寂，没有给它衬托，也有关系。全里的零零碎碎的杂声，里外马路上的汽车声，工厂里的机器声，搅和在一起，就无所谓静寂了。即使是神妙的音乐家，在这境界中演奏他生平的绝艺，也要打个很大的折扣，何况是不足道的卖白果的叫卖声呢。

但是它能引起我片刻的幻想的快感，总是可以感谢而且值得称道的。

深夜的食品

里的总门虽然在九点钟光景关上了，总门上的小门，仅容一个人出入的，却终夜开着。房主以为这是便利住户的办法，随便什么时候要进要出都可以，门口就有看门人睡在那里，所以疏失是不至于有的。这想法也许不错，随时可以进出确实便利，然而里里边却出了好几回疏失，贼骨头带着住户的东西走了。这是否由于小门开着的便利，固然不能确凿断定。

我想有一些人必然感激这小门的开着，是不容怀疑的，那就是挑售食品的小贩们。我中夜醒来（这是难得的事），总听见他们的叫卖声："五香茶叶蛋！""火腿热粽子！""五香豆腐干！""桂花白糖莲心粥！"还有些是广东人呼喊的，用心细辨也辨不清，只听见一连串生疏的声音而已。这时候众喧已息，固然有些骨牌声、笑语声、儿啼声在那里支持残局，表示这里里的人还没有全部入睡，但究竟不比白天的世界了。这些叫卖声大都是沙哑的，在这样的境界里传送过来，颤颤地，寂寂地，更显出这境界的凄凉与空虚。从这些声音又可以想见发声者的形貌，枯瘦的身躯，耸起的鼻子与颧颊，失神的眼睛，全没有血色的皮肤；他们提着篮子或者挑着担子，举起一步似乎提起一块石头，背脊是弯得像弓了。总之，听了这声音就会联想到《黑籍冤魂》里的登场人物。

有卖东西的，总有吃东西的。谁在深夜里还买这些东西吃呢？这可以断然回答，绝不是我们。我家向来是早睡的，至迟也不过十一点钟（当然也是早起的）。自从搬到乡下去住了三年，沾染了鄙野的习俗，益发实做其太古之民了。太阳还照在屋顶，我们就吃晚饭；太阳没了，我们就"日入而息"，灯自然要点一点的，然而只有一会儿工夫。近来搬到这文明的地方上海来住，论理总该有点进步，把鄙野的习染洗刷去一部分，但是我们的习染几乎化为本性了；地方虽然文明，与我们的鄙野全不相干，我们还是早吃晚饭早睡觉。有时候朋友来访，我们差不多要睡了，就问他们："晚饭吃过了吧？"谁知他们回答得很妙："才吃过晚点，晚饭还差两三个钟头呢。"这使我惭愧了，同时才想起他们是久居上海的，习染自然比我们文明得多。像我们这样的情形，决不会特地耽搁了睡觉，等着买五香茶叶蛋等等东西吃的；更不会一听到叫卖声就从床上爬起来，开门出去买。所以半夜的里里虽然常常颤颤地寂寂地喊着什么什么东西，而我们绝非他们的主顾。

那么他们的主顾是谁呢？我想那些神明不衰，通宵打牌的男男女女总该是其中的一部分。他们尚未睡眠，胃的工作并不改弱，到半夜里，已经把吃下去的晚餐消化得差不多了，怎禁得那些又香又甜又鲜美的名称一声声地引诱，自然要一口一口地咽唾沫了。手头赢了一点的呢，譬如少赢了一些，就很慷慨地买来吃个称心如意（黄包车夫在赌场门口候着一个赌客，这赌客正巧是赢了钱的，往往在下车的时候很不经意地给车夫过量的钱，洋钱当作毛钱用；何况五香茶叶蛋等等东西是自己吃下去的，当然格外地慷慨了）。输了的呢，他想借此告一小段落，说不定运气就会转变过来；把肚皮吃得充实些，头脑也会灵敏得多，结果"返本出赢钱"，吃的东西还是别人会的钞。他这么想的时候，就毫不在乎地喊道，"茶叶蛋，来三个！""莲心粥，来一碗！"

其次，与叫卖者同属黑籍的人们当然也是主顾。叫卖者正吞饱了土（烟土）皮，吃足了什么丸，精神似乎有点回复，才出来干他们的营生；那些一榻横陈，一枪自持的，当然也正是宿倦已消，情味弥佳的当儿，他们彼此做个交易，正是适合恰当，两相配合。抽大烟的人大都喜欢吃烫热的东西，有的欢喜吃甜腻的东西。那些待沽的东西几乎全是烫热的，都搁在一个小炉子上，炉子里红红地烧着炭屑；而卖火腿热粽子的，也带着猪油豆沙粽、白糖枣子粽，这可谓恰投所好了；买来吃下去，烫的感觉，甜的滋味，把深夜拥灯的情味益发提起来了，于是又重重地深深地抽上几管烟。

其他像戏馆里游戏场里散归的游人，做夜间工作的像报馆职员之类，还有文明的习染已深，非到两三点钟不睡的居民，他们虽然不觉得深夜之悠悠，或者为着消消闲，或者为着点点饥，也就喊住过路的小贩买一些东西吃。所以他们也是那些深夜叫卖者的主顾。

我想夜间的劳工们未必是主顾吧。老板伙计一身兼任的鞋匠，扎鞋底往往要到两三点钟；豆腐店里的伙计，黄昏时候就要起身磨豆腐了，拉夜班的黄包车夫，是义务所在，终夜不得睡觉的，他们负着自己和全家的生命的重担，就是加倍努力地做一夜的工作，也未必能挣得到够买一个茶叶蛋一只火腿粽的闲钱来；他们虽然听着那些又香又甜又鲜美的名称而神往，而垂涎，但是哪里敢真个把叫卖者喊住呢！

他们不敢喊住，对于叫卖者却没有什么影响，据同里的人谈起，以及我偶尔醒来的时候听见的，知道茶叶蛋等等是每晚必来的；这足以证明那些东西自会卖完，这一宗营生决不因为我们这样鄙野的人以及劳工们的不去作成它而会见得衰颓的。

牵牛花

手种牵牛花，接连有三四年了。水门汀地没法下种，种在十来个瓦盆里。泥是今年又明年反复用着的，无从取得新的泥来加入。曾与铁路轨道旁种地的那个北方人商量，愿出钱向他买一点儿，他不肯。

从城隍庙的花店里买了一包过磷酸骨粉，掺和在每一盆泥里，这算代替了新泥。

瓦盆排列在墙脚，从墙头垂下十条麻线，每两条距离七八寸，让牵牛的藤蔓缠绕上去。这是今年的新计划，往年是把瓦盆摆在三尺光景高的木架子上的。这样，藤蔓很容易爬到了墙头，随后长出来的互相纠缠着，因自身的重量倒垂下来，但末梢的嫩条便又蛇头一般仰起，向上伸，与别组的嫩条纠缠，待不胜重量时重演那老把戏；因此墙头往往堆积着繁密的叶和花，与墙腰的部分不相称。今年从墙脚爬起，沿墙多了三尺光景的路程，或者会好一点儿；而且，这就将有一垛完全是叶和花的墙。

藤蔓从两瓣子叶中间引伸出来以后，不到一个月功夫，爬得最快的几株将要齐墙头了。每一个叶柄处生一个花蕾，像谷粒那么大，便转黄萎去。据几年来的经验，知道起头的一批花蕾是开不出来的；到后来发育更见旺盛，新的叶蔓比近根部的肥大，那时的花蕾才开得成。

今年的叶格外绿，绿得鲜明；又格外厚，仿佛丝绒剪成的。这自然是过磷酸骨粉的功效。他日花开，可以推知将比往年的盛大。

但兴趣并不专在看花，种了这小东西，庭中就成为系人心情的所在，早上才起，工毕回来，不觉总要在那里小立一会儿。那藤蔓缠着麻线卷上去，嫩绿的头看似静止的，并不动弹；实际却无时不回旋向上，在先朝这边，停一歇再看，它便朝那边了。前一晚只是绿豆般大一粒嫩头，早起看时，便已透出二三寸长的新条，缀一两张长满细白绒毛的小叶子，叶柄处是仅能辨认形状的小花蕾，而末梢又有了绿豆般大一粒嫩头。有时认着墙上的斑驳痕想，明天天必便爬到那里吧；但出乎意外，明晨竟爬到了斑驳痕之上；好努力的一夜功夫！“生之力”，不可得见；在这样小立静观的当儿，却默契了“生之力”了。渐渐地，浑忘意想，复何言说，只呆对着这一墙绿叶。

即使没有花，兴趣未尝短少；何况他日花开，将比往年盛大呢。

说　书

因为我是苏州人，望道先生要我谈谈苏州的说书。我从七八岁的时候起，私塾里放了学，常常跟着父亲去“听书”。到十三岁进了学校才间断。这几年间听的“书”真不少，“小书”如《珍珠塔》《描金凤》《三笑》《文武香球》，“大书”如《三国志》《水浒》《英烈》《金台传》，都不止听一遍，最多的听到三遍四遍。但是现在差不多忘记干净了，不要说“书”里的情节，就是几个主要人物的姓名也说不齐全了。

“小书”说的是才子佳人，“大书”说的是历史故事跟江湖好汉，这是大概的区别。“小书”在表白里夹着唱词，唱的时候说书人弹着三弦；如果是双档（两个人登台），另外一个就弹琵琶或者打铜丝琴。“大书”没有唱词，完全是表白。说“大书”的那把黑纸扇比较说“小书”的更为有用，几乎是一切“道具”的代替品，诸葛亮不离手的鹅毛扇，赵子龙手里的长枪，李逵手里的板斧，胡大海手托的千斤石，都是那把黑纸扇。

说“小书”的唱词据说是依“中州韵”的，实际上十之八九是方音，往往ㄣㄥ不分，“真”“庚”同韵。唱的调子有两派：一派叫“马调”，一派叫“俞调”。“马调”质朴，“俞调”婉转。“马调”容易听清楚，“俞调”抑扬太多，唱得不好，把字音变了，就听不明白。“俞调”又比较是女性的，说书的如果是中年以上的人，勉强逼紧了喉咙，发出撕裂似的声音来，真叫人坐立不安，浑身肉麻。

“小书”要说得细腻。《珍珠塔》里的陈翠娥见母亲势利，冷待远道来访的穷表弟方卿，私自把珍珠塔当作干点心送走了他。后来忽听得方卿来了，是个唱

“道情”的穷道士打扮，要求见她。她料知其中必有蹊跷，下楼去见他呢还是不见他，踌躇再四，于是下了几级楼梯就回上去，上去了又走下几级来，这样上上下下有好多回，一回有一回的想头。这段情节在名手有好几天可以说。其时听众都异常兴奋，彼此猜测，有的说“今天陈小姐总该下楼梯了”，有的说“我看明天还得回上去呢”。

“大书”比较“小书”尤其着重表演。说书人坐在椅子上，前面是一张半桌，偶然站起来，也不很容易回旋，可是像演员上了戏台一样，交战，打擂台，都要把双方的姿态做给人家看。据内行家的意见，这些动作要做得沉着老到，一丝不乱，才是真功夫。说到这等情节自然很吃力，所以这等情节也就是“大书”的关子。譬如听《水浒》，前十天半个月就传说“明天该是景阳冈打虎了”，但是过了十天半个月，还只说到武松醉醺醺跑上冈子去。

说“大书”的又有一声“咆头”，算是了不得的“力作”。那是非常之长的喊叫，舌头打着滚，声音从阔大转到尖锐，又从尖锐转到奔放，有本领的喊起来，大概占到一两分钟的时间：算是勇夫发威时候的吼声。张飞喝断灞陵桥就是这么一声“咆头”。听众听到了“咆头”，散出书场来还觉得津津有味。

无论“小书”和“大书”，说起来都有“表”跟“白”的分别。“表”是用说书人的口气叙述；“白”是说书人说书中人的话。所以“表”的部分只是说书人自己的声口，而“白”的部分必须起角色，生旦净丑，男女老少，各如书中人的身份。起角色的时候，大概贴旦丑角之类仍用苏白，正角色就得说“中州韵”，那就是“苏州人说官话”了。

说书并不专说书中的事，往往在可以旁生枝节的地方加入许多“穿插”。“穿插”的来源无非《笑林广记》之类，能够自出心裁地编排一两个“穿插”的当然是能手了。关于性的笑话最受听众欢迎，所以这类“穿插”差不多每回可以听到。最后的警句说了出来之后，满场听众个个哈哈大笑，一时合不拢嘴来。

书场设在茶馆里。除了苏州城里，各乡镇的茶馆也有书场。也不止苏州一地，大概整个吴方言区域全是这批说书人的说教地。直到如今还是如此。听众是士绅以及商人，以及小部分的工人农民。从前女人不上茶馆听书，现在可不同了。听书的人在书场里欣赏说书人的艺术，同时得到种种的人生经验：公子小姐的恋爱方式，何用式的阴谋诡计，君师主义的社会观，因果报应的伦理观，江湖好汉的大块分金，大碗吃肉，超自然力的宰制人间，无法抵抗……也说不尽这许多，总之，那些人生经验是非现代的。

现在，书场又设到无线电播音室里去了。听众不用上茶馆，只要旋转那“开关”，就可以听到叮叮咚咚的弦索声或者海瑞，华太师等人的一声长嗽。非现代的人生经验利用了现代的利器来传播。这真是时代的讽刺。

昆　曲

昆曲本是吴方言区域里的产物，现今还有人在那里传习。苏州地方，曲社有好几个。退休的官僚，现任的善堂董事，从课业练习簿的堆里溜出来的学校教员，专等冬季里开栈收租的中年田主少年田主，还有诸如此类的一些人，都是那几个曲社里的社员。北平并不属于吴方言区域，可是听说也有曲社，又有私家聘请了教师学习的，在太太们，能唱几句昆曲算是一种时髦。除了这些“爱美的”唱曲家偶尔登台串演以外，职业的演唱家只有一个班子，这是唯一的班子了，就是上海“大千世界”的“仙霓社”。逢到星期日，没有什么事来逼迫，我也偶尔跑去看他们演唱，消磨一个下午。

演唱昆曲是厅堂里的事。地上铺一方红地毯，就算是剧中的境界，唱的时候，笛子是主要的乐器，声音当然不会怎么响，但是在一个厅堂里，也就各处听得见了。搬上旧式的戏台去，即使在一个并不宽广的戏院子里，就不及平剧那样容易叫全体观众听清。如果搬上新式的舞台去，那简直没法听，大概坐在第五六排的人就只看见演员拂袖按鬓了。我不曾做过考据功夫，不知道什么时候开始有演唱昆曲的戏院子。从一些零星的记载看来，似乎明朝时候只有绅富家里养着私家的戏班子。《桃花扇》里有陈定生一班文人向阮大铖借戏班子，要到鸡鸣埭上去吃酒，看他的《燕子笺》，也可以见得当时的戏不过是几十个人看看罢了。我十几岁的时候，苏州城外有演唱平剧的戏院子两三家，演唱昆曲的戏院子是不常有的，偶尔开设起来，开锣不久，往往因为生意清淡就停闭了。

昆曲彻头彻尾是士大夫阶级的娱乐品，宴饮的当儿，叫养着的戏班子出来演几出，自然是满写意的。而那些戏本子虽然也有幽期密约，盗劫篡夺，但是总要归结到教忠教孝，劝贞劝节，神佛有灵，人力微薄，这就除了供给娱乐以外，对于士大夫阶级也尽了相当的使命。就文词而言，据内行家说，多用词藻故实是不算稀奇的，要像元曲那样亦文亦话才是本色。但是，即使像了元曲，又何尝能够句句像口语一样听进耳朵就明白？再说，昆曲的调子有非常迂缓的，一个字延长到十几拍，那就无论如何讲究辨音，讲究发声跟收声，听的人总之难以听清楚那是什么字了。所以，听昆曲先得记熟曲文；自然，能够通晓曲文里的故事跟词藻那就尤其有味。这又岂是士大夫阶级以外的人所能办到的？当初编撰戏本子的人原来不曾为大众设想，他们只就自己的天地里选一些材料，编成悲欢离合的故事，借此娱乐自己，教训同辈，或者发发牢骚。谁如果说昆曲太不顾到大众，谁就是认错了题目。

昆曲的串演，歌舞并重。舞的部分就是身体的各种动作跟姿势，唱到哪个字，眼睛应该看哪里，手应该怎样，脚应该怎样，都由老师傅传授下来，世代遵守着。动作跟姿势大概重在对称，向左方做了这么一个舞态，接下来就向右方也做这么一个舞态，意思是使台下的看客得到同等的观赏。譬如《牡丹亭》里的《游园》一出，杜丽娘小姐跟春香丫头就是一对舞伴，从闺中晓妆起，直到游罢回家止，没有一刻不是带唱带舞的，而且没有一刻不是两人互相对称的。这一点似乎比较平剧跟汉调来得高明。前年看见过一本《国剧身段谱》，详记平剧里各种角色的各种姿势，实在繁复非凡；可是我们去看平剧，就觉得演员很少有动作，如《李陵碑》里的杨老令公，直站在台上尽唱，两手插在袍甲里，偶尔伸出来挥动一下罢了。昆曲虽然注重动作跟姿势，也要演员能够体会才好，如果不知道所以然，只是死守着祖传来表演，那就跟木偶戏差不多。

昆曲跟平剧在本质上没有多大差别，然而后者比较适合于市民，而士大夫阶级已无法挽救他们的没落，昆曲恐将不免于淘汰。这跟麻将代替了围棋，豁拳代替了酒令，是同样的情形。虽然有曲社里的人在那里传习，然而可怜得很，有些人连曲文都解不通，字音都念不准，自以为风雅，实际上却是薛蟠那样的哼哼，活受罪，等到一个时会到来，他们再没有哼哼的余闲，昆曲岂不将就此“绝响”？这也没有什么可惜，昆曲原不过是士大夫阶级的娱乐品罢了。

有人说，还有大学文科里的“曲学”一门在。大学文科分门这样细，有了诗，还有词，有了词，还有曲，有了曲，还有散曲跟剧曲，有了剧曲，还有元曲研究跟传奇研究，我只有钦佩赞叹，别无话说。如果真是研究，把曲这样东西看作文学史里的一宗材料，还它个本来面目，那自然是正当的事。但是人的癖性往往会因为亲近了某种东西，生出特别的爱好心情来，以为天下之道尽在于此。这样，就离开研究二字不止十里八里了。我又听说某一所大学里的“曲学”一门功课，教授先生在教室里简直就教唱昆曲，教台旁边坐着笛师，笛声嘘嘘地吹起来，教授先生跟学生就一同嗳嗳嗳……地唱起来。告诉我的那位先生说这太不成话了，言下颇有点愤慨。我说，那位教授先生大概还没有知道，“仙霓社”的台柱子，有名的巾生顾传玠，因为唱昆曲没前途，从前年起丢掉本行，进某大学当学生去了。

这一回又是望道先生出的题目。真是漫谈，对于昆曲一点儿也没有说出中肯的话。

看　月

住在上海“弄堂房子”里的人对于月亮的圆缺隐现是不甚关心的。所谓“天井”，不到一丈见方的面积。至少十六支光的电灯每间里总得挂一盏。环境限定，不容你有关心到月亮的便利。走到路上，还没“断黑”已经一连串地亮了街灯。有月亮吧，就像多了一盏灯。没有月亮吧，犹如一盏街灯损坏了，没有亮起来。谁留意这些呢?

去年夏天，我曾经说过不大听到蝉声，现在说起月亮，我又觉得许久不看见月亮了。只记得某夜夜半醒来，对窗的收音机已经沉寂，隔壁的“麻将”也歇了手，各家的电灯都已熄灭，一道象牙色的光从南窗透进来，把窗棂印在我的被袱上。我略微感到惊异，随即想到原来是月亮光。好奇地要看看月亮本身，我向窗外望。但是，一会儿月亮被云遮没了。

从北平来的人往往说在上海这地方怎么“待”得住。一切都这样紧张。空气是这样龌龊。走出去很难得看见树木。诸如此类，他们可以举出一大堆。我想，月亮仿佛失掉了这一点，也该列入他们认为上海“待”不住的理由吧。假若如此，我倒并不同意。在生活的诸般条件里列入必须看月亮一项，那是没有理由的。清旷的襟怀和高远的想象力未必定须由对月而养成。把仰望的双眼移到地面，同样可以收到修养上的效益，而且更见切实。可是我并非反对看月亮，只是说即使不看也没有什么关系罢了。

最好的月色我也曾看过。那时在福州的乡下，地当闽江一折的那个角上。某夜，靠着楼栏直望。闽江正在上潮，受着月光，成为水银的洪流。江岸诸山略微笼罩着雾气，好像不是平日看惯的那几座山了。月亮高高停在天空，非常舒泰的样子。从江岸直到我的楼下是一大片沙坪，月光照着，茫然一白，但带点儿青的意味。不知什么地方送来晚香玉的香气。也许是月亮的香气吧，我这么想。我心中不起一切杂念，大约历一刻钟之久，才回转身来。看见蛎粉墙上印着我的身影，我于是重又意识到了我。

那样的月色如果能得再看几回，自然是愉悦的事，虽然前面我说过“即使不看也没有什么关系”。

骨牌声

走进里里，总弄的靠墙角的一盏盏电灯全都亮了，在第四盏灯底下，一张轻便的桌子斜角摆着，四个女人围着“打麻将”。她们不用扇扇子，也不在周身乱拍乱搔，像其他乘凉的人那样；大概暑气与蚊虫都与她们疏远了。

这使我想到伯祥近来的一夜的失眠。伯祥的屋子是带“跨街楼”的，就把跨街楼作为卧室。那一晚他上床睡了，来了！就在楼底下送来倒出一盒骨牌的声音，接着就是抹牌的声音，碰牌的声音，人的说笑，惊喜，埋怨，随口骂詈，种种的声音。先前医生给伯祥诊察过，说他的血浆比较薄，心脏不很强健；影响到心理，就形成感觉敏锐。这楼下的声音并不细微，当然立刻引起他的注意，朦胧的倦意就消失了。声音继续不绝，他似乎被强迫地一一去听，同时对于将要失眠了又怀着越来越凶的惴惴。楼下的人兴致不衰，一圈一圈打下去，直到炮车似的粪车动地震耳地推进里里来了，他们方才歇手。谁输谁赢自然是确定了，或者大家还觉得有点儿软软的倦意；但是他们必然料不到楼上的伯祥也陪着他们一夜不曾合眼。

在我家听力所及的四围的邻居中，也常常有通宵打牌的。我是出名的贪睡汉，并不曾因此失眠过一回，像伯祥那样。在我还没有睡的时候，听见他们抹牌，很不经意地想，“他们打牌了”，随后也就安然，躺下不多时，就睡熟了。偶尔半夜里醒来，又听见他们抹牌，朦朦胧胧地想，“他们还没有歇手呢，”一转身，又睡熟了。直到小女孩醒了，我似乎被她闹醒，看窗上已经布满含有希望的青光，这时候又听见他们抹牌，轻轻地，慢慢地，似乎乏力的样子；这才知道他们打了通宵的牌。

不是没有白天打牌的；据家里人说，日里头也常听见骨牌桌子相击的声音，不过我日里头在家的时候少，就觉得打牌的事总是夜里发生的多了，然而有几回回家吃午饭的时候，也曾听得噼噼啪啪的骨牌响。

有人说，“游戏而至于打麻将，可说最没有趣味的了，组织这么简单，一点儿用不着费心思，有什么好玩！”说这句话如果意在劝人不要打麻将，简直是不通世务的读书官人说的，明白的人决不会这么说。

现在先讲趣味。趣味是须经旁人判定的呢，还是在于本身的体会？这似乎无须讨论，当然，在于本身的体会；别人固然可以代我判定，但是没有办法使我与他同感。譬如别人尽可以向我说大蒜是最爽口的东西，但是我总觉得大蒜的恶臭不堪向迩；别人又可以向我说这西瓜不好，不要吃吧，但是我总不肯舍弃，因为凡西瓜不论好坏我都爱吃：这有什么办法呢？

那些朝打牌夜打牌的男人们，大概有个职业，他们认定职业是为着吃饭的，天生就一张嘴一副肠胃，就不能不从职业上弄到一点消费的材料，这里头颇含勉强的意思，即使有趣味也淡得很了；不然，为什么工人喜欢歇工，教员爱听放假呢？那些女人们，大概担负大部的家务，她们认定家务是自己先天注定的重负，为男人，为孩子，为全家族，都是不可推诿的；这就未必是心甘情愿的了，似乎说不上有什么趣味；不然，为什么弄口电灯底下，常常有两三个女人在那里互诉家务的辛劳呢？至于一些游手好闲的男女，东家靠一靠就是一两点钟，西家坐一坐就是半天，谈些捉到几个臭虫，昨夜给蚊虫扰了一夜的事，实在也是莫可奈何，才做这种无聊的消遣，如果要他们说一声“这很有趣味”，我猜想他们未必愿意答应吧。

人总爱做点有趣味的事，借以消解种种的劳困与无聊。他们有什么事情可做呢？你说，为什么不去欣赏艺术？不错；但是欣赏须得有素养，他们有么？你又说，为什么不去逛公园？不错；但是逛公园男的须穿起洋服，女的也须打扮得体面一点，这岂是人人办得到的事？房屋是丛墓的样子，三家四家的人统统砌在一楼一底里，身也转不得，更不用说北窗消暑，月院乘凉了。好在桌子是现成摆在那里的，骨牌是祖传或新置的，倒不如就此坐拢来，打这么八圈十二圈。心有所注，暑气全消了，蝇蚊也似乎远引了，趣味一。大家说打牌是写意（“写意”是苏沪一带人常说的，含有漂亮、舒服、轻快、推开责任等等意思，这里指舒服）的事，现在居然身为写意的事，同大大小小的写意人一样，趣味二。或者幸运光临，还可以有赢到几个铜圆几个银角子的希望，如同中了什么奖券的小彩，趣味三；谁说是没有趣味呢！

其次讲用心思，这尤其是简单不过的。你以用心思为有味，也许人家以不用心思为有味；彼此如果因此争论起来，结果当是谁也不能折服谁。况且向来不曾用过心思的，你定要他非用心思不可，岂不叫他头痛？他们说，麻将之所以使我们欢喜，就在于一点儿用不着费心思；你又有什么话说？

世间不通世务的读书官人究竟不多，做点有趣味的事这个观念究竟是普遍的，于是我们常常听见骨牌声了。

第四辑

过去的一些寻常事

我和商务印书馆

如果有人问起我的职业，我就告诉他：我当过教员，又当过编辑，当编辑的年月比当教员多得多。现在眼睛坏了，连笔画也分辨不清了，有时候免不了还要改一些短稿，自己没法看，只能听别人念。

做编辑工作是进了商务印书馆才学的。记得第一次校对，我把校样读了一遍，不曾对原稿，校样上漏了一大段，我竟没有发现。一位专职校对看出来了，他用红笔在校样上批了几个字退回给我，弄得我很不好意思。我才知道编辑不好当，丝毫马虎不得，必须认认真真一边干一边学。

我进商务是1923年春天，朱经农先生介绍的。朱先生当时在编译所当国文部和史地部的主任。我在国文部，跟顾颉刚兄一同编《新学制中学国文课本》。这套课本的第一册是另外几位编的，其中有周予同兄。我参与了那时候颁发的“新学制中学国文课程标准”的拟订工作。

1927年6月，郑振铎兄去欧洲游历，我代他编《小说月报》，跟徐调孚兄合作。商务办了十几种杂志，除了大型的综合性的《东方杂志》人比较多，有十好几位，其余的每种杂志只有四位。《小说月报》除了调孚兄和我，还有两位管杂务的先生。他们偶尔也看看校样，但是不能让人放心。

那时正是大革命之后，时代的激荡当然会在文学的领域里反映出来。那两年里，《小说月报》上出现了许多有新意的作品，也出现了许多新的名字，最惹人注意的是茅盾、巴金和丁玲。当时大家不知道茅盾就是沈雁冰兄。他过去不写小说，只介绍国外的作品和理论。巴金和丁玲两位都不相识，是以后才见面的。

等振铎兄从欧洲回来，休息了一些日子，我就把《小说月报》的工作交回给他，回到国文部编《学生国学丛书》，时间记不太准，总在1929年上半年。到第二年下半年，我又去编《妇女杂志》，跟金仲华兄合作。1931年初，开明书店创办《中学生》杂志，过了不久，夏丏尊先生章锡琛先生要我去帮忙，我就离开了商务。我在商务当编辑一共八个年头。

商务创办于1898年，老板是几位印《圣经》发家的工人；两年以后，维新派的知识分子参加进去，成立了编译所，一个编译、印刷、发行三者联合的文化企业就初具规模了。后来业务逐渐发展，就编译和出版的书籍杂志来说，文史哲理工医音体美，无所不包；有专门的，有通俗的，甚至有特地供家庭妇女和学前儿童阅读的。此外还贩卖国外的书刊、贩卖各种文具和体育器械，还制造仪器标本和教学用品供应各级学校，甚至还摄制影片，包括科教片和故事片。业务方面之广和服务对象之广，现在的任何一家出版社都不能和商务相比。商务的这个特点，现在不大有人说起了。

商务的编译所是知识分子汇集的地方，人员最多的时候有三百多位。早期留美回来的任鸿隽、竺可桢、朱经农、吴致觉诸先生，留日回来的郑贞文、周昌寿、李石岑、何公敢诸先生，都在商务的编译所工作过。稍后创办的几家出版业如中华、世界、大东、开明，骨干大多是从商务出来的；还有许多印刷厂装订厂，情形也大多相同。可以这样说，商务为我国的出版事业，从各方面培养了大批技术力量。

有趣的是1949年10月新中国成立，政务院有个管出版事业的直属机构叫出版总署，胡愈老任署长，周建老和我任副署长，二十多年前在商务编译所共事的老朋友又聚在一起了。后来人民教育出版社成立，我兼任社长。1954年9月，出版总署撤销，这一摊工作并入文化部。胡愈老调到文化部，出版工作仍旧由他主管；我调到教育部，主要还是在人民教育出版社做编辑工作。这一二十年来，老朋友过世的不少，周建老、胡愈老和我还健在。有人说，做出版工作的人就是长寿。

过去随谈

一

在中学校毕业是辛亥那一年。并不曾作升学的想头；理由很简单，因为家里没有供我升学的钱。那时的中学毕业生当然也有“出路问题”；不过像现在的社会评论家杂志编辑者那时还不多，所以没有现在这样闹闹嚷嚷的。偶然的机缘，我就当了初等小学的教员，与二年级的小学生作伴。钻营请托的况味没有尝过，照通常说，这是幸运。在以后的朋友中间有这么一位，因在学校毕了业将与所谓社会面对面，路途太多，何去何从，引起了甚深的怅惘，有一回偶游园林，看见澄清如镜的池塘，忽然心酸起来，强烈地萌生着就此跳下去完事的欲望。这样伤感的青年心情我可没有，小学教员是值得当的，我何妨当当，从实际说，这又是幸运。

小学教员一连当了十年，换过两次学校，在后面的两所学校里，都当高等班的级任，但也兼过半年幼稚班的课——幼稚班者，还够不上初等一年级，而又不像幼稚园儿童那样地被训练的，是学校里一个马马虎虎的班次。职业的兴趣是越到后来越好；因为后来几年中听到一些外来的教育理论和方法，自家也零零星星悟到一点儿，就拿来施行，而同事又是几位熟朋友的缘故。当时对于一般不知振作的同业颇有点儿看不起，以为他们德行上有污点；倘若大家能去掉污点，教育界一定会大放光彩的。

民国十年暑假后开始教中学生。那被邀请的理由有点儿滑稽。我曾经写些短篇小说刊载在杂志上。人家以为能写小说就是善于作文，善于作文当然也能教国文，于是我仿佛是颇为适宜的国文教师了。这情形到现在仍然不变，写过一些小说之类的往往被聘为国文教师，两者之间的距离似乎还不曾有人切实注意过。至于我舍小学而就中学的缘故，那是不言而喻的。

直到今年，曾经在五所中学三所大学当教员，教的都是国文，这一半是兼职，正业是书局编辑，连续七年有余了。大学教员我是不敢当的；我知道自己怎样没有学问，我知道大学教员应该怎样教他的科目，两相比并，我的不敢是真情。人家却说了："现在的大学，名而已！你何必拘拘？"我想这固然不错；但是从"尽其在我"的意义着想，不能因大学不像大学，我就不妨去当不像大学教员的大学教员。所惜守志不严，牵于友情，竟尔破戒。今年在某大学教"历代文选"，劳动节的下一天，接到用红铅笔署名"L"的警告信，大意说我教的那些古旧文篇，徒然助长反动势力，于学者全无益处，请即自动辞职，免讨没趣云云。我看了颇愤愤；若说我没有学问，我承认；说我助长反动势力，我恨反动势力恐怕比这位L先生更真切些呢；倘若认为教古旧文篇就是助长反动势力的实证，不必问对于文篇的态度如何，那么他该叫学校当局变更课程，不该怪到我。后来知道这是学校波澜的一个弧痕，同系的教员都接到L先生的警告信，措辞比给我的信更严重，我才像看到丑角的丑脸那样笑了。从此辞去不教；愿以后谨守所志，"直到永远"。

自知就所有的一些常识以及好嬉肯动的少年心情，当个小学或初中的教员大概还适宜。这自然是不往根底里想去的说法；如往根底里想去，教育对于社会的真实意义（不是世俗认为的那些意义）是什么，与教育相关的基本科学内容是怎样，从事教育技术上的训练该有哪些项目，关于这些，我就与大多数教员一样，知道得太少了。

二

作小说的兴趣可以说因中学时代读华盛顿·欧文的《见闻录》引起的。那种诗味的描写，谐趣的风格，似乎不曾在读过的一些中国文学里接触过；因此我想，作文要如此才佳妙呢。开头作小说记得是民国三年；投寄给小说周刊《礼拜六》，登出来了，就继续作了好多篇。到后来，“礼拜六派”是文学界中一个卑污的名称，无异“海派”“黑幕派”等等。我当时的小说多写平凡的人生故事，同后来相仿佛，浅薄诚然有之，如何恶劣却不见得，虽然用的工具是文言，还不免贪懒用一些成语典故。作了一年多就停笔了，直到民国九年才又动手。是颉刚君提示的，他说在北京的朋友将办一种杂志，写一篇小说付去吧。从此每年写成几篇，一直不曾间断，只有今年是例外，眼前是十月将尽了，还不曾写过一篇呢。

预先布局，成后修饰，这一类ABC里所诏示的项目，总算尽可能地力实做的。可是不行；写小说的基本要项在乎有一双透彻观世的眼睛，而我的眼睛够不上；所以人家问我哪一篇最惬心时，我简直不能回答。为要写小说而训练自己的眼睛固可不必；但眼睛的训练实在是生活的补剂，因此我愿意对这方面致力。如果致力而有进益，由进益而能写出些比较可观的文篇，自是我的欢喜。

为什么近来渐渐少写，到今年连一篇也没有写呢？有一个浅近的比喻，想来倒很确切的。一个人新买一具照相机，不离手的对光，扳机，卷干片，一会儿一打干片完了，就装进一打，重又对光，扳机，卷干片。那时候什么对象都是很好的摄影题材；小妹妹靠在窗沿憨笑，这有天真之趣，照它一张；老母亲捧着水烟袋抽吸，这有古朴之致，照它一张；出外游览，遇到高树、流水、农夫、牧童，颇浓的感兴立刻涌起，当然不肯放过，也就逐一照它一张，洗出来时果能成一张像样的照相与否似乎不关紧要，最热心的是“搭”的一扳；面前是一个对象，对着它“搭”的扳了，这就很满足了。但是，到后来却有相度了一番终于收起镜箱来的时候。爱惜干片么？也可以说是，然而不是。只因希求于照相的条件比以前多了，意味要深长，构图要适宜，明暗要美妙，还有其他等等，相度下来如果不能应合这些条件，宁可收起镜箱了事；这时候，徒然一扳被视为无意义了。我从前多写只是热心于一扳，现在却到了动辄收起镜箱的境界，是自然的历程。

三

《中学生》主干曾嘱我说些自己修习的经历，如如何读书之类。我很惭愧，自计到今为止，没有像模像样读过书，只因机缘与嗜好，随时取一些书来看罢了。读书既没有系统，自家又并无分析和综合的识力，不能从书的方面多得到什么是显然的。外国文字呢？日文曾经读过葛祖兰氏的《自修读本》两册，但是像劣等学生一样，现在都还给老师了。至于英文，中学时代读得不算浅，读本是文学名著，文法读到纳司非尔的第四册呢；然而结果是半通不通，到今看电影字幕还不能完全明白。（我觉得读英文而结果如此的实在太多了。多少的精神和时间，终于不能完全看明白电影字幕！正在教英文读英文的可以反省一下了。）不去彻底修习，达到全通真通，当然是自家的不是；可是学校对于学生修习各项科目都应定一个毕业的最低限度，一味胡教而不问学生果否达到了最低限度，这不能不怪到学校了。外国文字这一工具既然不能使用，要接触些外国的东西只好看看译品，这就与专待喂养的婴孩同样可怜，人家不翻译，你就没法想。说到译品，等类颇多。有些是译者实力不充而硬欲翻译的，弄来满盘都错，使人怀疑外国人的思想话语为什么会这样奇怪不依规矩。有些据说为欲忠实，不肯稍事变更原文语法上的结构，就成为中国文字写的外国文。这类译品若请专读线装书的先生们去看，一定回答“字是个个识得的，但是不懂得这些字凑合在一起说些什么”。我总算能够硬看下去，而且大致有点儿懂，这不能不归功于读过两种读如未读的外国文。最近看到东华君译的《文学之社会学的批评》，清楚流畅，义无隐晦，以为译品像这个样子，庶几便于读者。声明一句，我不是说这本书就是翻译的模范作；我没有这样狂妄，会自认有评判译品高下的能力。

说起读书，十年来颇看到一些人，开口闭口总是读书，“我只想好好儿念一些书”，“某地方一个图书馆都没有，我简直过不下去”，“什么事都不管，只要有书读，我就满足了”，这一类话时时送到我的耳边；我起初肃然起敬，既而却未免生厌。那种为读书而读书的虚矫，那种认别的什么都不屑一做的傲慢，简直自封为人间的特殊阶级，同时给予旁人一种压迫，仿佛唯有他们是人间的智慧的笃爱者。读书只是至为平常的事而已，犹如吃饭睡觉，何必作为一种口号，唯恐不遑地到处宣传。况且所以要读书，从哲学以至于动植矿，就广义说，无非要改进人间的生活。光是“读”绝非终极的目的。而那些“读书”“读书”的先生们似乎以为光是“读”最了不起，生活云云不在范围以内；这也引起我的反感。我颇想标榜“读书非究竟义谛主义”——当然只是想想罢了，宣言之类并未写过。或者有懂得心理分析的人能够说明我之所以有这种反感，由于自家的头脑太俭了，对于书太疏阔了，因此引起了嫉妒，而怎样怎样的理由是非意识地文饰那嫉妒的丑脸的。如果被判定如此，我也不想辩解，总之我确然曾有这样的反感。至于那些将读书作口号的先生们是否真个读书，我不得而知；可是有一层，从其中若干人的现况上看，我的直觉的批评成为客观的真实了。他们果然相信自己是人间智慧的宝库，无所不知，无所不能，得便时抛开了为读书而读书的招牌，就不妨包办一切；他们俨然承认自己是人间的特殊阶级，虽在极微纽的一谈笑之顷，总要表示外国人提出来的“高等华人”的态度。读书的口号，包办一切，“高等华人”，这其间仿佛有互相纠缠的关系似的。

四

我与妻结婚是由人家作媒的，结婚以前没有会过面，也不曾通过信。结婚以后两情颇投合，那时大家当教员，分散在两地，一来一往的信在半途中碰头，写信等信成为盘踞心窝的两件大事。到现在十四年了，依然很爱好。对方怎样的好是彼此都说不出的，只觉很合适，更合适的情形不能想象，如是而已。

这样打彩票式的结婚当然很危险的，我与妻能够爱好也只是偶然；迷信一点儿说，全凭西湖白云庵那位月下老人。但是我得到一种便宜，不曾为求偶而眠思梦想，神魂颠倒；不曾沉溺于恋爱里头，备尝甜酸苦辣各种滋味。图得这种便宜而去冒打彩票式的结婚的险，值得不值得固难断言，至少，青年期的许多心力和时间是挪移了过来，可以去对付别的事了。

现在一般人不愿冒打彩票式的结婚的险是显然的，先恋爱后结婚成为普遍的信念。我不菲薄这种信念，它的流行也有所谓“必然”。我只想说那些恋爱至上主义者，他们得意时谈心，写信，作诗，看电影，游名胜，失意时伤心，流泪，作诗（充满了惊叹号），说人间最不幸的只有他们，甚至想投黄浦江；像这样把整个生命交给恋爱，未免可议。这种恋爱只配资本家的公子“名门”的小姐去玩的。他们享用的是他们的父亲祖先剥削得来的钱，他们在社会上的地位在未入母腹时早就安排停当，他们看世界非常太平，没有一点儿问题；闲暇到这样地步却也有点儿难受，他们于是就恋爱这个题目，弄出一些悲欢哀乐来，总算在他们空白的生活录上写下了几行。如果不是闲暇到这样的青年男女也想学步，那唯有障碍自己的进路，减损自己的力量而已。

人类不灭，恋爱也永存。但是恋爱各色各样。像公子小姐们玩的恋爱，让它“没落”吧！

牛

在乡下住的几年里，天天看见牛。可是直到现在还像显现在眼前的，只有牛的大眼睛。冬天，牛拴在门口晒太阳。它躺着，嘴不停地磋磨，眼睛就似乎比忙的时候睁得更大。牛眼睛好像白的成分多，那是惨白。我说它惨白，也许为了上面网着一条条血丝。我以为这两种颜色配合在一起，只能用死者的寂静配合着吊丧者的哭声那样的情景来相摹拟。牛的眼睛太大，又鼓得太高，简直到了使你害怕的程度。我进院子的时候经过牛身旁，总注意到牛鼓着的两只大眼睛在瞪着我。我禁不住想，它这样瞪着，瞪着，会猛地站起身朝我撞过来。我确实感到那眼光里含着恨。我也体会出它为什么这样瞪着我，总距离它远远地绕过去。有时候我留心看它将会有什么举动，可是只见它呆呆地瞪着，我觉得那眼睛里似乎还有别的使人看了不自在的意味。

我们院子里有好些小孩，活泼，天真，当然也顽皮。春天，他们扑蝴蝶。夏天，他们钓青蛙。谷子成熟的时候到处都有油蚱蜢，他们捉了来，在灶膛里煨了吃。冬天，什么小生物全不见了，他们就玩牛。

有好几回，我见牛让他们惹得发了脾气。它绕着拴住它的木桩子，一圈儿一圈儿地转。低着头，斜起角，眼睛打角底下瞪出来，就好像这一撞要把整个天地翻个身似的。

孩子们是这样玩的；他们一个个远远地站着，捡些石子朝牛扔去。起先，石子不怎么大，扔在牛身上，那一搭皮肤马上轻轻地抖一下，像我们的嘴角动一下似的。渐渐地，捡来的石子大起来了，扔到身上牛会掉过头来瞪着你。要是有个孩子特别胆大，特别机灵。他会到竹园里找来一根毛竹，伸得远远的去撩牛的尾巴，戳牛的屁股，把牛惹起火来。可是，我从未见过他们撩过牛的头。我想，即使是小孩，也从那双大眼睛看出使人不自在的意味了。

玩到最后，牛站起来了，于是孩子们轰的一声，四处跑散。这种把戏，我看得很熟很熟了。

有一回，正巧一个长工打院子里出来，他三十光景了，还像孩子似的爱闹着玩。他一把捉住个孩子，“莫跑，”他说，“见了牛都要跑，改天还想吃庄稼饭？”他朝我笑笑说，“真的，牛不消怕得。你看它有那么大吗？它不会撞人的。牛的眼睛有点不同。”

以下是长工告诉我的话。

“比方说，我们看见这根木头桩子，牛眼睛看来就像一根撑天柱。比方说，一块田十多亩，牛眼睛看来就没有边，没有沿。牛眼睛看出来的东西，都比原来大，大许多许多。看我们人，就有四金刚那么高，那么大。站到我们跟前它就害怕了，它不敢倔强，随便拿它怎么样都不敢倔强。它当我们只要两个指头就能捻死它，抬一抬脚趾拇就能踢它到半天云里，我们哈气就像下雨一样。那它就只有听我们使唤，天好，落雨，生田，熟田，我们要耕，它就只有耕，没得话说的。你先生说对不对．幸好牛有那么一双眼睛。不然的话，还让你使唤啊，那么大的一个，力气又蛮，踩到一脚就要痛上好几天。对了，我们跟牛，五个抵一个都抵不住。好在牛眼睛看出来！我们一个抵它十几个。”

以后，我进出院子的时候，总特意留心看牛的眼睛，我明白了另一种使人看着不自在的意味。那黄色的浑浊的瞳仁，那老是直视前方的眼光：都带着恐惧的神情，这使眼睛里的恨转成了哀怨。站在牛的立场上说，如果能去掉这双眼睛，成了瞎子也值得，因为得到自由了。

写好钢笔字

我赞成小学生中学生练习钢笔字，因为写好钢笔字是工作、学习和生活的需要。

在多数情况下，字是写给别人看的，所以练习写字，一要写得正确，二要写得清楚。字写错了，别人就认不得；字写得糊里糊涂，别人看起来就费劲：都使别人不方便。咱们要从小养成事事认真的好习惯，养成处处为别人着想的好习惯。

除了正确和清楚，还要讲究格式，讲究美观。拿信封作例子来说：收信人的地址该写在哪儿、地址的字数如果比较多该怎么分行、收信人的姓名该写在哪儿、寄信人的地址和姓名该写在哪儿，都有社会上共同的定规。按照定规写，信封就美观，拣信员和邮递员也得到方便；如果随便写，难看且不说，必然给拣信员和邮递员增加麻烦，甚至实在看不明白而无法投递。

最后还得练习写得快，在写得好的基础上练习写得快，因为写得快也是工作、学习和生活的需要。

五月三十一日急雨中

从车上跨下，急雨如恶魔的乱箭，立刻打湿了我的长衫。满腔的愤怒，头颅似乎戴着紧紧的铁箍。我走，我奋疾地走。

路人少极了，店铺里仿佛也很少见人影。哪里去了！哪里去了！怕听昨天那样的排枪声，怕吃昨天那样的急射弹，所以如小鼠如蜗牛般蜷伏在家里，躲藏在柜台底下么？这有什么用！你蜷伏，你躲藏，枪声会来找你的耳朵，子弹会来找你的肉体，你看有什么用？

猛兽似的张着巨眼的汽车冲驰而过，泥水溅污我的衣服，也溅及我的项颈，我满腔的愤怒。

一口气赶到“老闸捕房”门前，我想参拜我们的伙伴的血迹，我想用舌头舔尽所有的血迹，咽入肚里。但是，没有了，一点儿没有了！已经给仇人的水龙头冲得光光，已经给烂了心肠的人们踩得光光，更给恶魔的乱箭似的急雨洗得光光！

不要紧，我想。血曾经淌在这块地方，总有渗入这块土里的吧。那就行了。这块土是血的土，血是我们的伙伴的血，还不够是一课严重的功课么？血灌溉着，血滋润着，将会看到血的花开在这里，血的果结在这里。

我注视这块土，全神地注视着，其余什么都不见了，仿佛自己整个儿躯体已经融化在里头。

抬起眼睛，那边站着两个巡捕：手枪在他们的腰间；泛红的脸上的肉，深深的颊纹刻在嘴的周围，黄色的睫毛下闪着绿光，似乎在那里狞笑。

手枪，是你么？似乎在那里狞笑的，是你么？

“是的，是的，就是我，你便怎样！”——我仿佛看见无量数的手枪在点头，仿佛听见无量数的张开的大口在那里狞笑。

我舔着嘴唇咽下去，把看见的听见的一齐咽下去，如同咽一块粗糙的石头，一块烧红的铁。我满腔的愤怒。

雨越来越急，风把我的身体卷住，全身湿透了，伞全然不中用。我回转身走刚才来的路，路上有人了。三四个，六七个，显然可见是青布大褂的队伍，中间也有穿洋服的，也有穿各色衫子的短发的女子。他们有的张着伞，大部分却直任狂雨乱泼。

他们的脸使我感到惊异。我从来没有见到过这么严肃的脸，有如昆仑之耸峙；我从来没有见到过这么郁怒的脸，有如雷电之将作。青年的清秀的颜色退隐了，换上了北地壮士的苍劲。他们的眼睛将要冒出焚烧一切的火焰，抿紧的嘴唇里藏着咬得死敌人的牙齿……

佩弦的诗道，“笑将不复在我们唇上！”用来歌咏这许多张脸正适合。他们不复笑，永远不复笑！他们有的是严肃与郁怒，永远是严肃的郁怒的脸。

青布大褂的队伍纷纷投入各家店铺，我也跟着一队跨进一家，记得是布匹庄。我听见他们开口了，差不多掏出整个的心，涌起满腔的血，真挚地热烈地讲着。他们讲到民族的命运，他们讲到群众的力量，他们讲到反抗的必要，他们不惮郑重叮咛的是“咱们一伙儿！”我感动，我心酸，酸得痛快。

店伙的脸比较严肃了；他们没有话说，暗暗点头。

我跨出布匹庄。“中国人不会齐心呀！如果齐心，嚇，怕什么！”听到这句带有尖刺的话，我回头去看。

是一个三十左右的男子，粗布的短衫露着胸，苍暗的肤色标记他是在露天出卖劳力的。他的眼睛里放射出英雄的光。

不错呀，我想。露胸的朋友，你喊出这样简要精练的话来，你伟大！你刚强！你是具有解放的优先权者！——我虔诚地向他点头。

但是，恍惚有蓝袍玄褂小髭须的影子在我眼前晃过，玩世的微笑，又仿佛鼻子里轻轻地一声“嗤”。接着又晃过一个袖手的，漂亮的嘴脸，漂亮的衣着，在那里低吟，依稀是“可怜无补费精神！”袖手的幻化了，抖抖地，显出一个瘠瘦的中年人，如鼠的觳觫的眼睛，如兔的颤动的嘴唇，含在喉际，欲吐又不敢吐的是一声“怕……”

我如受奇耻大辱，看见这种种的魔影，我愤怒地张大眼睛。什么魔影都没有了，只见满街恶魔的乱箭似的急雨。

微笑的魔影，漂亮的魔影，惶恐的魔影，我咒诅你们！你们灭绝！你们消亡！永远不存一丝儿痕迹于这块土上！

有淌在路上的血，有严肃的郁怒的脸，有露胸朋友那样的意思，“咱们一伙儿”，有救，一定有救，——岂但有救而已。

我满腔的愤怒。再有露胸朋友那样的话在路上吧？我向前走去。

依然是满街恶魔的乱箭似的急雨。

闻　警

民国二十年九月十八日，我们永远不要忘记这个日子！这一天的晚间十时，日本满铁守备队开始军事行动，实现日本帝国主义攫取满蒙的第一手！

十九日晨，他们占领沈阳，同时宽城子、牛庄、安东、营口、抚顺等处也被日军占领。今天报载昨天（二十日）的消息，葫芦岛、连山湾等处续被攻占；长春县城被焚毁，长官多遭杀害。明天又将有何等惨痛的消息，现在不得而知。总之，日本帝国主义的狠心与贪欲已如旺盛的火焰，正在蔓延开来。

对于对等的国家，使用这样凶暴蛮横的手段，日本帝国主义不爱惜他们国家的名誉，竟然做了出来。试问，身被毒害的我们忍受得了么？

我们永远不要忘记，这是庚子以来最重大的耻辱！

日本帝国主义棘手于他们国内的不景气，另一方面对于苏俄的五年计划感到很大的威胁，因而攫取满蒙的野心十分迫切。近见欧洲方面经济恐慌，各国都在那里惶惶然图谋自保，而我国则既多纷争，又被重灾，他们以为这是稍纵即逝的难得的时机，就毫不顾忌地遂行他们的劫夺。

以前种种的利用与威胁，明取与暗占，是准备，是伏线。九月十八夜的炮声才是大张晓谕地宣告，他们现在来了，他们现在动手了！

日本在我国的投资，东北占十分之七。日本学校社会间用来互相勖勉的一句话是“到满蒙去”。他们对于攫取满蒙处心积虑，抱着绝对的决心。所以这次的事件虽似突发，实在是势所必至的。但是，身被毒害的我们忍受得了么？

我们永远不要忘记，这是庚子以来最重大的耻辱！

“其曲在彼”，“理直气壮”，这些话是弱者当无可奈何时用来自慰的，或许又将听到了吧。向世界公告，在国联提出等对策，那是已经在那里着手了。然而在现今的世界上，公理是拜伏在炮口之下的；换句话说，真正的公理要等世界换过面目之后方才落胎。那么这些对策的效果如何也就不难揣度了。

热血的青年听到这样重大事件的消息无不愤怒，激昂，同时内问自己，外问同辈，遭逢这样的时势应当怎样自处。我们以为第一就应当认识公理——认识现今世界上所谓公理者是怎样委琐、卑鄙、不值齿及的东西！

第二应当认识帝国主义——帝国主义的素质、机构及其运用，将是我辈青年今后最切要的研究课题。要制敌必须详知敌方的底蕴，大家该立下这样的信念。

第三应当认识我们自己——我们自己有怎样的力量，患怎样的病害，都要客观地加以检讨。检讨过后，对于所有的力量才可以设法扩充，纵使进展迟缓，扩充得一分一毫全是有用的；对于所患的病害自须努力排除，无论病在知识、技术或者一种制度、一个阶级，都须给它注射充量的解毒剂。

睁开眼睛，我们青年从事认识吧！我们将来的工作与事业就从这里开始！

民国二十年九月十八日，我们永远不要忘记这个日子！

“文明利器”

以前，商店逢到“特别大减价”“多少周年纪念”的时候，就雇几名军乐队（“乐”字通常念作快乐的“乐”）吹吹打打，借此吸引过路人的注意。现在，这办法似乎淘汰了。只在偏僻的小马路上，偶尔还有几家背时的小商店送出喇叭和竖笛的合奏，调子是《毛毛雨》或者《妹妹，我爱你》。过路人知道是怎么一回事，头也不回地走过了。这寂寞的音乐只有屋檐下的布市招寂寞地听着。

现在，上海的商店有了另外的引人注意的办法。即使并非“特别大减价”“多少周年纪念”，他们也要装一具收音机在当门的屋檐下。好在播音台那么多，从清早到深夜可以不断地收音，他们就一直把机关开着。于是，电车汽车声闹成一片的空间，又掺入了三弦叮咚的“弹词”，癞皮声音的《哭妙根笃爷》，老枪喉咙的《毛毛雨》和《妹妹，我爱你》，诸如此类。

但是，这办法也未必真能够引人注意。只在刚流行的时候，装有收音机的商店前站着几个抬头呆望的过路人。到后来就同雇几名军乐队吹吹打打的一样，你尽管“弹词”《妹妹，我爱你》，过路人还是走他的路。看看店里的伙计，似乎也没有一个在那里听这些“每天的老调”。那么，收音机收了音究竟给谁听呢？这大概只有市招知道了。然而新装收音机的还陆续有增加，好像没有收音机就失了大商店的体统似的。

我家左邻有一具收音机，发音清楚而洪亮，品质大概是不坏的。可是他们对付这家伙的办法太妙了。他们时时在那里旋转那刻度器，老生唱了半句，就来了女声的小调，一曲小调没有完，又来了高亢的西洋喉咙……他们到底想听什么，三四个月来我还不曾考察明白。也许他们的兴趣就在旋转那刻度器吧。否则就在“有”一具收音机！收音机是时髦，人家都“有”，他们就非“有”不可。

又听说上海有好多吸鸦片的人懒得出门，就利用收音机来互通声气。有几个自设播音台，在夜间一两点的时候，从鸦片榻上播音道：“张老三，吃过夜饭么？”“李老四，明天晚上的麻将局有你，不要起得太迟了。”啊，现代文明的生活！

说“收音机救国”（前天报上登载了吴稚晖君“马达救国”的谈话，我这语式是有来历的）固然近乎荒诞不经；然而收音机这家伙如果能好好利用，譬如说，用来团结大众的意志，传授真实的知识，报告确切的消息……那么，从社会的观点说，它的价值的确是了不起的。反过来，如果它仅成为“街头军乐队”的代替品，仅成为商店与人家的点缀品，仅成为吸鸦片的人的通信机，传送的又仅是“哭谁的爷”“哭谁的娘”之类，试问，社会上又何贵乎有这等“奇技淫巧”的玩意儿？

一切所谓“文明利器”，其价值都不存在于本身，而存在于对社会的影响。这可以从两方面看：一、它被操持在谁的手里；二、它被怎样地利用。就说马达。像美国，总算马达很不少的国度了，然而都会的大道上有大队的饥民奏着饥饿进行曲。这就因为所有的马达操持在资本家手里的缘故。假如那些马达也有饥民的份，饥民就不是饥民了。那时候，马达的价值岂止可以“救国”而已？又如飞机。苏联用飞机散播种子，扑灭害虫。这就扩大了人类战胜天然的能力，飞机的价值何等高贵。但是，飞机被用作轰炸机侦察机的时候，除了在军缩会议中斤斤计较的野心家以外，谁还承认它的价值呢？

掮枪的生活

我当中学生的时代在清朝末年，那时候厉行军国民教育，所以我受过三年多的军事训练。现在回想起来，旁的也没有什么，只那掮枪的生活倒是颇有兴味的。

我们那时候掮的是后膛枪，上了刺刀，大概有七八斤重。腰间围着皮带。皮带上系着两个长方形的皮匣子，在左右肋骨的部位，那是预备装子弹的。后面的左侧又系着刺刀的壳子。这样装束起来，俨然是个军人了。

我们平时操小队教练、中队教练，又操散兵线，左右两旁的伙伴离得特别开，或者直立预备放，或者跪倒预备放，或者卧倒预备放。当卧倒预备放的时候，胸、腹、四肢密贴着草和泥土，有一种说不出来的快感。待教师喊出“举枪——放！”的口令的时候，右手的食指在发弹机上这么一扳，更是极度兴奋的举动。

有时候我们练习冲锋，斜执着上了刺刀的枪，一拥而前。不但如此，还要冲上五六丈高的土堆；土堆的斜坡很有点儿陡峭，我们不顾，只是脚不点地地往上冲。嘴里还要呐喊：“啊！——啊！”宛然有千军万马的气势。谁第一个冲到土堆的顶上，就高举手里的枪，与教师手里的指挥刀一齐挥动，犹如占领了一座要塞。

有时候我们练习野外侦察，三个四个作一组，各走不同的道路，向田野或树林出发。如果是秋季的晴天，侦察就大有趣味。干草的甘味扑鼻而来；各种昆虫或前或后，飞飞歇歇，好像特地来与我们作伴；清水的池边，断栏的桥上，随处可以坐下来；阳光照在身上，不嫌其热，可是周身感到健康的快感。这当儿，我们差不多忘了教师讲的侦察时候应该注意些什么。我们高兴有这样的机会，从沉闷的教室里逃到空旷的原野里，做一回掮着枪的游散。

一年的乐事，秋季旅行为最。旅行的时候也用军法部勒。一队有队长，一小队有小队长。步伐听军号，归队和散队听军号，吃饭听军号，早起夜眠也听军号。我有几个同级的好友是吹号打鼓的好手，每逢旅行，他们总排在队伍的前头，显耀他们的本领。我从他们那里受到熏染，知道吹号打鼓与其他技艺一样，造诣也颇有深浅的差异；要沉着而又圆转，那才是真功夫。我略能鉴别吹奏的好坏，有几支军号的曲调至今还记得。

旅行不但掮枪束子弹带，还要向军营里借了粮食袋和水瓶来使用。粮食袋挂在左腰间，水瓶挂在右腰间，里头当然装满了内容物。这就颇有点儿累赘了，然而我们都欢喜这样的装束，恨不得在背上再加个背包。其时枪也擦得特别干净，枪管乌乌的，枪柄上不留一点儿污迹，枪管子里面是人家看不见的，可是我们也用心擦，直擦到用一只眼睛窥看的时候，来复线条条闪亮，耀着青光，才肯罢手。

旅行到了目的地，或者从轮船上起岸，或者从火车上下来，我们总是排成四行的队伍，开着正步，昂然前进。校旗由排头笔直地执着，军号军鼓奏着悠扬的调子；步伐匀齐，没有一点儿错乱。人家没有留心看校旗上的字，往往说“哪里来的军队”。听了这个话，我们的精神更见振作，身躯挺得更直，步子也跨得更大。有一年秋季旅行，达到目的地已经是晚上八点过后，天下着大雨，地上到处是水潭。我们依然开正步，保持着队伍的整齐形式。一步一步差不多都落在水潭里，皮鞋里完全灌满了水，衣服也湿透了，紧贴着皮肤。我们都以为这是有趣的佳遇，不感到难受。又有一年秋季，到南京去参观南洋劝业会，正走进会场的正门，忽然来一阵粗大的急雨。我们好像没有这回事，立停，成双行向左转，报数，搭枪架，然后散开，到各个馆里去参观。第二天《会场日报》刊登特别记载：某某中学到来参观，完全是军队的模样，遇到阵雨，队伍绝不散乱，学生个个精神百倍，如是云云。我们都珍重这一则新闻记事，认为这一次旅行的荣誉。

旅行时候的住宿又是一件有味的事。往往借一处地方，在屋子里平铺着稻草，就把带去的被褥摊在上面。睡眠的号声幽幽地吹起来时，大家蚱蜢似的窜向自己的铺位，解带子，脱衣服，都觉得异样新鲜，似乎从来没有做过的。一会儿熄灯的号声响了，就在一团黑暗里静待入睡。各人知道与许多伙伴在一起，差不多同睡在一张巨大的床上，所以并不感到凄寂。第二天醒来当然特别早，只等起身号的第一个音吹出，大家就站了起来，急急忙忙把自己打扮成个军人了。

从前的掮枪生活，现在回想起来，颇带一些浪漫意味。这在当时主张军国民教育的人说来，自然是失败了。然而我们这批人的青年生活却因此得到了一些润泽。

儿子的订婚

十六岁的儿子将要与一个十五岁的少女订婚了。是同住了一年光景的邻居，彼此都还不脱孩子气，谈笑嬉游，似乎不很意识到男女的界限。但是看两个孩子无邪地站在一块，又见到他们两个的天真和忠厚正复半斤八两，旁人就会想道："如果结为配偶倒是相当的呢。"一天，S夫人忽然向邻居夫人和我妻提议道："我替你们的女儿、儿子作媒吧。"两个母亲几乎同时说"好的"，笑容浮现在脸上，表示这个提议正中下怀。几天之后，两个父亲对面谈起这事来了，一个说"好的呀"，一个用他的苏州土白说"呒啥"，足见彼此都合了意。可是两个孩子的意见如何是顶要紧的，就分头探询。探询的结果是这个也不开口，那个也不回答。少年对于这个问题的羞惭心理，我们很能够了解，要他们像父母那样若无其事地说一声"好的"或者"呒啥"，那是万万不肯的。我们只需看他们的脸色，那种似乎不爱听而实际很关心的神气，那种故意抑制欢悦而把眼光低垂下来的姿态，就是无声的"好的"或者"呒啥"呀。于是事情决定，只待商定一个日期，交换一份帖子，请亲友们喝一杯酒，两个孩子就订婚了。

有"媒妁之言"，而媒妁只不过揭开各人含意未伸的意想。也可以说是"父母之命"，而实际上父母并没有强制他们什么。照现在两个孩子共同做一件琐事以及彼此关顾的情形看来，只要长此不变，他们就将是美满的一对。

这样的婚姻当然很寻常，并不足以做人家的模范。然而比较有些方式却自然得多了。近来大家知道让绝不相识的一男一女骤然在一起生活不很妥当，于是发明了先结识后结婚的方式。介绍人把一男一女牵到一处地方，或者是公园，或者是菜馆的雅座，“这位是某君，这位是某女士，”一副尴尬的面孔，这样替他们“接线”。而某君和某女士各自胸中雪亮，所为何事而来，还不是与“送入洞房”殊途同归？觌面的羞惭渐渐消散了，于是想出话来对谈，寻出题目来约定往后的会晤，这无非为了对象既被指定，不得不用人工把交情制造起来，两个男女结婚以后如何且不说，单说这制造交情的一步功夫，多么牵强不自然啊。

又有一种方式是由交际而恋爱，由恋爱而结婚。交际是广交甲、乙、丙、丁乃至庚、辛、壬、癸，这不过是朋友的相与。恋爱是一支内发的箭，什么时候射出去是不自知的。一朝射出去而对方接受了，方才谈得到结婚。这种说法颇为一部分青年男女所喜爱。但是，我国知识男女共同做一种事业的很少，所谓交际，差不多只限于饮食游戏那些事。若不是有闲阶级，试问哪里有专门去干饮食游戏那些事的份儿？并且，交际只限于饮食游戏那些事，谨愿的人因而往往向隅，而浮滑的人才是交际场中的骄子。我们曾经看见许多青年男女瞩望着交际场，苦于无由投身进去，而青春已渐渐地离开他们，他们于是忧伤，颓丧，歇斯底里。这是很痛苦的。再说一部分青年心目中的恋爱境界，差不多是一幅美丽而朦胧的图画。那是诗词和小说教给他们的，此外电影也是有力的启示。这美丽而朦胧的图画实在只是瞬间的感觉，如果憧憬着这个，认为终极的目的，那么恋爱成功以后，一转眼就将惊诧于完全不是那么一回事，这时候是很无聊的。

伴侣婚姻是美国的产品，而且在美国也未见怎样通行。我国如果仿行起来，将会感到“此路不通”吧。

青年男女能从恋爱呀结婚呀这些问题上节省许多精神和时间，移用到别的事情上去，他们是幸福的。若把这些问题看作整个的人生，或者认作先于一切的大前提，那么苦恼就伺候在他们背后了。

桡夫子

川江里的船，多半用桡子。桡子安在船头上，左一支右一支地间隔着。平水里推起来，桡子不见怎么重。推桡子的往往慢条斯理地推着，为的路长，犯不着太上劲，也不该太上劲。据推桡子的说，到了逆势的急水里，桡子就重起来，有时候要上一百斤。这在别人也看得出来，推桡子的把桡子推得那么重，身子前俯后仰的程度加大了。过滩的时候，非使上全身的气力，桡子就推不动。水势是这样的，船的行势是那样的，水那股汹涌的力量全压在桡子上。推桡子的脚蹬着船板，嘴里喊着“咋咋——呵呵阿”，是这些沉重的声音在教船前进呢。过了滩，推桡子的累了，就又慢条斯理的了。

这些推桡子的，大家管他们叫“桡夫子”。

好些童话里说到永远摇着船的摆渡人，他老在找个替手，从他手里把桨接过去；一摆脱桨，他就飞一样地跑了，再不回头看一看他那摇了那么久的船了。在木船上二十多天，我们天天看桡夫子们做活，不禁想起他们就是童话里说的摆渡人。天天是天刚亮他们就起来卷铺盖。天天是喊号子的一声“喔——喔”，弟兄伙就动手推桡子。天天是推过平水上流水，推过流水又是平水。天天是逢峡过峡，逢滩过滩。天天是三餐干饭。天天是歇力的时候抽一杆旱烟。天天听喊号子的那样唱：“哥弟伙，使力推，推上流水好松懈”，“弟兄伙，用力拖，拢到地头有老酒喝”。这样，天天赶拢一个码头。随后，他们喝酒，耍钱，末了在船头上把铺盖打开，就睡在桡子旁边。

那个烧饭的（烧饭的管做饭，看太平舱，是船上的总务，他的工钱比别的桡夫子大）跟我们说起过，“到了汉口，随便啥子活路跟我说一个嘛，船上这个饭不好吃。”他说：“岸上的活路没得这么‘讨神’，一天三顿要做那么多人吃的，空下来还顶一根横桡，清早黑了又要看舱，是不是？船漏了是你的责任嘛。”他说：“这么点儿钱，哪儿不挣了？”他年纪还轻，人很精灵，想要放下手里的桨，换个新活路。在他看来，除了自己手上的都蛮不错。

别的桡夫子们，有好几个已经三十多了。一个十六七岁的，上一代也吃船上饭，也是推桡子的。这些人却不想放下手里的桨，都是每天不声不响地提起桡子，按着节拍一下一下推着。他们拿该拿的钱，吃该吃的饭，做该做的活。推船跟干别的活无非为了挣钱，他们干这一行，就吃这一行饭，靠这一行吃饭，永远靠这一行吃饭。“钱是各人各自挣的嘛，做得到哪一门活路。吃得成哪一门饭，未必是说着耍的，随随便便就拿钱给你挣了！”他们这样说。

我们下来的时候，从重庆到宜昌推一趟，每人拿得到四五万元。

在船开动的前一天，就散了一些工资。这是给桡夫子们安家买“捎带”的。“捎带”各人各买，有买川连的，有买炭砖的，有买柴火的，也有买饭箕的。买了各自扛上船，老板有地方给他们安放。老板说：“我不得亏待你们，总有钱给你们办‘捎带’的。”桡夫子们说：“牲钱（工资）拿来有屁用！不办点‘捎带’，回来扯不成洋船票，还走不到路呐。”这些“捎带”有赚有蚀。听到底下哪门货色行市，他们就办哪门。也许这已经是几个月前的信息了，也许根本就没有这回事。不过他们总是高高兴兴地把“捎带”办了来，找个顶落位的地方放好，心里想，也许在这上头可以赚一笔大钱呢。

书 桌

十多年前寄居乡下的时候，曾经托一个老木匠做一张书桌。我并不认识这个老木匠，向当地人打听，大家一致推荐他，我就找他。

对于木材，我没有成见，式样也随便，我只要有一张可以靠着写写字的桌子罢了。他代我作主张，用梧桐，因为他那里有一段梧桐，已经藏了好几年，干了。他又代我规定桌子的式样。两旁边的抽屉要多少高，要不然装不下比较累赘的东西。右边只需做一只抽屉，抽屉下面该是一个柜子，安置些重要的东西，既见得稳当，取携又方便。左右两边里侧的板距离要宽些，要不然，两个膝盖时时触着两边的板，就感觉局促，不舒服。我样样依从了他，当时言明工料价六块钱。

过了一个星期，过了半个月，过了二十多天，不见他把新书桌送来。我再不能等待了，特地跑去问他。他指着靠在阴暗的屋角里的一排木板，说这些就是我那新书桌的材料。我不免疑怪，二十多天功夫，只把一段木头解了开来！

他看出我的疑怪，就用教师般的神情给我开导。说整段木头虽然干了，解了开来，里面还未免有点儿潮。如果马上拿来做家伙，不久就会出毛病，或是裂一道缝，或是接榫处松了。人家说起来，这是某某做的“生活”，这么脆弱不经用。他向来不做这种“生活”，也向来没有受过这种指摘。现在这些木板，要等它干透了，才好动手做书桌。

他恐怕我不相信，又举出当地的一些人家来，某家新造花厅，添置桌椅，某家小姐出阁准备嫁妆，木料解了开来，都搁在那里等待半年八个月再上手呢。

“先生，你要是有功夫，不妨到他们家里去看看，我做的家伙是不容它出毛病的。”他说到“我做的家伙”，黄浊的眼睛放射出夸耀的光芒，宛如文人朗诵他的得意作品时候的模样。

我知道催他快做是无效的，好在我并不着急，也就没说什么催促的话。又过了一个月，我走过他门前，顺便进去看看。一张新书桌站在墙边了，近乎乳白色的板面显出几条年轮的痕迹。老木匠正弯着腰，几个手指头抵着一张“沙皮”，在摩擦那安抽屉的长方孔的边缘。

我说再过一个星期，大概可以交货了吧。他望望屋外的天，又看看屋内高低不平的泥地，摇头说：“不行。这样干燥的天气，怎么能上漆呢？要待转了东南风，天气潮湿了，上漆才容易干，才可以透入木头的骨子里去，不会脱落。”

此后下了五六天的雨。乡下的屋子，室内铺着方砖，每一块都渗出水来，像劳工背上淌着汗。无论什么东西，手触上去总觉得黏黏的。穿在身上的衣服也散发出霉蒸气。我想，我的新书桌该在上漆了吧。

又过了十多天，老木匠带同他的徒弟把新书桌抬来了。栗壳色，油油的发着光亮，一些陈旧的家具有它一比更见得黯淡失色了。老木匠问明了我，就跟徒弟把书桌安放在我指定的地位，只恐徒弟不当心，让桌子跟什么东西碰撞，因而擦掉一点儿漆或是划上一道纹路，他连声发出“小心呀”“小心呀”的警告。直到安放停当了，他才松爽地透透气，站远一点儿，用一只手摸着长着灰色短须的下巴，悠然地鉴赏他的新作品。我交给他六块钱，他随便看了一眼就握在手心里，眼光重又回到他的新作品。最后说：“先生，你用用看，用了些时，你自然会相信我做的家伙是可以传子孙的。”他说到“我做的家伙”，夸耀的光芒又从他那黄浊的眼睛放射出来了。

以后十年间，这张书桌一直跟着我迁徙。搬运夫粗疏的动作使书桌添上不少纹路。但是身子依旧很结实，接榫处没有一点儿动摇。直到“一·二八”战役，才给毁坏了。大概是日本军人刺刀的功绩。以为锁着的柜子里藏着什么不利于他们的东西，前面一刀，右侧一刀，把两块板都划破了。左边只有三只抽屉，都没有锁，原可以抽出来看看的，大概因为军情紧急吧，没有一只一只抽出来看的余裕，就把左侧的板也划破了，而且拆了下来，丢在一旁。

事后我去收拾残余的东西。看看这张相守十年的书桌，虽然像被残害的尸体一样，肚肠心肺都露出来了，可是还舍不得就此丢掉。于是请一个木匠来，托他修理。木匠说不用抬回去，下一天带了材料和家伙来修理就是了。

第二天下午，我放工家，木匠已经来过，书桌已经修理好了。真是看了不由得生气的修理！三块木板刨也没刨平。边缘并不嵌入木框的槽里，只用几个一寸钉把木板钉在木框的外面。涂的是窑煤似的黑漆，深一搭，淡一搭，仿佛还没有刷完工的黑墙头。工料价已经领去，大洋一块半。

我开始厌恶这张书桌了。想起制造这张书桌的老木匠，他那种一丝不苟的态度，简直使缺少耐性的人受不住，然而他做成的家伙却是无可批评的。同样是木匠，现在这一个跟老木匠比起来，相差太远了。我托他修理，他就仅仅按照题目做文章，还我一个修理。木板破了，他给我钉上不破的。原来涂漆的，他也给我涂上些漆。这不是修理了吗？然而这张书桌不成一件家伙了。

同样的事在上海时时会碰到。从北京路那些木器店里买家具，往往在送到家里的时候就擦去了几处漆，划上了几条纹路。送货人有他的哲学。你买一张桌子，四把椅子，总之送给你一张桌子，四把椅子，决不短少一件。擦去一点儿漆，划上几条纹路，算得什么呢！这种家具使用不久，又往往榫头脱出了，抽屉关不上了，叫你看着不舒服。你如果去向店家说话，店家又有他的哲学给你作答。这些家具在出门的时候都是好好的，总之我们没有把破烂的东西卖给你。至于出门以后的事，谁管得了！这可以叫作“出门不认货”主义。

又譬如冬季到了，你请一个洋铁匠来给你装火炉。火炉不能没有通气管子，通气管子不能没有支持的东西，他就横一根竖一根地引出铅丝去，钉在他认为着力的地方。达，达，达，一个钉子钉在窗框上。达，达，达，一个钉子钉在天花板上。达，达，达，一个钉子钉在墙壁上。可巧碰着了砖头，钉不进去，就换个地方再钉。然而一片粉刷已经掉了下来，墙壁上有了伤疤了。也许钉了几回都不成功，他就凿去砖头，嵌进去一块木头。这一回当然钉牢了，然而墙壁上的伤疤更难看了。等到他完工，你抬起头来看，横七竖八的铅丝好似被摧残的蜘蛛网，曲曲弯弯伸出去的洋铁管好似一条呆笨的大蛇，墙壁上散布着伤疤，好像谁在屋子里乱放过一阵手枪。即使火炉的温暖能给你十二分舒适，看着这些，那舒适不免要打折扣了。但是你不能怪洋铁匠，他所做的并没有违反他的哲学。你不是托他装火炉吗？他依你的话把火炉装好了，还有什么好说呢？

倘若说乡下那个老木匠有道德，所以对于工作不肯马虎，上海的工匠没有道德，所以只图拆烂污，出门不认货，不肯为使用器物的人着想，这未免是拘墟之见。我想那个老木匠，当他幼年当徒弟的时候，大概已经从师傅那里受到熏陶，养成了那种一丝不苟的态度了吧。而师傅的师傅也是这么一丝不苟的，从他的徒孙可以看到他的一点儿影像。他们所以这样，为的是当地只有这么些人家做他们永远的主顾，这些人家都是相信每一件家伙预备传子孙的，自然不能够潦潦草草对付过去。乡下地方又很少受时间的催迫。女儿还没订婚，嫁妆里的木器却已经在置办了。定做了一件家具，今天拿来使用跟下一个月拿来使用，似乎没有什么分别，甚至延到明年拿来使用也不见得怎样不方便。这又使他们尽可以耐着性儿等待木料的干燥和天气的潮湿。更因主顾有限，手头的工作从来不会拥挤到忙不过来，他们这样从从容容，细磨细琢，一半自然是做“生活”，一半也就是消闲寄兴的玩意儿。在这样情形之下做成的东西，固然无非靠此换饭吃，但是同时是自己精心结撰的制作，不能不对它发生珍惜爱护的心情。总而言之，是乡下的一切生活方式形成了老木匠的那种态度。

都市地方可不同了。都市地方的人口是流动的，同一手艺的作场到处都有，虽不能说没有老主顾，像乡下那样世世代代请教某一家作场的老主顾却是很少的。一个工匠制造了一件家具，这件家具将归什么人使用，他无从知道。一个主顾跑来，买了一两件东西回去，或是招呼到他家里去为他做些工作，这个主顾会不会再来第二回，在工匠也无从预料。既然这样，工作潦草一点儿又何妨？而且，都市地方多的是不嫌工作潦草的人。每一件东西预备传子孙的观念，都市中人早已没有了（他们懂得一个顶扼要的办法，就是把钱传给子孙，传了钱等于什么都传下去了）。代替这个观念的是想要什么立刻有什么。住亭子间的人家新搬家，看看缺少一张半桌，跑出去一趟，一张半桌载在黄包车上带回来了，觉得很满意。住前楼的文人晚上写稿子，感到冬天的寒气有点儿受不住，立刻请个洋铁匠来，给装上个火炉。生起火炉来写稿子，似乎文思旺盛得多。富翁见人家都添置了摩登家具，看看自己家里，还一件也没有，相形之下不免寒碜，一个电话打出去，一套摩登家具送来了。陈设停当之后，非常高兴，马上打电话招一些朋友来叙叙。年轻的小姐被邀请去当女傧相了，非有一身“剪刀口里”的新装不可，跑到服装公司里，一阵的挑选和叮嘱，质料要时髦，缝制要迅速，临到当女傧相的时刻，心里又骄傲又欢喜，仿佛满堂宾客的眼光一致放弃了新娘而集中在她一个人身上似的。当然，“想要什么”而不能“立刻有什么”的人居大多数，为的是钱不凑手。现在单说那些想要什么立刻有什么的，他们的满足似乎只在“立刻有什么”上，要来的东西是否坚固结实，能够用得比较长久，他们是不问的。总之，他们都是不嫌工作潦草的人。主顾的心理如此，工匠又何苦一定要一丝不苟？都市地方有一些大厂家，设着验工的部分，检查所有的出品，把不合格的剔出来，不让它跟标准出品混在一起，因而他们的出品为要求形质并重的人所喜爱。但是这种办法是厂主为要维持他那“牌子”的信用而想出来的，在工人却是一种麻烦，如果手制的货品被认为不合格，就有罚工钱甚至停工的灾难。现在工厂里的工人再也不会把手制的货品看作艺术品了。他们只知道货品是玩弄他们生命的怪物，必须服侍了它才有饭吃，可是无论如何吃不饱。——工人的这种态度和观念，也是都市地方的一切生活方式形成的。

近年来乡下地方正在急剧地转变，那个老木匠的徒弟大概要跟他的师傅以及师傅的师傅分道扬镳了。

三种船

一连三年没有回苏州去上坟了。今年秋天有点儿空闲，就去上一趟坟。上坟的意思无非是送一点钱给看坟的坟客，让他们知道某家的坟还没有到可以盗卖的地步罢了。上我家的坟得坐船去。苏州人上坟向来大都坐船，天气好，逃出城圈子，在清气充塞的河面上畅快地呼吸一天半天，确是非常舒服的事。这一趟我去，雇的是一条熟识的船。涂着的漆差不多剥光了，窗框歪斜，平板破裂，一副残废的样子。问起船家，果然，这条船几年没有上岸修理了。今年夏季大旱，船只好胶住在浅浅的河浜里，哪里还有什么生意，又哪里来钱上岸修理。就是往年，除了春季上坟，船也只有停在码头上迎晓风送夕阳的份儿。近年来到各乡各镇去，都有了小轮船，不然，可以坐绍兴人的“啲啲船”，也不比小轮船慢，而且价钱都很便宜。如果没有上坟这件事，苏州城里的船恐怕只能劈做柴烧了。而上坟的事大概是要衰落下去的，就像我，已经改变为三年上一趟坟了。

苏州城里的船叫作“快船”，与别地的船比起来，实在是并不快的。因为不预备经过什么长江大湖，所以吃水很浅，船底阔而平。除了船头是露天以外，分做头舱中舱和艄篷三部分。头舱可以搭高，让人站直不至于碰头顶。两旁边各有两把或者三把小巧的靠背交椅，又有小巧的茶几。前檐挂着红绿的明角灯，明角灯又挂着红绿的流苏。踏脚的是广漆的平板，一般是六块，由横的直的木条承着。揭开平板，下面是船家的储藏库。中舱也铺着若干块平板，可是差不多贴着船底，所以从头舱到中舱得跨下一尺多。中舱两旁边是两排小方窗，上面的一排可以吊起来，第二排可以卸去，以便靠着船舷眺望。以前窗子都配上明瓦，或者在拼凑的明瓦中间镶这么一小方玻璃，后来玻璃来得多了，就完全用玻璃。中舱与头舱艄篷分界处都有六扇书画小屏门，上方下方装在不同的几条槽里，要开要关，只需左右推移。书画大多是金漆的，无非“寒雨连江夜入吴”，“月落乌啼霜满天”以及梅兰竹菊之类。中舱靠后靠右搁着长板，供客憩坐。如果过夜，只要靠后多拼一两条长板，就可以摊被褥。靠左当窗放一张小方桌，方桌旁边四张小方凳。如果在小方桌上放上圆桌面，十来个人就可以聚餐。靠后靠右的长板以及头舱的平板都是座头，小方凳摆在角落里凑数。末了儿说到艄篷，那是船家整个的天地。艄篷同头舱一样，平板以下还有地位，放着锅灶碗橱以及铺盖衣箱种种东西。揭开一块平板，船家就蹲在那里切肉煮菜。此外是摇橹人站着摇橹的地方。橹左右各一把，每把由两个人服侍，一个当橹柄，一个当橹绳。船家如果有小孩，走不来的躺在困桶里，放在翘起的后艄，能够走的就让他在那里爬，拦腰一条绳拴着，系在篷柱上，以防跌到河里去。后艄的一旁露出四条棍子，一顺地斜并着，原来大概是护船的武器，后来转变成装饰品了。全船除着水的部分以外，窗门板柱都用广漆，所以没有其他船上常有的那种难受的桐油气味。广漆的东西容易擦干净，船旁边有的是水，只要船家不懒惰，船就随时可以明亮爽目。

从前，姑奶奶回娘家哩，老太太看望小姐哩，坐轿子嫌吃力，就唤一条快船坐了去。在船里坐得舒服，躺躺也不妨，又可以吃茶，吸水烟，甚至抽大烟。只是城里的河道非常脏，有人家倾弃的垃圾，有染坊里放出来的颜色水，淘米净菜洗衣服涮马桶又都在河旁边干，使河水的颜色和气味变得没有适当的字眼可以形容。有时候还浮着肚皮胀得饱饱的死猫或者死狗的尸体。到了夏天，红里子白里子黄里子的西瓜皮更是洋洋大观。苏州城里河道多，有人就说是东方的威尼斯。威尼斯像这个样子，又何足羡慕呢？这些，在姑奶奶老太太等人是不管的，只要小天地里舒服，以外尽不妨马虎，而且习惯成自然，那就连抬起手来按住鼻子的力气也不用花。城外的河道宽阔清爽得多，到附近的各乡各镇去，或逢春秋好日子游山玩景，以及干那宗法社会里的重要事项——上坟，唤一条快船去当然最为开心。船家做的菜是菜馆比不上的，特称“船菜”。正式的船菜花样繁多，菜以外还有种种点心，一顿吃不完。非正式地做几样也还是精，船家训练有素，出手总不脱船菜的风格。拆穿了说，船菜所以好就在于只准备一席，小镬小锅，做一样是一样，汤水不混合，材料不马虎，自然每样有它的真味，叫人吃完了还觉得馋涎欲滴。倘若船家进了菜馆里的大厨房，大镬炒虾，大锅煮鸡，那也一定会有坍台的时候的。话得说回来，船菜既然好，坐在船里又安舒，可以眺望，可以谈笑，玩它个夜以继日，于是快船常有求过于供的情形。那时候，游手好闲的苏州人还没有识得“不景气”的字眼，脑子里也没有类似“不景气”的想头，快船就充当了适应时地的幸运儿。

除了做船菜，船家还有一种了不得的本领，就是相骂。相骂如果只会防御，不会进攻，那不算稀奇。三言两语就完，不会像藤蔓似的纠缠不休，也只能算次等角色。纯是常规的语法，不会应用修辞学上的种种变化，那就即使纠缠不休也没有什么精彩。船家与人家相骂起来，对于这三层都能毫无遗憾，当行出色。船在狭窄的河道里行驶，前面有一条乡下人的柴船或者什么船冒冒失失地摇过来，看去也许会碰撞一下，船家就用相骂的口吻进攻了，“你瞎了眼睛吗？这样横冲直撞是不是去赶死？”诸如此类。对方如果有了反响，那就进展到纠缠不休的阶段，索性把摇橹撑篙的手停住了，反复再四地大骂，总之错失全在对方，所以自己的愤怒是不可遏制的。然而很少骂到动武，他们认为男人盘辫子女人扭胸脯不属于相骂的范围。这当儿，你得欣赏他们的修辞的才能。要举例子，一时可记不起来，但是在听到他们那些话语的时候，你一定会想，从没有想到话语可以这么说的，然而唯有这么说，才可以包含怨恨、刻毒、傲慢、鄙薄种种成分。编辑人生地理教科书的学者只怕没有想到吧，苏州城里的河道养成了船家相骂的本领。

他们的摇船技术是在城里的河道训练成功的，所以长处在于能小心谨慎，船与船擦身而过，彼此绝不碰撞。到了城外去，遇到逆风固然也会拉纤，遇到顺风固然也会张一扇小巧的布篷，可是比起别种船上的驾驶人来，那就不成话了。他们敢于拉线或者张篷的时候，风一定不很大，如果真个遇到大风，他们就小心谨慎地回复你，今天去不成，譬如我去上坟必须经过石湖，虽然吴瞿安先生曾作诗说石湖“天风浪浪”什么什么以及“群山为我皆低昂”，实在是个并不怎么阔大的湖面，旁边只有一座很小的上方山，每年阴历八月十八，许多女巫都要上山去烧香的。船家一听说要过石湖就抬起头来看天，看有没有起风的意思。到进了石湖的时候，脸色不免紧张起来，说笑都停止了。听得船头略微有汩汩的声音，就轻轻地互相警戒，“浪头！浪头！”有一年我家去上坟，风在十点过后大起来，船家不好说回转去，就坚持着不过石湖。这一回难为了我们的腿，来回跑了二十里光景才上成了坟。

现在来说绍兴人的“哨哨船”。那种船上备着一面小铜锣，开船的时候就哨哨哨哨敲起来，算是信号，中途经过市镇，又哨哨哨哨敲起来，招呼乘客，因此得了这奇怪的名称。我小时候，苏州地方没有那种船。什么时候开头有的，我也说不上来。直到我到甪直角当教师，才与那种船有了缘。船停泊在城外，据传闻，是与原有的航船有过一番斗争的。航船见它来抢生意，不免设法阻止。但是“哨哨船”的船夫只知道硬干，你要阻止他们，他们就与你打。大概交过了几回手吧，航船夫知道自己不是那些绍兴人的敌手，也就只好用鄙夷的眼光看他们在水面上来去自由了。中间有没有立案呀登记呀这些手续，我可不清楚，总之那些绍兴人用腕力开辟了航线是事实。我们有一句话，“麻雀豆腐绍兴人”，意思是说有麻雀豆腐的地方也就有绍兴人，绍兴人与麻雀豆腐一样普遍于各地。试把“哨哨船”与航船比较，就可以证明绍兴人是生存斗争里的好角色，他们与麻雀豆腐一样普遍于各地，自有所以然的原因。这看了后文就知道，且让我把“哨哨船”的体制叙述一番。

“哨哨船”属于“乌篷船”的系统，方头，翘尾巴，穹形篷，横里只够两个人并排坐，所以船身特别见得长。船旁涂着绿釉，底部却涂红釉，轻载的时候，一道红色露出水面，与绿色作强烈的对照。篷纯黑色。舵或红或绿，不用，就倒插在船艄，上面歪歪斜斜标明所经乡镇的名称，大多用白色。全船的材料很粗陋，制作也将就，只要河水不至于灌进船里就成，横一条木条，竖一块木板，像破衣服上的补缀一样，那是不在乎的。我们上旁的船，总是从船头走进舱里去。上“哨哨船”可不然，我们常常踩着船边，从推开的两截穹形篷中间把身子挨进舱里去，这样见得爽快。大家既然不欢喜钻舱门，船夫有人家托运的货品就堆在那里，索性把舱门堵塞了。可是踩船边很要当心。西湖划子的活动不稳定，到过杭州的人一定有数，“哨哨船”比西湖划子大不了多少，它的活动不稳定也与西湖划子不相上下。你得迎着势，让重心落在踩着船边的那只脚上，然后另一只脚轻轻伸下去，点着舱里铺着的平板。进了舱你就得坐下来。两旁靠船边搁着又狭又薄的长板就是座位，这高出铺着的平板不过一尺光景，所以你坐下来就得耸起你的两个膝盖，如果对面也有人，那就实做“促膝”了。背心可以靠在船篷上，躯干最好不要挺直，挺直了头触着篷顶，你不免要起局促之感。先到的人大多坐在推开的两截穹形篷的空当里，这里虽然是出入要道，时时有偏过身子让人家的麻烦，却是个优越的位置，透气，看得见沿途的景物，又可以轮流把两臂搁在船边，舒散舒散久坐的困倦。然而遇到风雨或者极冷的天气，船篷必须拉拢来，那位置也就无所谓优越，大家一律平等，埋没在含有恶浊气味的阴暗里。

“呇呇船”的船夫差不多没有四十以上的人，身体都强健，不懂得爱惜力气，一开船就拼命划。五个人分两边站在高高翘起的船艄上，每人管一把橹，一手当橹柄，一手当橹绳。那橹很长，比旁的船上的橹来得轻薄。当推出橹柄去的时候，他们的上身也冲了出去，似乎要跌到河里去的模样。接着把橹柄挽回来，他们的身子就往后顿，仿佛要坐下来似的。五把橹在水里这样强力地划动，船身就飞快地前进了。有时在船头加一把桨，一个人背心向前坐着，把它扳动，那自然又增加了速率。只听得河水活活地向后流去，奏着轻快的调子。船夫一边划船，一边随口唱绍兴戏，或者互相说笑，有猥亵的性谈，有绍兴风味的幽默谐语，因此，他们就忘记了疲劳，而旅客也得到了解闷的好资料。他们又喜欢与旁的船竞赛，看见前面有一条什么船，船家摇船似乎很努力，他们中间一个人发出号令说“追过它”，其余几个人立即同意，推呀挽呀分外用力，身子一会儿冲出去，一会儿倒仰过来，好像忽然发了狂。不多时果然把前面的船追过了，他们才哈哈大笑。庆贺自己的胜利，同时回复到原先的速率。由于他们划得快，比较性急的人都欢喜坐他们的船，譬如从苏州到甪直是“四九路”（三十六里），同样地划，航船要六个钟头，“呇呇船”只要四个钟头，早两个钟头上岸，即使不想赶做什么事，身体究竟少受些拘束，何况船价同样是一百四十文，十四个铜板。（这是十五年前的价钱，现在总该增加了。）

风顺，“呇呇船”当然也张风篷。风篷是破衣服、旧挽联、干面袋等等材料拼凑起来的，形式大多近乎正方。因为船身不大，就见得篷幅特别大，有点儿不相称。篷杆竖在船头舱门的地位，是一根并不怎么粗的竹头，风越大，篷杆越弯，把袋满了风的风篷挑出在船的一边。这当儿，船的前进自然更快，听着哗哗的水声，仿佛坐了摩托船。但是胆子小点儿的人就不免惊慌，因为船的两边不平，低的一边几乎齐水面，波浪大，时时有水花从舱篷的缝里泼进来。如果坐在低的一边，身体被动地向后靠着，谁也会想到船一翻自己就最先落水。坐在高的一边更得费力气，要把两条腿伸直，两只脚踩紧在平板上，才不至于脱离座位，跌扑到对面的人的身上去。有时候风从横里来，他们也张风篷，一会儿篷在左边，一会儿调到右边，让船在河面上尽画曲线。于是船的两边轮流地一高一低，旅客就好比在那里坐幼稚园里的跷跷板，“这生活可难受”，有些人这样暗自叫苦。然而“啯啯船”很少失事，风势真个不对，那些船夫还有硬干的办法。有一回我到角直去，风很大，饱满的风篷几乎蘸着水面，虽然天气不好，因为船行非常快，旅客都觉得高兴，后来进了吴淞江，那里江面很阔，船沿着“上风头”的一边前进。忽然呼呼地吹来更猛烈的几阵风，风篷着了湿重又离开水面。旅客连“哎哟”都喊不出来，只把两只手紧紧地支撑着舱篷或者坐身的木板。扑通，扑通，三四个船夫跳到水里去了。他们一齐扳住船的高起的一边，待留在船上的船夫把风篷落下来，他们才水淋淋地爬上船艄，湿了的衣服也不脱，拿起橹来就拚命地划。

说到航船，凡是摇船的跟坐船的差不多都有一种哲学，就是“反正总是一个到”主义。反正总是一个到，要紧做什么？到了也没有烧到眉毛上来的事，慢点儿也呒啥。所以，船夫大多衔着一根一尺多长的烟管，闭上眼睛，偶尔想到才吸一口，一管吸完了，慢吞吞捻了烟丝装上去，再吸第二管。正同“啯啯船”相反，他们中间很少四十以下的人。烟吸畅了，才起来理一理篷索，泡一壶公众的茶。可不要当作就要开船了，他们还得坐下来谈闲天。直到专门给人家送信带东西的“担子”回了船，那才有点儿希望。好在坐船的客人也不要不紧，隔十多分钟二三十分钟来一个两个，下了船重又上岸，买点心哩，吃一开茶哩，又是十分或一刻。有些人买了烧酒豆腐干花生米来，预备一路独酌。有些人并没有买什么，可是带了一张源源不绝的嘴，还没有坐定就乱攀谈，挑选相当的对手。在他们，迟些儿到实在不算一回事，就是不到又何妨。坐惯了轮船火车的人去坐航船，先得做一番养性的功夫，不然，这种阴阳怪气的旅行，至少会有三天的闷闷不乐。

航船比“啯啯船”大得多，船身开阔，舱作方形，木制，不像“啯啯船”那样只用芦席。艄篷也宽大，雨落太阳晒，船夫都得到遮掩。头舱中舱是旅客的区域。头舱要盘膝而坐。中舱横搁着一条条长板，坐在板上，小腿可以垂直。但是中舱有的时候要装货，豆饼菜油之类装满在长板下面，旅客也只得搁起了腿坐了。窗是一块块的板，要开就得卸去，不卸就得关上。通常两旁各开一扇，所以坐在舱里那种气味未免有点儿难受。坐得无聊，如果回转头去看艄篷里那几个老头子摇船，就会觉得自己的无聊才真是无聊。他们的一推一挽距离很小，仿佛全然不用力气，两只眼睛茫然望着岸边，这样地过了不知多少年月，把踏脚的板都踏出脚印来了，可是他们似乎没有什么无聊，每天还是走那老路，连一棵草一块石头都熟识了的路。两相比较，坐一趟船慢一点儿闷一点儿又算得什么。坐航船要快，只有巴望顺风。篷杆竖在头舱与中舱之间，一根又粗又长的木头。风篷极大，直拉到杆顶，有许多竹头横撑着，吃了风，巍然地推进，很有点儿气派。风最大的日子，苏州到角直三点半钟就吹到了。但是旅客究竟是“反正总是一个到”主义者，虽然嘴里嚷着“今天难得”，另一方面却似乎嫌风太大船太快了，跨上岸去，脸上不免带点儿怅然的神色。遇到顶头逆风航船就停班，不像“哨哨船”那样无论如何总得用人力去拼。客人走到码头上，看见孤零零的一条船停在那里，半个人影儿也没有，知道是停班，就若无其事地回转身。风总有停的日子，那么航船总有开的日子。忙于寄信的我可不能这样安静，每逢校工把发出的信退回来，说今天航船不开，就得担受整天的不舒服。

第五辑

心有余闲，看山看水看朝阳

记游洞庭西山

四月二十三日，我从上海回苏州，王剑三兄要到苏州玩儿，和我同走。苏州实在很少可以玩儿的地方，有些地方他前一回到苏州已经去过了，我只陪他看了可园、沧浪亭、文庙、植园以及顾家的怡园，又在吴苑吃了茶，因为他要尝尝苏州的趣味。二十五日，我们就离开苏州，往太湖中的洞庭西山。

洞庭西山周围一百二十里，山峰重叠。我们的目的地是南面沿湖的石公山。最近看到报上的广告，石公山开了旅馆，我们才决定到那里去。如果没有旅馆，又没有住在山上的熟人，那就食宿都成问题，洞庭西山是去不成的。

上午八点，我们出胥门，到苏福路长途汽车站候车。苏福路从苏州到光福，是商办的，现在还没有全线通车，只能到木渎。八点三刻，汽车到站，开行半点钟就到了木渎，票价两毛。经过了市街，开往洞庭东山的裕商小汽轮正将开行，我们买西山镇夏乡的票，每张五毛。轮行半点钟出胥口，进太湖。以前在无锡鼋头渚，在邓尉还元阁，只是望望太湖罢了，现在可亲身在太湖的波面，左右看望，混黄的湖波似乎尽量在那里涨起来，远处水接着天，间或界着一线的远岸或是断断续续的远树。晴光照着远近的岛屿，淡蓝，深翠，嫩绿，色彩不一，眼界中就不觉得单调，寂寞。

十二点一刻到达西山镇夏乡，我们跟着一批西山人登岸。这里有码头，不像先前经过的站头，登岸得用船摆渡。码头上有人力车，我们不认识去石公山的路，就坐上人力车，每辆六毛。和车夫闲谈，才知道西山只有十辆人力车，一般人往来难得坐的。车在山径中前进，两旁尽是桑树茶树和果木，满眼的苍翠，不常遇见行人，真像到了世外。果木是柿、橘、梅、杨梅、枇杷。梅花开的时候，这里该比邓尉还要出色。杨梅干枝高大，屈伸有姿态，最多画意。下了几回车，翻过了几座不很高的岭，路就围在山腰间，我们差不多可以抚摩左边山坡上那些树木的顶枝。树木以外就是湖面，行到枝叶茂密的地方，湖面给遮没了，但是一会儿又露出来了。

十二点三刻，我们到了石公饭店。这是节烈祠的房子，五间带厢房，我们选定靠西的一间地板房，有三张床铺，价两元。节烈祠供奉全西山的节烈妇女，门前一座很大的石牌坊，密密麻麻刻着她们的姓氏。隔壁石公寺，石公山归该寺管领。除开一祠一寺，石公山再没有房屋，唯有树木和山石而已。这里的山石特别玲珑，从前人有评石三字诀叫作“皱，瘦，透”，用来品评这里的山石，大部分可以适用。人家园林中有了几块太湖石，游人就徘徊不忍去，这里却满山的太湖石，而且是生着根的，而且有高和宽都达几十丈的，真可以称大观了。

饭店里只有我们两个客，饭菜没有预备，仅能做一碗开阳蛋汤。一会儿茶房高兴地跑来说，从渔人手里买到了一尾鲫鱼，而且晚饭的菜也有了，一小篮活虾，一尾很大的鲫鱼。问可有酒，有的。本山自制，也叫竹叶青。打一斤来尝尝，味道很清，只嫌薄些。

吃罢午饭，我们出饭店，向左边走，大约百步，到夕光洞。洞中有倒挂的大石，俗名倒挂塔。洞左右壁上刻着明朝人王鏊所写的寿字，笔力雄健。再走百多步，石壁绵延很宽广，题着“联云幛”三个篆字。高头又有“缥缈云联”四字，清道光间人罗绮的手笔。从这里向下到岸滩，大石平铺，湖波激荡，发出汩汩的声音。对面青青的一带是洞庭东山，看来似乎不很远，但是相距十八里呢。这里叫作明月浦，月明的时候来这里坐坐，确是不错。我们照了相，回到山上，从所谓一线天的裂缝中爬到山顶。转向南往下走，到来鹤亭。下望节烈祠和石公寺的房屋，整齐，小巧，好像展览会中的建筑模型。再往下有翠屏轩。出石公寺向右，经过节烈祠门首，到归云洞。洞中供奉山石雕成的观音像，比人高两尺光景，气度很不坏，可惜装了金，看不出雕凿的手法。石公全山面积一百八十多亩，高七十多丈，不过一座小山罢了，可是山石好，树木多，就见得丘壑幽深，引人入胜。

回饭店休息了一会儿，我们雇一条渔船，看石公南岸的滩面。滩石下面都有空隙，波涛冲进去，作鸿洞的声响，大约和石钟山同一道理。渔人问还想到哪里去，我们指着南面的三山说，如果来得及回来，我们想到那边去。渔人于是张起风帆来。横风，船身向右侧，船舷下水声哗哗哗。不到四十分钟，就到了三山的岸滩。那里很少大石，全是磨洗得没了棱角的碎石片。据说山上很有些殷实的人家，他们备有枪械自卫，子弹埋在岸滩的芦苇丛中，临时取用，只他们自己有数。我们因为时光已晚，来不及到乡村里去，只在岸滩照了几张照片，就迎着落日回船。一个带着三弦的算命先生要往西山去，请求附载，我们答应了。这时候太阳已近地平线，黄水染上淡红，使人起苍茫之感。湖面渐渐升起烟雾，风力比先前有劲，也是横风，船身向左侧，船舷下水声哗哗哗，更见爽利。渔人没事，请算命先生给他的两个男孩子算命。听说两个都生了根，大的一个还有贵人星助命，渔人夫妻两个安慰地笑了。船到石公山，天已全黑。坐船共三小时，付钱一块二毛。饭店里特地为我们点了汽油灯，喝竹叶青，吃鲫鱼和虾仁，还有咸芥菜，味道和白马湖出品不相上下。九时熄灯就寝。听湖上波涛声，好似风过松林，不久就入梦。

二十六日早上六时起身。东南风很大，出门望湖面，皱而暗，随处涌起白浪花。吃过早餐，昨天约定的人力车来了，就离开饭店，食宿小账共计六块多钱。沿昨天来此的原路，我们向镇夏乡而去。淡淡的阳光渐渐透出来，风吹树木，满眼是舞动的新绿。路旁遇见采茶妇女，身上各挂一只篾篓，满盛采来的茶芽。据说这是今年第二回采摘，一年里头，不过采摘四五回罢了。在镇夏乡寄了信，走不多路，到林屋洞，洞口题“天下第九洞天”六个大字。据说这个洞像房屋那样有三进，第一进入可以直立，第二、三进比较低，须得曲身而行。再往里去，直通到湖广。凡有山洞处，往往有类似的传说，当然不足凭信。再走四五里，到成金煤矿，遇见一个姓周的工头，峄县人，和剑三是大同乡，承他告诉我们煤矿的大概。这煤矿本来用土法开采，所出烟煤质地很好，运到近处去销售，每吨价六七块钱，比远来的煤便宜得多。现在这个矿归利民矿业公司经营，占地一万七千亩。目前正在开凿两口井，一口深十七丈，又一口深三十丈，彼此相通。一个月以后开凿成功，就可以用机器采煤了。他又说，西山上除开这里，矿产还很多呢。他四十三岁，和我同年，跑过许多地方，干了二十来年的煤矿，没上过矿业学校，全凭实际得来的经验。谈吐很爽直，见剑三是同乡，殷勤的情意流露在眉目间。剑三给他照了个相，让他站在他亲自开凿的井旁边。回到镇夏乡正十一点。付人力车价，每辆一块二毛半。在面馆吃了面，买了本山的碧螺春茶叶，上小茶楼喝了两杯茶，向附近的山径散步了一会儿，这才挨到午后两点半。裕商小汽轮靠着码头，我们冒着狂风钻进舱里，行到湖心，颠簸摇荡，仿佛在海洋里。全船的客人不由得闭目垂头，现出困乏的神态。

假　山

佩弦到苏州来，我陪他看了几个花园。花园都有假山，作为园子的主要部分。假山下大都是荷花池。亭台轩榭之类就环拱着假山和池塘布置起来。佩弦虽是中年人，而且身子比较胖，却还有小孩的心性，看见假山总想爬。我是幼年时候爬熟了这几座假山了，现在再没有这种兴致，只是坐定在一处地方对着假山看看而已。

假山实在算不得一件好看的东西。乱石块堆叠起来，高高低低，凹凹凸凸，且不说天下绝没有这样的山，单说阳光照在上面，明一块，暗一块，支离破碎，看去总觉得不顺眼。石块与石块的胶粘处不能不显出一些痕迹，旧了的还好，新修的用了水门汀，一道道僵白色真令人难受。玄墓山下有一景，叫作“真假山”，是山脚露出一些石块，有洞穴，有皱襞，宛如用湖石堆成的一般。胶粘的痕迹自然没有，走近去看还可以鉴赏山石的“皴法”。然而合着玄墓山一起看，这反而成为一个破绽，跟全山的调子不协调。可观的“真假山”，依我的浅见，要算太湖中洞庭西山的石公山了。那里全山是湖石，洞穴和皱襞俯拾即是，可是浑然一气。又有几十丈高的幛壁，比虎丘“千人石”大得多的石滩，真当得上“雄奇”二字。看了石公山再来看花园里的假山，只觉得是不知哪一个石匠把他的石料寄存在这里罢了。

假山上大都种树木，盖亭子。往往整个假山都在树木的荫蔽之下，而株数并不多，少的简直只有一株。亭子里总得摆一张石桌，可以围坐几个人，一座亭子镇压着整个所谓“山峰”也是常有的事。这就显得非常不相称。你着眼在山一方面，树木和亭子未免太大了，如果着眼在树木和亭子一方面，山又未免小得可笑了。《浮生六记》里的《闲情记趣》开头说：

留蚊于素帐中，徐喷以烟，使其冲烟飞鸣，作青云白鹤观，果如鹤唳云端，怡然称快。于土墙凹凸处，花台小草丛杂处，常蹲其身，使与台齐，定神细观。以丛草为林，以虫蚁为兽，以土砾凸者为邱，凹者为壑，神游其中，怡然自得。

这不失为很好的幻想。作者所以能“怡然称快”，“怡然自得”，在乎比拟得相称。以烟为云，自不妨以蚊为鹤；以丛草为树林，以土砾为丘壑，自不妨以虫蚁为走兽。假若在蚊帐中“徐喷以烟”，而捕一只麻雀来让它逃来逃去，或者以丛草为树林，而让一只猫蹲在丛草之上，这就凝不成“青云白鹤”和“林壑幽深”的幻想，也就无从“怡然”了。假山上长着大树，盖着亭子，情形正跟上面所说的相类。不相称的东西硬凑在一起，只使人觉得是大树长在乱石堆上，亭子盖在乱石堆上而已。

据说假山在花园中起障蔽的作用。如果全园的景物一目了然，东边望得到西边，南边望得到北边，那就太不曲折，太没有深致了。有假山障蔽着，峰回路转，又是一番景象，这才引人入胜。这个话当然可以承认，而且有一些具体的例子证明这个作用的价值。顾家的怡园，靠西一带假山把全园的景物遮掩了，你走到假山的西边去，回廊和旱船显得异常幽静，假山下的一湾水好像是从远处的泉源通过来的（其实就是荷花池中的水），引起你的遐想。还有，拙政园的进园处类似从前衙署中的二门，如果门内留着空旷处所，从园中望出来就非常难看。当初设计的人为弥补这个缺陷，在门内堆了一座假山，使你身在园中简直看不见那一道门。可见假山的障蔽作用确有它的价值。然而障蔽不一定要用假山。在园林建筑上，花墙极受重视，也为它的障蔽作用。墙上砌成各式各样的镂空图案，透着光，约略看得见隔墙的景物。这种“隔而不隔”的手法，假若使用得适当，比较堆假山作障蔽更有意思。此外，丛树也可以作障蔽之用。修剪得法，一丛树木还可以当一幅画看。用假山，固然使花园增加了曲折和深致，但是也引起了一堆乱石之感。利弊相较，孰轻孰重，正难断言。

依传统说法，假山并不重在真有山林之趣，假山本来是假山。路径的盘曲，层次的繁复，凡是山上所有的景物，如绝壁，危梁，岩洞，石屋，应有尽有，正合“麻雀虽小，五脏俱全”的谚语，在这等地方，显出设计的人的匠心。而假山的可贵也就在此。有名的狮子林，大家都说它了不起，就为那假山具有上面所说的那些条件。我小时候还没到过狮子林，长辈告诉我说，那里的假山曲折得厉害，两个人同在山上，看也看得见，手也握得着，但是他们要走到一条路上，还得待小半天呢。后来我去了，虽然不至于小半天，走走的确要好些时间。沿着高下屈曲的路径走，一路上遇见些“具体而微”的山上应有的景物。总之是层次多，阻隔多。就从这个诀窍，产生了两个人看得见而不能立刻碰头的效果。要堆这样一座假山当然不是容易事，不比建筑整整齐齐的房屋，可以预先打好平面和剖面的图样。这大概是全凭胸中的一点意象，堆上了，看看不对就卸下，卸下了，想停当了，再堆上，这样精心经营，直到完工才得休歇。然而不容易的事不一定做成功具有艺术价值的东西。在芝麻大的一粒象牙上刻一篇《陋室铭》，难是难极了，可是这东西终于是工匠的制品，无从列入艺术之林。你在假山上爬来爬去，只觉得前后左右都是石块，逼窄得很。遇见一些峭壁悬崖，你得设想自己缩到一只老鼠那样小才有味。如果你忘不了自己是个人，让躯体跟峭壁悬崖对照，那就像走进了小人国一般，峭壁悬崖再没有什么气魄，只见得滑稽可笑了。爬到“绝顶”的时候，且不说一览宇宙之大，你总要想来一下宽广的眺望吧。但是糟得很，什么堂什么轩的屋顶就挤在你眼前，你可以辨认那遗留在瓦楞上的雀粪。真山真水若是自然手创的艺术品，假山便是人类的难能而不可贵的“匠”制。凡是可以从真山真水得到的趣味，假山完全没有。

看既没有可看，爬又无甚意趣，为什么花园里总得堆一座假山呢？山不可移。叠起一堆乱石来硬叫它山，石块当然不会提抗议。而主人翁便怡然自得，心里想：“万物皆备于我矣，我的花园里甚至有了山。”舒服得无可奈何的人往往喜爱“万物皆备于我”，古董，珍宝，奇花，异卉，美人，声伎，样样都要，岂可独缺名山？堆了假山，虽然眼中所见的到底不是山，而心中总之有了山了，于是并无遗憾。兴到时吟吟诗，填填词，尽不妨夸张一点儿，“苍崖千丈”呀，“云气连山”呀，写上一大套征求吟台酬和，作为消闲的一法。这不过随便揣想罢了，从前的绅富爱堆假山究竟是这个意思不是，当然不能说定。

谈成都的树木

前年春间，曾经在新西门附近登城，向东眺望。少城一带的树木真繁茂，说得过分些，几乎是房子藏在树丛里，不是树木栽在各家的院子里。山茶、玉兰、碧桃、海棠，各种的花显出各种的光彩，成片成片深绿和浅绿的树叶子组合成锦绣。少陵诗道："东望少城花满烟，百花高楼更可怜"，少陵当时所见与现在差不多吧，我想。

登高眺望，固然是大观，站到院子里看，却往往觉得树木太繁密了，很有些人家的院子里接叶交柯，不留一点儿空隙，叫人想起严译《天演论》开头一篇里所说的："是离离者亦各尽天能，以自存种族而已，数亩之内，战事炽然，强者后亡，弱者先绝"，简直不像布置什么庭院。为花木的发荣滋长打算，似乎可以栽得疏散些。如果处在玩赏的观点，这样的繁密也大煞风景，应该改从疏散。大概种树栽花离不开绘画的观点。绘画不贵乎全幅填满了花花叶叶。画面花木的姿态的美，加上所留出的空隙的形象的美，才成一幅纯美的作品。满院子密密满满尽是花木，每一株的姿致都让它的朋友搅混了，显不出来，虽然满树的花光彩可爱，或者还有香气，可是就形象而言，那是毫无足观了。栽得疏散些，让粉墙或者回廊作为背景，在晴朗的阳光中，在澄澈的月光中，在朦胧的朝曦暮霭中，玩赏那形和影的美，趣味必然更多。

根据绘画的观点看，庭园的花木不如野间的老树。老树经历了悠久的岁月，所受自然的剪裁往往为专门园艺家所不及，有的竟可以说全无败笔。当春新绿茏葱，生意盎然，入秋枯叶半脱，意致萧爽，观玩之下，不但领略他的形象之美，更可以了悟若干人生境界。我在新西门外，住过两年，又常常往茶店子，从田野间来回，几株中意的老树已成熟朋友，看着吟味着，消解了我的独行的寂寞和疲劳。

说起剪裁，联想到街上的那些泡桐树。大概由于街两旁的人行道太窄，树干太贴近房屋的缘故，修剪的时候往往只顾保全屋面，不顾到损伤树的姿态，以致所有泡桐树大多很难看。还有金河街河两岸以及其他地方的柳树，修剪起来总是毫不容情，把去年所有的枝条全都锯掉，只剩下一个光光的拳头。我想，如果修剪的人稍稍有些画家的眼光，把可以留下的枝条留下，该会使市民多受若干分之一的美感陶冶吧。

少城公园的树木不算不多，可是除了高不可攀的楠木林，都受到随意随手的摧残。沿河的碧桃和芙蓉似乎一年不如一年了，民众教育馆一带的梅树，集成图书馆北面的十来株海棠，大多成了畸形，表示“任意攀折花木”依然是游人的习惯。虽然游人甚多，尤其是晴天，茶馆家家客满，可是看看那些“刑余”的花树以及乱生的灌木和草花，总感到进了个荒园似的。《牡丹亭·拾画》出的曲文道“早则是寒花绕砌，荒草成窠”。读着很有萧瑟之感，而少城公园给人的印象正相同。整顿少城公园要花钱，在财政困难的此刻未必有这么一笔闲钱。可是我想，除了花钱，还得有某种精神，如果没有某种精神，即使花了钱恐怕还是整顿不好的。

游临潼

那一天天气晴朗。上午九点过，我们出西安城往临潼。临潼是西安人游息的处所。逢到休假的日子，到那里去洗一个澡，爬一回山，眺望渭河和田野，精神舒快，回来做工作格外有劲儿。

经过浐河和灞河。浐河上跨着浐桥，灞河上跨着灞桥。灞河灞桥都有名。沛公入关，驻军灞上。唐朝人送出京东去的直送到灞桥，在那里设饯，折柳赠别，以灞桥为题材的送行诗也不知道有几多首。沪河比较小，灞河可宽大，虽然秋季水落，靠两边露出了沉沙，浩荡的气势还是很显然。桥是平铺的，一列的方桥墩，一个个的方桥洞，汽车、大车，行人都在桥上过。岸边有些柳树，并不是倒垂拂地的那一种，也许唐朝人所折的柳跟这个不同吧。

从灞桥柳树想起《紫钗记》传奇里的那出《折柳》。霍小玉就在这里送李益，情意缠绵，难舍难分，说灞桥“分明是一座销魂桥”。可是汤玉茗更改了《霍小玉传》的情节，让李益往河西参军，往河西怎么倒朝东走？这与其说是作者的小小疏忽，不如说他舍不得灞桥折柳的故事，定要拿来做他传奇的节目。反正像作画一样，花无正色鸟无名，只要取个意思就成，既是传奇里的动人场面，又何必核实方位，究东问西呢？

在右手边望见一座新建筑，矗起个又高又大的烟囱，形式简净明快，大玻璃窗一排上头又是一排。铁路的支线跟公路交叉，横过去直通到新建筑那里。那是西安第二发电厂，去年十一月间开的工，不到一年工夫，今年十月九日已经举行了庆祝落成发电的剪彩典礼。最新式的设计，最新式的机器，最先进的技术，机械化、自动化达到了很高的程度。厂里现有的设备全部开动起来，发电量等于西安第一发电厂的两倍。在今后的两三年内，西安、咸阳地区的工业生产用电和城市居民用电这就可以充分供应了。

两旁地里的小道上三三两两有人在走动，都会合到公路上来。老汉衔着旱烟管。老太太带着小孙女儿，手里拄着拐杖，可是脚步挺轻爽。壮年男子跑得热了，簇新的青布棉短褂搭在肩上。年轻妇女当然爱打扮，无论留发的剪发的都把头发梳得整整齐齐的，有些个留发的还在发髻旁边插朵菊花。他们大都有说有笑的，瞧那神气好像赴什么宴会。

不但会合到公路上来的行人越来越多，看，大车也不少呢。一辆大车往往挤着一二十人，偏着身子，挨着肩膀，有些人两条腿挂在车沿，那么一颠一荡地按着韵律前进。骡子拉着重载本来跑得慢，又因出生在乡间，跟汽车还有些生分，见我们的汽车赶过去，它索性停了步。于是赶车的老乡下来遮住骡子的视线，我们的汽车也开得挺慢，那么轻轻悄悄地蹑过去。

打听之后才知道斜口逢集，这些人大都是赶集来的。我们停车去看看。经过一条小道，从一排房子的后面抄过去就是斜口。铺子前面一些摊子已经摆得端端正正了——卖东西的到得早。菜蔬，布匹，饮食，杂用零件，陈设跟一般市集差不多。需要东西的人这边看一看，那边挑些合用的什么，或者坐下来吃一碗泡馍，几乎可以说摩肩接踵，颇有一番热烘烘的景象。市梢头陈列着许多木柜子和门窗槅扇，全是木工的手制品。秋收差不多了，农民们添置个新柜子储藏家用东西，或者买些现成的门窗槅扇把房子刷新一下，这也是改善生活的要求，料想四年以前的市集该不会有这些东西吧。

十点半到临潼。并不进临潼县城，径到华清池。这一带树木比一路上繁茂，苍翠成林。仰望骊山不怎么高，可是有丘壑，有丘壑就有姿致，绿树红叶跟山石配合，俨然入画。从前唐明皇在这里修华清宫，周围起些公卿的邸宅，不致孤单寂寞，于是在华清池洗洗温泉澡，在长生殿跟杨玉环起个鹣鹣鲽鲽的恩爱誓。就享乐方面说，他可真是个老在行。

现在所谓华清池是个紧靠着骊山的花园布置。纯粹中国式，有假山、回廊、花栏、荷池、小桥，亭馆全用彩椽，当然，浴室也包括在里头。花栏里菊花、西番莲、美人蕉开得正有劲儿，还有些粉红的大型月季——这时候还开月季，可见地气之暖。荷池里只剩荷梗了，几只鸭悠然浮在池面。这池水是从温泉引过来的，因而想起“春江水暖鸭先知”的诗句。

我们不急于洗澡，先去爬山。目的在看西安事变那时候蒋介石躲藏的处所。从华清池右边上山。土坡缓缓地屈曲地往上延伸。路不算窄，大概可以并行两辆汽车，是新修的。路旁边栽些槐树。将近半山腰才是比较陡的石级，登完石级就到捉蒋亭。亭子后面朝石壁。亭子里正面上方题一段文字，叙述西安事变前后经过的大略情形。两三个老乡为游人指点蒋介石躲藏处，其说不一。一个说亭子后面那石壁稍微凹进去像个洞子，那夜晚蒋就像耗子似的躲在里头。一个说他还想往上逃，不知是光脚底跑破了还是挫伤了腰，再也跑不动，只好闪在右手边那块岩石的侧边。听起来总不离这一带石壁。为了掩饰蒋的丑，国民党反动派就在这里修个亭子，取名叫“正气亭”。正气，这是文天祥用来题他的诗歌的，反动派可窃取珍贵的珠花往癞子脑壳上插戴。单是这个冒用美名的罪名，他们就十恶不赦。不过反动派全惯于搞这一套，你看，帝国主义者不是总把他们那些个乌烟瘴气的国度叫作“自由世界”吗？解放以后，据实定名，亭子叫捉蒋亭，连同亭子里的那段文字，可以让游人知道个真情实况。

坐在捉蒋亭的台阶上休息。朝北望去，眼界宽阔极了。明蓝的晴空无边无际。渭河和它的支流界划着远处的平原，安安静静的。近处这里那里一丛丛的树林。地里差不多全种菜蔬，特别肥美，嫩绿浓绿都像起绒似的。通常说锦绣河山，这眼前的景物可真是一幅货真价实的锦绣。

下山吃过饭，在华清池旁边一家小茶馆前喝茶。帆布躺椅，矮矮的桌子，有成都茶馆的风味。茶馆老板是个爱说话的人，偶然问他几句，他就粘在那里舍不得走开。他指着半山腰的捉蒋亭，说当年捉住了蒋介石送西安，就在茶馆门前上的车——穿的单衫，一位弟兄好意，给他穿了件棉军衣。他说：“蒋介石这副形容去西安，来的时候可神气呢。一路上两旁布岗位，比电线杆子密得多，上刺刀的枪横在腰间，脸全朝外，他在汽车里只看他们的后脑勺。地里做活的全都让他给赶回去，不问你的活放得下手放不下手。不用说，我们这些小铺子也非关门不可，你得做一天吃一天，那是你的事，他不管。”

模仿了几声枪响之后，茶馆老板接着说：“我想，他们准是开会谈不拢，闹翻了。亏得他们闹翻，我这小铺子才得就开门。要是他住在这里过个冬，我怎办？……后来他还来过一趟，照样布岗位，照样赶地里做活的回去，叫铺子关门。他穿一件长袍子，抬起尖下巴朝山上望了一会儿，不知道他想些什么。不多久汽车就开走了……”

茶馆附近有两个水果摊子，带卖菜蔬。曾听说临潼石榴有名，我们就买石榴。摆摊子问要酸的还是甜的。我们说当然要甜的。可是一问价钱，酸的贵一倍。什么道理呢？茶馆老板又有话说了。他说酸石榴什么病都治，妇道人家尤其爱吃。大概病人胃口不好，什么都没味，吃些酸东西倒有爽利的感觉，那是真的。说什么病都治，未免夸张过分了。至于多数妇女爱吃酸是实情，恐怕是生理的关系，不大清楚。我们反正不生病，还是买了甜的，确然甜。

摊子上还有苹果和柿子。柿子分两种。一种是大型的，朱红色，各地常见。一种是小型的，大红色，近似苏州的“金钵盂”和杭州的“火柿儿”。这种小型的柿子在西安市上见过，没注意，这回可注意了，因为联想到苏州的金钵盂。我从小不爱吃那朱红色的大型柿，生一些的，涩味巴着舌头固然难受，熟透了的，那甜味也怪腻，没有鲜洁之感。我只爱吃金钵盂。自从离开了苏州，经常遇见那些大型的，我从来不想拿一个来尝尝，可以说跟柿子绝缘了。现在看见这近似金钵盂的小型柿，不由得回忆起幼年的嗜好。拣一个熟透了的，轻轻地撕去表面那一层大红色的衣，露出朱红色的内皮，还是个柿子的形状，送到嘴里，甜得鲜洁，跟金钵盂一个样，而且没有硬核——金钵盂有硬核，或多或少。这种柿子是临潼的特产，名叫火柿，跟杭州相同。

临潼的菜蔬，白菜、花菜都好，韭黄尤其有名，在西安都吃过了。菜大都肥嫩，咀嚼起来没有骨子，很和润地咽下去。韭黄爽脆极了，咀嚼的时候起一种快感，汁水有些儿甜味，几乎没有那股臭气，吃过之后口齿间又绝不发腻。

茶馆的右手边就是公共浴池。温泉养成了临潼人勤洗澡的习惯，应该有公共浴池满足大众的需要。分男的和女的，都在屋子里，规定每天开闭的时间。我们去看男浴池。一股热气，比澡堂子里的大池子大。屋内光线不太强，可是看得清池水是清澈的。十来个近乎绛赤色的光身子泡在池水里，有几个只透出个脑袋。池沿上也有十来个人，正在擦呀抹的。

于是我们重入华清池。那一天不是星期日，等了大约一刻钟工夫就轮到我们洗澡了，据说星期日买了票等两三个钟头是常事，华清池内也有大池子，浴室分单人的、双人的，还有一间四个人的，美其名曰“贵妃池”。我和三位朋友挑了贵妃池。

池作长方形，周围全砌白瓷砖。一边一个台阶，没在水里，供洗澡的坐。不坐那台阶而坐在池底，水面齐脖子，四个人的手脚都可以自由舒展，不至于互相碰撞。水清极了，温度比福州的温泉和重庆的南温泉、北温泉似乎都高些（我只洗过这三处温泉），可是不嫌其烫。论洗澡是大池子好，你可以舒臂伸腿，转动身躯，让热水轻轻地摩擦你周身的皮肤，同时你享受一种游泳似的快感。在澡盆子里洗差多了，你只能直僵僵地躺在里头让热水泡着，两边紧紧地挨着，不免有些压迫之感。这贵妃池虽然不及大池子宽广，也尽够自由活动了。我们足足洗了三十分钟，轻松舒快，身上好像剥去了一层壳似的。起来之后倒茶壶里的水尝尝。那是煮过的温泉水，清淡，没有什么矿质的气味。

澡洗过了，到夜还有两点来钟，我们去看秦始皇墓。起先车顺着公路开，后来转入田地间的小道。一路上多的是柿子树，柿子承着斜阳显得更鲜明。没有二十分钟工夫就到了秦始皇墓下。那是个极大的土堆，据说地盘有四百亩，原先还要大得多。大略有些像金字塔，缓缓地斜上去，除了土面的草而外，什么也没有。骊山默默地衬托在背面。这一面山上红叶特别多，山容比华清池那边望见的似乎更好看。从墓顶往下望，平原上红柿子宛如秋夜的星星，洋洋大观。听说春天是一片桃花和杏花。

秦始皇墓让古来所谓“发冢”的发掘过好多回了，按《高祖本纪》的记载，项羽是头一个。他们的目的无非在盗些宝物。往后在研究古代文物的整个计划之下，这座陵墓该来一回科学的发掘。前些日子在西安的《群众日报》上看见一位先生的文章，说这一带农家常常捡到古砖，又掘到过埋在地下的古时的排水管，发现过还看得清形制的建筑结构，等等。猜想起来，发掘该不会一无所获，或许竟大有所获，使历史家、考古家高兴得不得了，互相庆幸又得到了可贵的新资料。当然，这只是外行人的想头，未必有价值。——再说句外行话，要是古代通行了火葬，不搞什么坟墓，现代的历史家、考古家至少要短少一大宗重要的凭借吧。

上了车，在小道上开行，忽听当的一声。以为小石子打在钢板上，没有事。可是回头一看，小道上画了很长的一条，是乌绿的机油。车底盛机油的部分破了。于是停车，司机仰着身子钻到车底下去检查。站起来的时候是两泡眼泪，一只手尽拍前额，几乎哭出声来。小道中间高两边低，车底当然接近些地面，车轮子滚过，小石子当然要蹦起来，完全没有理由怪到他，可是爱护公共财物的观念叫他淌了眼泪。

大家说有什么哭的，想办法要紧。吉普车的那司机说机油漏光了，花生油什么的可以代替，油箱的窟窿呢，塞一把土，拿布裹一裹，拴一下，就成了。——听那司机说办法，我立刻想起在巫山下经历的事。那一年冬天从重庆东归，飞机、轮船全没份，我们六十多人雇了两条木船。一天黄昏时分歇碚石，拢岸了，一条木船触着江边的石头，船侧边一个窟窿，饭碗那么大。那时候的惊慌情状不必细说，幸而没有事，只灌湿了好些箱笼书籍。你知道管船的怎么修补那穿了窟窿的破船？一大碗饭，拿块不知从哪里撕下来的布一裹，往窟窿里一塞，再钉上块木板，第二天早晨就照常开船了。急救治疗就有那么一手。

两个司机作急救治疗去了，我们跟几个农民商量油的事情。农民们说村里各家去问问，大家凑一些，不过要六七斤怕凑不齐。一会儿村干部也来了，问明白之后说："总得想办法，保证你们今夜晚回西安。"

太阳落下去了，道旁场上有个四十来岁的农民在收晒在那里的棉花，一大把一大把地往筐子里塞。我们跟他攀谈，不免问长问短，最后请他说说今昔的比较。他把手在筐子边上一按，似笑非笑地说："从前吗，搞出来的东西人家给拿走了，人还不得留在家里。现在搞出来的是自家的了，人也能安安心心地留在家里了。"

他这个话多么简括，说出了最主要的。在今年，他那"自家的"里头包括新盖的房子，新买的一头小牛——他那村子里有八家盖了新房子呢。真的事实，亲身的体会，什么道理都容易搞明白，搞得明白自然能够简括地扼要地说出来。在社会主义改造完成之后，就是这个农民，今天在这里一大把一大把往筐子里塞棉花的，他一定会说："从前吗，一家人勤勤恳恳地搞，可是搞不怎么多，比工人老大哥差得远。现在大伙儿合起来搞，比从前好多了，我们跟得上工人老大哥了！"

凑来的油灌好，汽车开动，已经七点多了。月亮还没升起来，车窗外的景物都成了剪影。老远就望见西安第二发电厂烟囱高头极亮的红灯，那是航空的安全设备。

在西安看的戏

住西安不满二十天，倒看了八回戏，易俗社两回，香玉剧社两回，尚友社、西北歌舞剧团、鄘鄠剧团、皮影戏各一回。西安人看戏的兴致似乎很高，除了我们看过的几处以外，还有好些剧团，听说处处满座，票不容易买。多数人能够哼两句秦腔或河南梆子，广播也常常播秦腔和河南梆子，喇叭底下聚集着低回不忍去的听众。

西安的戏院可以说属于旧形式。长方形，直里比横里长。长条椅一排排地正摆，挤得比较紧。两旁边栏杆以外也容纳观众，那是偏着身子站着看的，票价特别便宜。房屋不怎么讲究，有几座用席顶棚。易俗社舞台沿的上方仿敦煌壁画画两个大型的飞天，回身凌空，彩带飘拂，比随便画些图案好看多了。用飞天作舞台的装饰，在别处还没见过。

听说一九五四年要修一座戏院，当然是新式的，设计的时候一定会考虑到怎样让买便宜票的也有座位。

在易俗社看两回秦腔，一回是整本戏《游龟山》，一回是六个单出戏。戏都演得认真，排在前头的单出戏也没有从前戏院的习气，有气没力，敷敷衍衍，只顾陪着观众消磨时间。演员的地位和认识提高了固然有关系，另外的原因恐怕是观众老早到齐，一开场就坐得满满的，不像从前有些人那样直到末了儿一两出上场的时候才来，表示他们除了头牌的名角而外不屑一顾。既然有那么些人要看，而且是真心诚意地要看，就是戏排在前头，又怎么能草草了事？

小时候听秦腔，现在光记得贾碧云的《阴阳河》和《红梅阁》。贾碧云是京剧角色，带唱秦腔，当时很有些声名。只觉得那声音高亢极了，刺耳的胡琴和梆子之外就只是那么咿咿呀呀的，越顿越高，越顿越高，完全听不清唱些什么。不知道什么缘故，现在听秦腔不觉得那么高亢了，胡琴和梆子也不刺耳，演员唱得好，口齿清楚，我可以听懂七八成，唱得差的，也有三四成。

没有戏单，挂在两旁的黑板上写着白粉字——戏名和演员名，因而很难记住谁扮演谁。我光记住了一位女演员的名字，孟遏云，因为近旁的观众都在轻声屏气地说这个名字，她的演唱特别引人注意，还有我左手边一位老太太带着叹息的调子说她今晚来看戏就为看这个孟遏云。

外行人不能说内行话，况且唱歌是声音的事情，用语言来描摹很难见效，往往描摹了一大堆，人家还是捉摸不到什么，我也不预备描摹了。我只觉得孟遏云的声音有天分又有训练，训练达到了极端纯熟的境界，能够自由操纵，从心所欲，随时随地恰当地表达出剧中人的感情，因而她的唱有风格，有自己的东西，虽然别人唱起来，唱词和曲谱也全都是那么样。听她一句一句唱下去，你心中再不起旁的杂念，光受她的唱的支配。她的风格含着种种味道，领略那味道是一种愉快，一种享受，你唯恐错过了一丝半毫的愉快和享受，哪还有工夫想旁的？她的声音那么一转，一转之后又像游丝一样袅上去，你就默默点头，认为非那么一转袅上去不可。她把一个语音斩钉截铁地喷出来，才喷出来就划然煞住，你就咂咂嘴唇，认为唯有那样喷出来就煞住才恰到好处。这里所谓“认为”并非思维活动，简直是不意识，不过耳朵里感觉顺适，心里感觉舒服罢了。我们看了好的书画、精美的雕刻，同样会感觉到那种顺适和舒服。凡是艺术作品，合乎规格，又不仅合乎规格，还有独自的风格、独自的味道的，都能叫人感觉到那种顺适和舒服。——我说了这么些话并没有传出孟遏云的唱的好处，这是没有办法的事，要领略好处怕只有用耳朵去听。我很想听听内行家的意见，不知道内行家对于孟遏云的唱怎么说。至于她的演技，我不再多说外行话了，总之，妥帖，老到，全身有戏，随时是戏。在《游龟山》里，她演江夏县的太太，又一回她演《探窑》里的王宝钏。《探窑》尤其酣畅淋漓。

常香玉的河南梆子，我看过她的《断桥》。她也有她的风格，能把感情充分地发挥。白娘娘的爱恋、怨恨、悲痛，听了她的唱似乎可以把实质给抓住。这回看了她的《花木兰》，印象当然也挺好。我的一位朋友发表他的“读后感”，他说

《花木兰》的道白做工似乎过于京戏化了，减少了河南梆子的本色——某一剧种的某些本色应该保留还是改掉，该多保留还是少保留，是戏剧工作里值得讨究的题目。他又说花木兰胜利之后帐前独唱的时候如果有个舞蹈场面，戏也许更出色些。外行人不能下什么判断，愿意把朋友的意见记下来，供香玉剧社参考。

巧得很，在易俗社看了《拷红》，在香玉剧社也看了《拷红》。易俗社的《拷红》，饰红娘的是一位男角——很抱歉，没有记住他的姓名，一出场就看得出他是个守着旧典型的。所谓旧典型就是传统的规范，一举一动，一颦一笑，全有程式。可是他能不让程式拘住，把程式演活了，于是观众面前出现一个活泼伶俐随机应变的小红娘。我想，我国各种旧戏都有它的程式，凡是成功的演员都是把程式演活了的——不知道这样说是不是切当。香玉剧社的《拷红》，老夫人、莺莺、红娘、张生四个角色铢两悉称，彼此配合得挺紧凑，一个在那里唱呀说的，跟另外一个或几个息息相关。这一层不太容易做到。可是观众爱看的是整台的戏，不是一个角色演戏，另外一个或几个只在旁边坐一坐，站一站。为了满足观众的要求，演员当然应当尽力做到这一层。

没有戏剧源流的知识，不知道秦腔和河南梆子的关系怎么样。推想起来，该是近房兄弟吧。不然，为什么西安人喜爱河南梆子那么强，只望香玉剧社老留在西安？再说，陕西跟河南接壤，一在关内，一在关外，地理上的关系也实在密切。据我想，这两种戏剧，还有其他几种地方戏，有个共通之点，就是唱句的音乐性很够味，可是听起来还是语言。音乐性够味，所以熟极的戏也愿意再去听一听，听那歌唱，听那演员的独自的风格——当然指有风格的而言。听起来还是语言，所以听歌唱同时领略戏的细微曲折，比较单就音乐方面听，感受更见深切。在我国各种戏剧里头，音乐性够味可是听起来几乎不成语言的，该数昆曲里的南曲了——北曲好一些。固然，曲词多用文言辞藻，造句又属诗词一路，那是不容易一听就明白的一个原因。可是，更重要的原因在每唱一个字袅呀袅呀地转折太多了，叫人家光听见一连串的工尺上四合。就是能唱的曲家，要是请他听一支生曲子，恐怕除了一连串的工尺上四合也领略不多吧。曲词明明是语言（诗词一路的语言），可是听起来只是一连串的工尺上四合，不成语言。在戏曲界“百花齐放，推陈出新”的今天，各种剧种都在那里发展呀改革的，情形热闹非凡，可是昆曲只有抱残守缺的份儿，道理也许就在这里。京戏旦角的某些唱段，我听起来也有一连串工尺上四合之感，就是说不知道说些什么，虽然觉得悦耳。我听秦腔和河南梆子就不然，一方面居然能欣赏唱的好处，另一方面又能听清它的语言，欣赏就包括戏剧的内容，不仅在音乐。凡有这个特征——音乐性够味，可是听起来还是语言——的歌剧，我想，前途都是光明的、乐观的。什么根据呢？根据就在我能够接受，非但能够接受，还能够欣赏，而我呢，至少可以代表一大部分并不内行可是喜欢看戏的观众。

看了西北歌舞剧团的《小二黑结婚》，我就想到一部分新歌剧似乎还没有前边所说的特征，唱词配了音乐，当然不像话剧那样，句句跟实际生活里的语言一致，而那音乐，不知道什么缘故，又不像秦腔和河南梆子那样，能使有天分的演员唱成独自的风格。于是，就语言方面听，不如话剧干脆、爽利、有实感，就音乐方面听，不如秦腔、河南梆子的耐人寻味，经得起咀嚼。有些新歌剧，我们看过一回，知道有那么一回事就算了，再不想看第二回，缘由恐怕在此。新歌剧正在成长的阶段，得从各方面努力，是不是该在争取我所说的特征上多注点儿意，希望戏剧界考虑。

现在谈皮影戏。我们看的全本《火焰驹》。皮影戏各个登场人物的唱词道白大部分由一个人担任，只有少数几处由另外一个人搭配。唱的什么调我不知道，似乎属于“说唱”一路。

那皮人、皮道具的雕刻工细极了，饰色鲜艳极了，陈列在民间艺术品展览会里准可以列入上选。一切全用繁复的线条画成，只有人物的面部很简单，几笔勾出了生旦净丑，当然也有繁复的花脸。生的袍服，旦的衣裙……全有图案花纹。一张桌子，一把椅子，也不厌其烦地尽量细雕，好像红木作里制成的精制品。小到一把扇子（要知道皮人只一尺来高，可以想象扇子多大了），并不剪成扇形就算，还要把它镂空，让扇面上有画。有几幅布景，那花丛全用工笔，那假山有宋元人画山石的意味，又古茂，又艳丽。

没看过皮影戏的也许不大明白那是怎么回事，现在大略说几句。可以拿傀儡戏作比方，傀儡戏是傀儡演戏，皮影戏是皮人演戏，举止行动同样由藏在背后的人操纵。不过皮人不像傀儡那样成个立体的形象，那是皮雕成的，只是一片，而且是侧影的一片，不朝左就朝右。后面亮着灯光，活动的皮人的影子映在垂直张挂的白布上，观众在白布前面就可以看戏了。

我们看戏看傀儡戏都在台前看，看正面。舞台有深度，因而有远近。元帅升帐，他的位置距离我们远些，帐前两旁站着四将，距离我们近些。看皮影戏可不然。我们虽然坐在白布前面，实际上等于坐在舞台侧边，只能看个侧面。无所谓远近，侧形的皮人全在一个平面上活动——一个平面就是那垂直张挂的白布。

看皮影戏得在意想中“除外”一些形象。换句话说，有些影子你得当作没看见。要让皮人的身躯跟四肢活动，不能不用几根细木签支使它，细木签的影子不能不映在白布上。要是不在意想中当作没看见那些细木签的影子，就觉得场面上的人物牵牵挂挂的，很不顺眼。还有，皮人本来朝左，一会儿要它朝右，这只有一个办法，把它翻转来。翻转来当然很快，真可以说“一刹那”，在“一刹那”间，侧面的人形成了稀奇古怪的形象。那稀奇古怪的形象也得“除外”，当作没看见，意想中只当它朝左的人物慢慢地转过身来朝右边。还有，皮影必须贴着白布，轮廓和线条才显得清楚，色彩才显得鲜明。可是，皮人究竟拿在人的手里，总不免有些时候离开白布些儿，于是轮廓和线条朦胧了，色彩模糊了。那时候你最好闭一闭眼睛养养神，待皮人贴着了白布再看下去。

这些全是特质的条件的限制，既然要让“只是一片”的皮人演戏，就没法超越这些限制。我们只要想一想，所有登场的皮人全都由一个人的两只手操纵，居然可以演出整本的戏，模仿真人的活动相当到家，也就不会有什么苛求了。

一个唱的，一个操纵皮人的，三四个奏音乐的，大概五六个人就可以搞一个皮影戏的班子。这样地简单，旁的戏班子无论如何赶不上。跟傀儡戏比起来似乎差不多，可是皮人比傀儡轻巧多了。在无戏可看的地区，皮影戏靠它的简单，四处流动，满足群众的需要。现在戏剧的供应已经比较普遍，今后更将普遍，僻远的农村也可以看到话剧、歌剧。我想，在换换口味的意义之下，那时候皮影戏还会是群众所喜见乐闻的。

坐羊皮筏到雁滩

初次看见羊皮筏的照片在二十年前。凭这个东西可以在水上行动，像陆上坐车似的，虽然没有什么不相信，总觉得有些儿特别，有些儿异感。再说这个东西的构造也看不大清楚，胀鼓鼓的仿佛一笼馒头，说是羊皮，可不知道怎么搞的。这回到兰州，才亲眼看见羊皮筏，而且坐了羊皮筏过渡到雁滩——雁滩是黄河中的沙洲。

羊皮筏用的是整张的羊皮。我说整张，也许会引起误会，会叫人家想起做皮袄皮袍子的皮料那样的整张。因而必须赶紧说明，并不是那样展开的整张。打个比方，好比蛇蜕下来的皮，蛇爬到别处去了，蜕下来的皮留着，虽然那么瘪瘪的，可还是蛇的形状——是那样保持着原状的整张。宰羊的人剥羊皮（不用说，羊毛先剃光了），让羊皮从肌肉骨骼上蜕下来，整张上只有四个窟窿。前肢在膝盖的部位切断，一边一个窟窿。脑袋去掉，脖子的部位一个大窟窿。两条后肢全去掉，臀部的一个窟窿更大。把三个窟窿拴紧，留下一个吹气（为方便起见，当然在前肢的两个里头留一个），吹足了气也把它拴紧。于是成了个长形的气囊，还看得出羊身体的形状。

四个或五六个气囊并排连成一排，看羊皮的大小而定。又把三排气囊直里连起来，就成个长方形的连结体。一个连结体少则十二个气囊，多则十五六个。在这连结体上平铺一个长方形的木架，用绳子系着。木架的结构像个横写的“册”字——当然只是大略的比拟罢了，“册”字底下没有一画，可是那架子底下有一画，“册”字只有四直，可是那架子有十多直，两直之间的距离比人的脚短些，一只脚可以在两直上踏稳。这就齐全了，羊皮筏的装置尽在于此了。

不知道一个羊皮筏有多重。看来不会太重，因为筏工用一条扁担支着它，把它背在背上，一只手按住扁担的另一头，走起来挺轻松的。有人雇乘了，讲好价钱，筏工就把它放在河沿水面上，让乘客跨上去。

还有牛皮筏，我们没看见。听说牛皮筏是装重载的，支起篷帐，里面住人，顺流而下驶往宁夏。要是把牛皮筏比做运货大卡车，那么羊皮筏就是小汽车，坐这么几个人，在近处兜兜罢了。

我们听过朋友的解说，说羊皮筏非常稳当，绝对保险，虽然看起来有些异样，跟习惯的船只很少相同之点。我们跨上去，有些晃荡，可是不比西湖里的小划子晃荡得厉害。照惯例，乘客应当两只脚踏在两条横木上，身体蹲下来，着力在两条腿上。我腿力不济，没法蹲，只好一屁股坐下来，下面贴着木条和羊皮。我们四个人，加上筏工跟一个附载的挑面粉的，筏上共载六个人。

羊皮筏吃水极浅，所以能贴近沙滩，便于上下。羊皮筏有弹力，碰着滩石就弹开来，不至于撞破，就是撞破了一个气囊，还有其他十几个气囊在，影响并不大。羊皮筏的底跟面一般大小，就是在水势大风浪猛的时候，也不过跟着波浪上落而已，无论如何打不翻。我们坐在羊皮筏上谈着这些个，觉得非常稳当的说法确然属实。还有一层，我们想，要是兰州一带羊肉的消费量不怎么大，恐怕也不会有什么羊皮筏吧。

筏工把扁担插入黄流，悠然划着——扁担的身份改变了，它又是桨，又是舵。雁滩横在前面，林木繁茂，金黄色的斜阳照着，一派气爽秋高的景象。对岸的山耸列在雁滩背后，沉默之中透着庄严。朝左望上游，朝右望下游，虽然秋季水落，还是有浩荡渺茫的气势。身下的羊皮筏太藐小了，不妨看作没有这个羊皮筏，于是我们觉得我们跟大自然更亲密了，我们浮在水面上，我们的呼吸跟黄河的流动，连山的沉默、青天的明朗息息相通。往年在四川乐山，渡江游凌云山、乌尤山，方当水涨，小划子在开阔之极的波面上晃荡，我也曾有过同样的感觉。

没有十分钟工夫就到了雁滩。从前没住人的时候，这河中的沙洲当然是雁栖息之所——雁滩原是个写实的名称。同时又富有诗情画意，古来取雁宿洲渚为题材的也不知道有几多诗篇画幅。现在滩上住着好些人家，都以种菜为业，又有公家的农场苗圃，雁大概不会下来栖息了吧。可是雁滩还是个挺耐人寻味的名称。

我们先往农场。果树上没有什么果子了，可是会客室桌子上陈列着两大盘苹果，色彩不一，又好看又大，几乎可以说耀人眼睛。招待我们的一位同志说场里苹果的品种很多，盘子里是四种。又说果子都藏在地窖里了，数量不多，还不能普遍供应。又说农场的任务之一是推广优良品种，兰州产瓜果本来有名，再在选择品种上下功夫，前途更光明了。他一边说一边让我们尝苹果，尝了一种又尝一种，把四种尝遍。

最大型的一种叫“大元帅”——这名称大概就从大型而来，皮作红绿两色，红的地方鲜红，绿的地方翠绿，味甜，入口有松爽的感觉。另一种叫“印度”，皮纯青色，入口爽脆极了，鲜美极了。第三种叫“青香蕉”，跟“印度”一样作纯青色，稍稍淡些，带着香蕉的香味。第四种叫“玉霞”，皮作黄色——像半熟的香蕉那样的黄色，口味也挺不错。很难说四种里头哪一种更好，很难想起以往吃过的苹果也有这么好，一时间尝到这些个好品种，真可以说此游一乐。

尝着好苹果，同时想起幼年吃的苹果。那是四五十年前的事了。中秋前后，苏州水果铺里苹果上市了，至多不过陈列这么五六十个，红绿色的表皮上大多印着黄锈的瘢痕，大的有铜圆那么大。无所谓这种那种的分别，只知道这叫作天津苹果，老远地走海道来的。吃这种苹果也无须用刀子削皮。一般人都用大拇指的指甲从果柄的部分刮到结蒂的部分，好比在地球图上画经线，把整个苹果刮遍。于是表皮就可以撕下来。把撕了皮的苹果送到嘴边一口一口地啃，酥极了，宛如吃豆沙包子，舌头上辨得出细沙似的颗粒，咽下去有饱的感觉。我小时候以为苹果就该那么吃，苹果的味道就是那么不爽不利、粘舌腻喉的，老实说，我对苹果没有多大好感。后来在上海吃新鲜苹果，方才领略到苹果的爽脆和鲜美，好就好在这个爽脆和鲜美，小时候的认识完全不是那么一回事。可是历年吃的新鲜苹果也不算少，仿佛全比不上这回在雁滩吃的。

在雁滩谈起瓜，没吃瓜，可是在别处吃了。兰州的瓜太好了，不能不连带说一说。我要说的叫绿瓤甜瓜，属于香瓜一类。香瓜一类跟西瓜一类的主要不同点，瓤和肉可以划然分开，不像西瓜那样肉连着瓤，没有显著的界限。咱们吃西瓜吃它的瓤，吃香瓜不吃瓤，吃它的肉。这些都是大家知道的，不必细说。香瓜一类通常有黄金瓜、翠瓜，大略有些儿香味，不怎么甜，有的绝然不甜，上市的时候，咱们也爱尝一尝，应个景儿，可是总不能成为咱们的嗜好。离苏州三十六里有个乡镇叫角直（角音陆），我在那里住过好几年，那里出产一种苹果瓜，形状像苹果，小饭碗那么大，青皮绿肉，比一般黄金瓜甜些，苏州一带认为名贵的品种，实际上也不过如此。兰州的绿瓤甜瓜也大略像苹果，有儿童玩的小足球那么大，皮作白色，白里带黄，并不好看，切开来可好看了，嫩绿的肉好像上品的翡翠。咬一口那嫩绿的肉，水分多，味道甜而鲜，稍稍咀嚼几下，就那么和润地咽下去，仿佛没有什么质料似的。吃过一两块，只觉得甜美清凉直透心脾，真可以说无上的享受。这种瓜可以久藏，到春节的时候拿出来，是绝妙的岁朝清赏。

还得说一说哈密瓜。兰州市街在一个拐角处聚集着好些家回民开设的铺子，贩卖新疆的土产特产，哈密瓜就在那里买。哈密瓜也属于香瓜一类，形状像橄榄球，大小也相当。皮作暗绿色，粗糙，有细碎的并不深刻的裂纹。切开来，肉作淡黄色——也可以说淡红色，跟南瓜差不多。甜味似乎比绿瓤甜瓜厚些，不如绿瓤甜瓜的清，水分也比较少些。哈密瓜声名很大，在往时，绝大多数人仅闻其名，不知道究竟是怎么样一件东西。往后交通日益发展，铁路网像蜘蛛网似的结起来，一方面产地讲究培植，提高产量，我想，哈密瓜和兰州的绿瓤甜瓜、“大元帅”之类必然会在各地水果铺里出现，家喻户晓，像广东香蕉、天台柑橘一样。

说得远了，现在回到雁滩。我们吃过苹果，就出来随处看看。这里是苹果树，那里是梨树、桃树。白杨的苗木密密地插在那里，只看见平行的直干子。沙路旁边的槐树伸展着近乎羽状的叶片。垂柳倒挂下来，叶子一动不动，虽然到了深秋时节，仿佛还不预备凋零似的。四围寂然，只听见黄河流动的静静的声音。

这雁滩是兰州人游息的地方，尤其在夏天。工作人员逢到假日来这里消磨这么一天半天，好在四围全有树木，无论上午下午都可以遮阴，沙地上坐坐躺躺又是挺舒服的。放暑假的学生几乎把这里看作第二学校，大伙聚在一块儿，看一回书，做一回游戏，开一个什么会，比平时的学校生活还要愉快。兰州夏天本来不怎么热，这雁滩尤其凉爽。在这凉爽的境界里，看那庄严静穆的山峦、浩荡渺茫的黄河，看那山光水色随着朝晚阴晴而变化，简直是精神上洗一回澡，洗得更见清新，更见深湛。

好些个农民挑着满担的花菜往河边，搭乘羊皮筏。那花菜是才在地里割的，赶紧挑出去，下一天早晨兰州市上就有“还没断气”的新鲜花菜。

暮色压下来了，压着连山，压着林木，压着黄河，也压着我们的眉梢。于是我们又跨上羊皮筏。

登雁塔

雁塔在西安城外东南面。那天上午十点，我们出西安南门往雁塔。远远望见好些正在兴修的建筑工程，木头构成的工作架跟林木相映衬。听说这些全是文教机关的房屋，西安南郊将来是个文化区。没打听究竟是哪些文教机关，单知道其中有个体育运动场，面积七百多亩，有田径赛场、各种球场、风雨操场、滑冰场、游泳池，可以容纳观众十万人以上——规模够大了。

在以往历史上，有没有一个时期像今天这样在全国范围内搞基本建设的？且不说工矿方面的基本建设，单说机关、学校，公共场所的兴修，修成之后将在那里办理人民的公务，培养少年，青年乃至成人，使他们具有堪以献身的精神体魄，像今天这样的情形在以往历史上有过没有？我不曾下功夫查考，可是我敢于断定不会有。我这个断定从以往社会的性质而来。那时候无非兴修些帝王的宫殿、公侯的宅第、贵介的别墅，或者地主富商修些房子自己住，租给人家收租钱，等于放高利贷，再就是勉强过得去的人家搭这么三间两间聊蔽风雨。除此而外，哪儿会有为了群众的利益招工动众，大规模地兴修房屋的？

这么想着，不觉雁塔早已在望。原地颇有高下，可是坡度极平缓，车行不感颠簸。不多久就到了雁塔所在的慈恩寺门前。

进门一望，只觉景象跟一般寺院不大一样。殿宇亭台不怎么宏大，空地特别宽广，又有栽得很整齐的林木、蒙络荫翳的灌木丛、略有丘壑之势的小土丘，树荫之下立着好些个埋葬僧人的小石塔，形制古朴有致。这就成个园林的布置，佛殿只是整个园林的一个组成部分，不像杭州的灵隐寺那样，一进门只见回廊、大殿、经院、僧房，虽然并不逼仄，总叫人感觉不太舒畅。多数寺院都属于灵隐寺一派。而这个慈恩寺仿佛一座园林，我说它跟一般寺院不大一样就在此。这寺院当然不是唐朝的旧观，可是眼前的这个布置尽够叫人满意了，何况单提慈恩寺这个名字就叫人发生历史的感情。这是玄奘法师翻译佛经的场所，寺里的雁塔是玄奘法师所倡修，玄奘法师那样坚苦卓绝地西行求法，那样绝对认真地搞翻译工作，永远是中国人的骄傲，永远是中国人的一种典范，谁信佛法谁不信佛法并没关系。

台阶两旁立着好些题名碑，题名的是明清两朝乡试中举的人。唐朝有新进士雁塔题名的故事，后代人似乎非模仿一下不可，可是京城不在西安，新进士不会在西安会集，于是轮到新举人。写篇记，刻块碑，把名字附上，也算表示了他们的显荣和雅兴。看那些记文，说法都差不多。本来就是那么一回事，题材那么枯窘，有什么新鲜的意思好说的？我们不耐一一细看，我们登雁塔要紧。

雁塔在慈恩寺的后院。不知道实测究竟有多高，相传是三百尺，耸然立在那里。塔作方形，共七层，一层比一层缩进些，叫人起稳定之感。每层每面有个拱形的门框。最下一层的门框是进塔去的过道，东南西北四面都可以进去。从第二层起，四面门框全装栅栏，游人可以靠着栅栏眺望。我们从南面的拱门进去，走完过道，塔中心空无所有，只靠墙架着两架扶梯。扶梯作直角的曲折，几个曲折才到第二层。猜想所以架两架扶梯之故，一来是游人多的时候可以分散些，二来是最下一层地位宽，容得下两架扶梯，两架扶梯之外还大有回旋余地，你看，从第二层起就只一架扶梯了。

杜工部《同诸公登慈恩寺塔》诗中有“仰穿龙蛇窟，始出枝撑幽”的句子，写的正是从最下一层往上爬的印象。那里过道比较深，进去的光线不多，骤然走进去尤其觉得昏暗。于是杜老想象这么昏暗的所在该是龙蛇的窟穴吧。到了第二层，光线从四面而来，就觉得豁然开朗，出了“幽”境——“枝撑”指塔内的木材构筑。

第二层齐扶梯的顶铺地板，以上五层都一样。有了这地板，才可以走到拱门那里，爱望哪一面就往哪一面，又可以歇歇脚，透透气，再往上爬。要是没有这地板，扶梯接扶梯一直往上，且不说没法从从容容地眺望一番，开开眼界，就是从下朝上，从上朝下望望，那么一个又高又空的塔中心，那么些曲折不尽的扶梯，就够叫人目眩心惊腿软的了——地板稳定了游人的情绪，无论在哪一层，仿佛在一间楼房里似的。

同伴说我力弱，不必爬到第七层，爬这么两三层就可以了。我也想，如果要勉强而行——而且是过分地勉强，那当然不必。可是我升高一层歇一会儿，四面望望，再升高一层，虽然呼吸不怎么平静，心跳越来越强，两条腿越来越重，总还觉得支持得下，没有什么大不了，结果我居然爬上了第七层。可以说是勉强而行，然而不是过分地勉强。在某些场合——比游览重要得多的场合，只要意志坚强，有时候连过分地勉强也有所不避，勉强让意志给克服了，也无所谓勉强了。

在最高一层四望，因为天气浓阴，空中浮着云气，只觉一片混茫，正如杜老诗中所说的“俯视但一气”，南面既望不见终南山，朝西北望，贴近的西安城市也不太清楚。至于杜老所说的“七星在北户，河汉声西流”，那根本是想象，并非他登塔当时的实景。我们未尝不可以作同样的想象，这么想象就好像我们自身扩大了，其大无外的宇宙也不见得怎么大似的。

一层一层下去当然比上来容易，可是每下一层也得歇一歇，免得头昏眼花。出了最下一层的拱门，我们坐在台阶上休息。坐不久又不免站起来看看，原来拱门内过道的石壁上全是刻字，起初挤在游人丛中急于登塔，竟不曾留意。刻的大多是诗篇，各体的诗，各体的书法，各个朝代的年号，还有各个风雅的题壁人的名字。这且不说，单说一点。后代的题壁人见壁上早已刻满，再没空地位，就把自己的文字刻在前代人的题壁上，你小字，我大字，你细笔画，我粗笔画，总之，抹杀你的，光有我的。这样强占豪夺的风雅，未免风雅过分了。

最下一层四面拱门的门楣上都有石刻画，我以为最值得细看。刻的是佛故事，人物和背景全用细线条阴刻。依我外行人的见解，细线条的画最见功夫，你必须在空白的幅面上找到最适当最美妙的每一条线条的位置，丝毫游移不得，你的手腕又必须恰好地描出每一条线条，丝毫差错不得，太弱太强也不成。所以画家必须先在心目中创造完美的形象，又有得心应手的熟练技巧，才能够画成细线条的好作品。最近故宫博物院布置绘画馆，在第一陈列室的正中间挂一小幅敦煌发现的唐朝人的佛像图，全用细线条，我看了很中意。现在这门楣上的石刻画，可以说跟绘画馆的那一幅同一格调、同一造诣。雁塔经过几次重修，连层数也有所改动，建筑材料当然有所更换，可是一般相信底层没大动，门楣石该是唐朝的原物，石上的图画该是唐朝人的手笔。这就无怪乎跟敦煌保藏的唐画相类了。据梁思成先生《敦煌壁画中所见的古代建筑》那篇文章，西面门楣上的画以佛殿为背景，精确地画出柱、枋、斗拱、台基，椽檐、屋瓦以及两侧的回廊，是极可珍贵的建筑史料，可以窥见盛唐时代的建筑规模。

南面拱门两旁各陈列一块褚遂良写的碑。石壁凹陷进去，砌成龛形，碑立在里面，前面装栅栏，使游人可望而不可即。一块是唐太宗所撰的《大唐三藏圣教之序》，一块是唐高宗所撰的《大唐三藏圣教序记》——这块碑从左往右一行一行地写；有些特别，用意在跟前一块碑对称，成为"合欢式"。褚遂良的书法不用说，单说那碑石经历了一千四百年，文字还很完整，笔画还有锋棱，可见石质之坚致。西安好些古碑大都如此，大概用的"青石出自蓝田山"的青石吧。向来玩碑的无非揣摩书法，考证故实，注意到碑额、碑趺和碑旁的装饰雕刻是比较后起的事情。其实好些古碑的装饰雕刻尽有好作品，大可供研究雕刻艺术的人观摩。就是这两块褚碑，两边的蔓草'图案工整而不板滞，已经很够味了。碑趺的天人舞乐的浮雕尤其可爱。那是浮雕而超乎浮雕，有些部分竟是凌空的立体。雕刻不怎么工细，可是人物的姿态极其生动，舞带回环，仿佛在那里飘动似的。两碑雕的都是一个舞蹈的在中间，奏乐的分在两边（一块上是奏管乐，一块上是奏弦乐），两两对称，显出图案的意味。碑额雕的什么，可恨我的记忆力太差，记不起了，只好不说。

曲江池在慈恩寺东面不远。曲江池这个名字在唐朝人的诗里见得很多，其地既然近在眼前，我们应当去看看。

一路上陂陀起伏，车时而上行，时而下行——所谓黄土平原原不像操场、运动场那样平。在比较高的地点眺望，只见四面地势高起，环抱着一块低洼地，田亩而外就是树林，虽然时令在秋季，浓阴笼罩着茂密的林木，倒叫人发生阳春烟景的感觉。我们知道这就是所谓曲江池了。曲江原是个人工池，水是浐河的水，唐玄宗开元年间引过来的。到唐朝末年，大概是通道阻塞了，池就干了，变为田亩。

在盛唐时代，这曲江池四围尽是公侯宅第，楼台亭榭大多临水，花柳相映，水光明澈，繁华景象可以想见。曲江池又是当时长安人游乐处所，逢到三月上巳、九月重阳，游人尤其多，不论贫富贵贱，大家要来应个景儿。池中荡着彩船，堤上挤着车马，做生意的陈列着四方货品，走江湖的表演着各种杂技，吹弹歌唱，玩球竞马，凡是享受取乐的玩意儿，在这里集了个大成。又因当时河西走廊畅通，文化交流极盛，形形色色都掺杂着异域的情调和色彩，更见得这里来凑个热闹可喜可乐。——照我猜想，当时情形大概跟《彼得大帝》影片里的某些场面相仿，逢到节日良辰，皇帝、贵族还肯跟庶民混在一块儿寻欢取乐，不摆出肃静回避、容我独享的臭架子。按封建时代说，这就很不错了。

至于现在，游了慈恩寺、登了雁塔的，多半要来曲江池走走，慈恩寺和曲江池自然联成个没有名称没有围墙的公园。这是个普通的星期日，而且天气阴沉，可是曲江池游人尽多。这边是一队少年先锋队在且行且唱，那边是一批工人在闲步眺望，机关里的男女干部，乡村里的小姑娘、老太太，结伴而来，兴致挺好，笑语嘻嘻哈哈的，脚步轻轻松松的。几年以来，大家已经养成习惯，工作的日子出劲工作，休假的日子认真玩乐。郊外既然有这么个好所在，谁不爱来走一走，乐一乐？一条马路正在修筑，从城里的解放路（东半边的南北干路）直通雁塔，城里人出来更方便了。一方面体育运动场也快完工。将来逢到四野花开的时节，春秋晴朗的日子，或者运动会举行的期间，城里人必将倾城空巷而出，乡里人也必闹闹挤挤地出来享受他们的一份儿。这样的盛况是可以预想的。既有这新时代的盛况，封建时代的盛况也就没有什么可以留恋了。

曲江池附近有一道陷落五六丈的土沟，王宝钏的“寒窑”就在沟里。王宝钏原是“亡是公”“乌有先生”一流人物，她的“寒窑”当然在“无何有之乡”，可是偏有人要指实它，足见戏剧影响社会之深。舞台上既然演《别窑》和《探窑》，那“寒窑”怎能没有个实在地点？《宝莲灯》里有劈山救母的故事，就有人在华山上指明斧劈的处所（这是听人说的，并未亲见），理由也在此。我们走下土沟去看，原来是个小小的庙宇，中间供泥塑女像，上面挂“有求必应”的匾额，王宝钏成了神了。身份虽然改变，实际还是一样——神不是也属于“亡是公”“乌有先生”一流吗？庙宇实在没有什么可看，倒是庙门前的两棵白杨值得赏玩，又高又挺拔，气概非凡。回到原上看，那两棵白杨的上截高过原面一丈左右。

游了三个湖

这回到南方去，游了三个湖。在南京，游玄武湖，到了无锡，当然要望望太湖，到了杭州，不用说，四天的盘桓离不了西湖。我跟这三个湖都不是初相识，跟西湖尤其熟，可是这回只是浮光掠影地看看，写不成名副其实的游记，只能随便谈一点儿。

首先要说的，玄武湖和西湖都疏浚了。西湖的疏浚工程，做的五年的计划，今年四月初开头，听说要争取三年完成，每天挖泥船轧轧轧地响着，连在链条上的兜儿一兜兜地把长远沉在湖底里的黑泥挖起来。玄武湖要疏浚，为的是恢复湖面的面积，湖面原先让淤泥和湖草占去太多了。湖面宽了，游人划船才觉得舒畅，望出去心里也开朗。又可以增多鱼产。湖水宽广，鱼自然长得多了。西湖要疏浚，主要为的是调节杭州城的气候。杭州城到夏天，热得相当厉害，西湖的水深了，多蓄一点儿热，岸上就可以少热一点儿。这些个都是顾到居民的利益。顾到居民的利益，在从前，哪儿有这回事？只有现在的政权，人民自己的政权，才当作头等重要的事儿，在不妨碍国家社会主义工业化的前提之下，非尽可能来办不可。听说，玄武湖平均挖深半公尺以上，西湖准备平均挖深一公尺。

其次要说的，三个湖上都建立了疗养院——工人疗养院或者机关干部疗养院。玄武湖的翠洲有一所工人疗养院，太湖，西湖边上到底有几所疗养院，我也说不清。我只访问了太湖边中犊山的工人疗养院。在从前，卖力气淌汗水的工人哪有疗养的份儿？害了病还不是咬紧牙关带病做活，直到真个挣扎不了，跟工作、生命一齐分手？至于休养，那更是做梦也想不到的事儿，休养等于放下手里的活闲着，放下手里的活闲着，不是连吃不饱肚子的一口饭也没有着落了吗？只有现在这时代，人民当了家，知道珍爱创造种种财富的伙伴，才要他们疗养，而且在风景挺好，气候挺适宜的所在给他们建立疗养院。以前人有句诗道，“天下名山僧占多”。咱们可以套用这一句的意思说，目前虽然还没做到，往后一定会做到，凡是风景挺好、气候挺适宜的所在，疗养院全得占。僧占名山该不该，固然是个问题，疗养院占好所在，那可绝对地该。

又其次要说的，在这三个湖边上走走，到处都显得整洁。花草栽得整齐，树木经过修剪，大道小道全扫得干干净净，在最容易忽略的犄角里或者屋背后也没有一点儿垃圾。这不只是三个湖边这样，可以说哪儿都一样。北京的中山公园、北海公园不是这样吗？撇开园林、风景区不说，咱们所到的地方虽然不一定栽花草，种树木，不是也都干干净净，叫你剥个橘子吃也不好意思把橘皮随便往地上扔吗？就一方面看，整洁是普遍现象，不足为奇。就另一方面看，可就大大值得注意。做到那样整洁绝不是少数几个人的事儿。固然，管事的人如栽花的、修树的、扫地的，他们的勤劳不能缺少，整洁是他们的功绩。可是，保持他们的功绩，不让他们的功绩一会儿改了样，那就大家有份，凡是在那里、到那里的人都有份。你栽得整齐，我随便乱踩，不就改了样吗？你扫得干净，我嗑瓜子乱吐瓜子皮，不就改了样吗？必须大家不那么乱来，才能保持经常的整洁。解放以来属于移风易俗的事项很不少，我想，这该是其中的一项。回想过去时代，凡是游览地方、公共场所，往往一片凌乱，一团肮脏，那种情形永远过去了，咱们从“爱护公共财物”的公德出发，已经养成了到哪儿都保持整洁的习惯。

现在谈谈这回游览的印象。

出玄武门，走了一段堤岸，在岸左边上小划子。那是上午九点光景，一带城墙受着晴光，在湖面和蓝天之间划一道界限。我忽然想起四十多年前头一次游西湖，那时候杭州靠西湖的城墙还没拆，在西湖里朝东看，正像在玄武湖里朝西看一样，一带城墙分开湖和天。当初筑城墙当然为的防御，可是就靠城的湖来说，城墙好比园林里的回廊，起掩蔽的作用。回廊那一边的种种好景致，亭台楼馆，花坞假山，游人全看过了，从回廊的月洞门走出来，瞧见前面别有一番境界，禁不住喊一声“妙”，游兴益发旺盛起来。再就回廊这一边说，把这一边、那一边的景致合在一块儿看也许太繁复了，有一道回廊隔着，让一部分景致留在想象之中，才见得繁简适当，可以从容应接。这是园林里修回廊的妙用。湖边的城墙几乎跟回廊完全相仿。所以西湖边的城墙要是不拆，游人无论从湖上看东岸或是从城里出来看湖上，就会感觉另外一种味道，跟现在感觉的大不相同。我也不是说西湖边的城墙拆坏了。湖滨一并排是第一公园至第六公园，公园东面隔着马路，一带相当齐整的市房，这看起来虽然繁复些儿，可是照构图的道理说，还成个整体，不致流于琐碎，因而并不伤美。再说，成个整体也就起回廊的作用。然而玄武湖边的城墙，要是有人主张把它拆了，我就不赞成。不知道为什么，我总觉得那城墙的线条，那城墙的色泽，跟玄武湖的湖光、紫金山复舟山的山色配合在一起，非常调和，看来挺舒服，换个样儿就不够味儿了。

这回望太湖，在无锡鼋头渚，又在鼋头渚附近的湖面上打了个转，坐的小汽轮。鼋头渚在太湖的北边，是突出湖面的一些岩石，布置着曲径蹬道，回廊荷池，丛林花圃，亭榭楼馆，还有两座小小的僧院。整个鼋头渚就是个园林，可是比一般园林自然得多，何况又有浩渺无际的太湖做它的前景。在沿湖的石上坐下，听湖波拍岸，挺单调，可是有韵律，仿佛觉得这就是所谓静趣。南望马迹山，只像山水画上用不太淡的墨水涂上的一抹。我小时候，苏州城里卖芋头的往往喊“马迹山芋艿”。抗日战争时期，马迹山是游击队的根据地。向来说太湖七十二峰，据说实际不止此数。多数山峰比马迹山更淡，像是画家蘸着淡墨水在纸面上带这么一笔而已。至于我从前到过的满山果园的东山，石势雄奇的西山，都在湖的南半部，全不见一丝影儿。太湖上渔民很多，可是湖面太宽阔了，渔船并不多见，只见鼋头渚的左前方停着五六只。风轻轻地吹动桅杆上的绳索，此外别无动静。大概这不是适宜打鱼的时候。太阳渐渐升高，照得湖面一片银亮。碧蓝的天空中飘着几朵若有若无的薄云。要是天气不好，风急浪涌，就会是一幅完全不同的景色。从前人描写洞庭湖、鄱阳湖，往往就不同的气候，时令着笔，反映出外界现象跟主观情绪的关系。画家也一样，风雨晦明，云霞出没，都要研究那光和影的变化，凭画笔描绘下来，从这里头就表达出自己的情感。在太湖边作较长时期的流连，即使不写什么文章，不画什么画，精神上一定会得到若干无形的补益。可惜我来也匆匆，去也匆匆，只能有两三个钟头的勾留。

刚看过太湖，再来看西湖，就有这么个感觉，西湖不免小了些儿，什么东西都挨得近了些儿。从这一边看那一边，岸滩，房屋，林木，全都清清楚楚，没有太湖那种开阔浩渺的感觉。除了湖东岸没有山，三面的山全像是直站到湖边，又没有衬托在背后的远山。于是来了个总的印象：西湖仿佛是盆景，换句话说，有点儿小摆设的味道。这不是给西湖下贬辞，只是直说这回的感觉罢了。而且盆景也不坏，只要布局得宜。再说，从稍微远一点儿的地点看全局，才觉得像个盆景，要是身在湖上或是湖边的某一个所在，咱们就成了盆景里的小泥人儿，也就没有像个盆景的感觉了。

湖上那些旧游之地都去看看，像学生温习旧课似的。最感觉舒坦的是苏堤。堤岸正在加宽，拿挖起来的泥壅一点儿在那儿，巩固沿岸的树根。树栽成四行，每边两行，是柳树、槐树、法国梧桐之类，中间一条宽阔的马路。妙在四行树接叶交柯，把苏堤笼成一条绿荫掩盖的巷子，掩盖而绝不叫人觉得气闷，外湖和里湖从错落有致的枝叶间望去，似乎时时在变换样儿。在这条绿荫的巷子里骑自行车该是一种愉快。散步当然也挺合适，不论是独个儿、少数几个人还是成群结队。以前好多回经过苏堤，似乎都不如这一回，这一回所以觉得好，就在乎树补齐了而且长大了。

灵隐也去了。四十多年前头一回到灵隐就觉得那里可爱，以后每到一回杭州总得去灵隐，一直保持着对那里的好感。一进山门就望见对面的飞来峰，走到峰下向右拐弯，通过春淙亭，佳境就在眼前展开。左边是飞来峰的侧面，不说那些就山石雕成的佛像，就连那山石的凹凸、俯仰、向背，也似乎全是名手雕出来的。石缝里长出些高高矮矮的树木，苍翠，茂密，姿态不一，又给山石添上点缀。沿峰脚是一道泉流，从西往东，水大时候急急忙忙，水小时候从从容容，泉声就有宏细疾徐的分别。道跟泉流平行。道左边先是壑雷亭，后是冷泉亭，在亭子里坐，抬头可以看飞来峰，低头可以看冷泉。道右边是灵隐寺的围墙，淡黄颜色。道上多的是大树，又大又高，说“参天”当然嫌夸张，可真做到了“荫天蔽日”。暑天到那里，不用说，顿觉清凉，就是旁的时候去，也会感觉“身在画图中”，自己跟周围的环境融合一气，挺心旷神怡的。灵隐的可爱，我以为就在这个地方。道上走走，亭子里坐坐，看看山石，听听泉声，够了，享受了灵隐了。寺里头去不去，那倒无关紧要。

这回在灵隐道上火树下走，又想起常常想起的那个意思。我想，无论什么地方，尤其在风景区，高大的树是宝贝。除了地理学、卫生学方面的好处而外，高大的树又是观赏的对象，引起人们的喜悦不比一丛牡丹、一池荷花差，有时还要胜过几分。树冠和枝干的姿态，这些姿态所表现的性格，往往很耐人寻味。辨出意味来的时候，咱们或者说它“如画”，或者说它“入画”，这等于说它差不多是美术家的创作。高大的树不一定都“如画”“入画”，可是可以修剪，从审美观点来斟酌。一般大树不比那些灌木和果树，经过人工修剪的不多，风吹断了枝，虫蛀坏了干，倒是常有的事，那是自然的修剪，未必合乎审美观点。我的意思，风景区的大树得请美术家鉴定，哪些不用修剪，哪些应该修剪。凡是应该修剪的，动手的时候要遵从美术家的指点，唯有美术家才能就树的本身看，就树跟环境的照应配合看，决定怎么样叫它“如画”“入画”。我把这个意思写在这里，希望风景区的管理机关考虑，也希望美术家注意。我总觉得美术家为满足人民文化生活的要求，不但要在画幅上用功，还得扩大范围，对生活环境的布置安排也费一份心思，加入一份劳力，让环境跟画幅上的创作同样地美——这里说的修剪大树就是其中一个项目。

黄山三天

我游黄山只有三天，真用得上“窥豹一斑”那个成语。可是我还是要写这篇简略的游记，目的在劝人家去游。有心研究植物的可以去。我虽然说不清楚，可是知道植物种类一定很多。山高将近两千公尺，从下层到最高处该可以把植物分成几个主要的族类来研究。研究地质矿石的也可以去。谁要是喜欢爬山翻岭，锻炼体力和意志，那么黄山真是个理想的地方。那么多的山峰尽够你爬的，有几处相当险，需要你付出十二分的小心，满身的大汗。可是你也随时得到报酬，站在一个新的地点，先前见过的那些山峰又有新的姿态了。就说不为以上说的那些目的，光到那里去看看大自然，山啊，云啊，树木啊，流泉啊，也可以开开眼界，宽宽胸襟，未尝没有好处。

从杭州依杭徽公路到黄山大约三百公里。公共汽车可以到黄山南边脚下的汤口，小包车可以再上去一点儿，到温泉。温泉那里有旅馆。山上靠北边的狮子林那里也有旅馆。山上中部偏南的文殊院原来可以留宿，一九五二年烧毁了，现在就文殊院原址建筑旅馆，年内可以完工。住狮子林便于游黄山的北部和西部，住文殊院便于游中部，主要是天都峰和莲花峰。

上山下山的路上全都铺石级，宽的五六尺，窄的不到三尺。路在裸露的大石上通过，就凿石成级。大石面要是斜度大，凿成的石级就非常陡，旁边或者装一道石栏或者拦一条铁索。山泉时时渗出，石上潮湿，路旁边又往往是直下绝壁，这样的防备是必要的。

现在约略说一说我们所到的几处地方。写游记最难叫读者弄清楚位置和方向，前啊，后啊，左啊，右啊，说上一大堆，读者还是捉摸不定。我想把它说清楚，恐怕未必真能办到。我们所到的地点，温泉最南，狮子林最北，这两处几乎正直。我们走的东路，先到温泉东边的苦竹溪，在那里上山。一路取西北方向，好比是直角三角形的一条弦，经过九龙瀑、云谷寺，最后到狮子林住宿，那里的高度大约一千七百公尺。这段路据说是三十多里。第二天下了一天的雨，旅馆楼窗外一片白茫茫，什么都看不见。台阶前几棵松树，有时只显出朦胧的影子，有时也完全看不见。偶尔开门，雾气就卷进屋来。当然没法游览了，只好守在小楼上听雨。第三天放晴，我们登了狮子林背面的清凉台，又登了狮子林偏东南的始信峰，然后大体上向南走，到了光明顶。在这两三个钟点内，我们饱看了“云海”。有些游客在山上守了好几天，要看“云海”，终于没看成，怏怏而下。我们不存一定要看到的想头，却碰巧看到了。在光明顶南望天都峰和莲花峰，天都在东，莲花在西，两峰之间就是文殊院。从前有人说天都最高，有人说莲花最高，据说最近实测，光明顶最高。那里正在建筑房屋，准备测量气象的人员在那里经常工作。我们绕过莲花峰的西半边到文殊院，又绕过天都峰的西南脚，一路而下，回到温泉。说绕过，可见这段路的方向时时改变，可是大体上还是向南。从狮子林曲折向南，回到温泉，据说也是三十多里。我们所到的只是黄山东半边靠南的部分，整个黄山究竟有多大，我没有参考什么图籍，说不上。

以下就前一节提到的分别记一点儿。

九龙瀑曲折而下，共九截，第二截最长。形式很有致，可惜瘦些。山泉大的时候，应该更可观。附带说一说人字瀑。人字瀑在温泉旅馆那儿。高处山泉流到大石壁的顶部，分为左右两道，沿着石壁的边缘泻下，约略像个人字。也嫌瘦，瘦了就减少了瀑布的意味。

云谷寺没有寺了，只留寺基。台阶前有一棵异萝松，说是树上长着两种不同形状的叶子。我们仔细察看，只见一枝上长着长圆形的小叶子，跟绝大部分的叶子不同。就绝大部分的叶子形状和翠绿色看来，那该是柏树，不知道为什么叫它松。年纪总有几百岁了。

清凉台和始信峰的顶部都是稍微向外突出的悬崖，下边是树木茂密的深壑。站脚处很窄，只能容七八个人，要不是有石栏杆，站在那儿不免要心慌。如果风力猛，恐怕也不容易站稳。文殊院前边的文殊台比较宽阔些，可是靠南突出的东西两块大石，顶部凿平，留着边缘作自然的栏杆，那地位更窄了，只能容两三个人。光明顶虽是黄山最高处，却比较开阔平坦，到那里就像在平地上走一样。

我们就在前边说的几处地方看“云海”。望出去全是云，大体上可以说铺平，可是分别开来看，这边荡漾着又细又缓的波纹，那边却涌起汹涌澎湃的浪头，千姿万态，尽够你作种种想象。所有的山全没在云底下，只有几座高峰露顶，作暗绿色，暗到几乎黑，那自然可以想象作海上的小岛。

在光明顶看天都峰和莲花峰，因为是平视，看得最清楚。就岩石的纹理看，用中国画的术语就是就岩石的皴法看，这两个峰显然不同。天都峰几乎全都是垂直线条，所有线条排得相当密，引起我们一种高耸挺拔的感觉。莲花峰的岩石大略成莲花瓣的形状，一瓣瓣堆叠得相当整齐，就整个峰看，我们想象到一朵初开的莲花。莲花峰这个名称不知道是谁给取的，居然形容得那么切当。

前边说我们绕过莲花峰的西半边到文殊院，这条路很不容易走。道上要经过鳌鱼背。鳌鱼背是巨大的岩石，中部高起，坡度相当大。凿在岩石上的石级又陡又窄，右手边望下去是绝壁。下了鳌鱼背穿过鳌鱼洞，那是个天然的洞，从前人修山路就从洞里通过去。出了洞还得爬上百步云梯，又是很陡很险的石级。这才到达文殊院。

从文殊院绕过天都峰的西南脚，这条路也不容易走。极窄的路介在石壁之间，石壁渗水，石级潮湿，立脚不稳就会滑倒。有几处石壁倾斜，跟对面的石壁构成个不完整的山洞，几乎碰着我们的头顶，我们就非弓着身子走不可。

走完了这段路，我们抬头望爬上天都峰的路，陡极了，大部分有铁链条作栏杆。我们本来不准备上去，望望也够了。据说将要到峰顶的时候有一段路叫鲫鱼背，那是很窄的一段山脊，只容一个人过，两边都没依傍，地势又那么高，心脏不强健的人是绝不敢过的。一阵雾气浮过，顶峰完全显露，我们望见了鲫鱼背，那里也有铁链条。我想，既然有铁链条，大概我也能过去。

我们也没上莲花峰。听说登莲花峰顶要穿过几个洞，像穿过藕孔似的。山峰既然比做莲花，山洞自然联想到藕孔了。

现在说一说温泉。我到过的温泉不多，只有福州、重庆、临潼几处。那几处都有硫黄味。黄山的温泉却没有。就温度说，比那几处都高些，可也并不热得叫人不敢下去。池子是小石粒铺底，起沙滤作用，因而水经常澄清。坐在池子里的石块上，全身浸在水里，只露出个脑袋，伸伸胳膊，擦擦胸脯，温热的感觉遍布全身，舒畅极了。这个温泉的温度据说自然能调节，天热的时候凉些，天凉的时候热些。我想这或许是由于人的感觉，泉水的温度跟大气的温度相比，就见得凉些热些了。这个猜想对不对，不敢断定。

我们在狮子林宿两宵，都盖两条被。听雨那一天留心看寒暑表，清早是华氏六十度，后来升到六十二度。那一天是八月二十九日。三十一日回到杭州，西湖边是八十六度。黄山上半部每年三月底四月初还可能下雪，十一月间就让冰雪封了。最适宜上去游览的当然是夏季。

记金华的两个岩洞

今年四月十四日，我在浙江金华，游北山的两个岩洞，双龙洞和冰壶洞。洞有三个，最高的一个叫朝真洞，洞中泉流跟冰壶、双龙上下相贯通，我因为足力不济，没有到。

出金华城大约五公里到罗甸。那里的农业社兼种花，种的是茉莉、白兰、珠兰之类，跟我们苏州虎丘一带相类，但是种花的规模不及虎丘大。又种佛手，那是虎丘所没有的。据说佛手要那里的土培植，要双龙泉水灌溉，才长得好，如果移到别处，结成的佛手就像拳头那么一个，没有长长的指头，不成其为“手”了。

过了罗甸就渐渐入山。公路盘曲而上，工人正在填石培土，为巩固路面加工。山上几乎开满映山红，比较盆栽的杜鹃，无论花朵和叶子，都显得特别有精神。油桐也正开花，这儿一丛，那儿一簇，很不少。我起初以为是梨花，后来认叶子，才知道不是。丛山之中有几脉，山上砂土作粉红色，在他处似乎没有见过。粉红色的山，各色的映山红，再加上或深或淡的新绿，眼前一片明艳。

一路迎着溪流。随着山势，溪流时而宽，时而窄，时而缓，时而急，溪声也时时变换调子。入山大约五公里就到双龙洞口，那溪流就是从洞里出来的。

在洞口抬头望，山相当高，突兀森郁，很有气势。洞口像桥洞似的作穹形，很宽。走进去，仿佛到了个大会堂，周围是石壁，头上是高高的石顶，在那里聚集一千或是八百人开个会，一定不觉得拥挤。泉水靠着洞口的右边往外流。这是外洞，因为那边还有个洞口，洞中光线明亮。

在外洞找泉水的来路，原来从靠左边的石壁下方的孔隙流出。虽说是孔隙，可也容得下一只小船进出。怎样小的小船呢？两个人并排仰卧，刚合适，再没法容第三个人，是这样小的小船。船两头都系着绳子，管理处的工友先进内洞，在里边拉绳子，船就进去，在外洞的工友拉另一头的绳子，船就出来。我怀着好奇的心情独个儿仰卧在小船里，遵照人家的嘱咐，自以为从后脑到肩背，到臀部，到脚跟，没一处不贴着船底了，才说一声“行了”，船就慢慢移动。眼前昏暗了，可是还能感觉左右和上方的山石似乎都在朝我挤压过来。我又感觉要是把头稍微抬起一点儿，准会撞破了额角，擦伤了鼻子。大约行了二三丈的水程吧（实在也说不准确），就登陆了，那就到了内洞。要不是工友提着汽油灯，内洞真是一团漆黑，什么都看不见。即使有了汽油灯，还只能照见小小的一搭地方，余外全是昏暗，不知道有多么宽广。工友以导游者的身份，高高举起汽油灯，逐一指点内洞的景物。首先当然是蜿蜒在洞顶的双龙，一条黄龙，一条青龙。我顺着他的指点看，有点儿像。其次是些石钟乳和石笋，这是什么，那是什么，大都依据形状想象成仙家、动物以及宫室、器用，名目有四十多。这是各处岩洞的通例，凡是岩洞都有相类的名目。我不感兴趣，虽然听了，一个也没有记住。

有岩洞的山大多是石灰岩。石灰岩经地下水长时期的侵蚀，形成岩洞。地下水含有碳酸，石灰岩是碳酸钙，碳酸钙遇着水里的碳酸，就成酸性碳酸钙。酸性碳酸钙是溶解于水的，这是岩洞形成的逐渐扩大的缘故。水渐渐干的时候，其中碳酸分解成水和二氧化碳气跑走，剩下的又是固体的碳酸钙。从洞顶下垂，凝成固体的，就是石钟乳，点滴积累，凝结在洞底的，就是石笋，道理是一样的。唯其如此，凝成的形状变化多端，再加上颜色各异，即使不比做什么什么，也就值得观赏。

在洞里走了一转，觉得内洞比外洞大得多，大概有十来进房子那么大。泉水靠着右边缓缓地流，声音轻轻的。上源在深黑的石洞里。

查《徐霞客游记》，霞客在崇祯九年（一六三六年）十月初十日游三洞。郁达夫也到过，查他的游记，是一九三三年十一月十二日。达夫游记说内洞石壁上“唐宋人的题名石刻很多，我所见到的，以庆历四年的刻石为最古。……清人题壁，则自乾隆以后绝对没有了，盖因这里洞，自那时候起，为泥沙淤塞了的缘故”。达夫去的时候，北山才经整理，旧洞新辟。到现在又是二十多年了，最近北山再经整理，公路修起来了，休憩茶饭的所在布置起来了，外洞内洞收拾得干干净净。我去的那一天是星期日，游人很不少，工人、农民、干部、学生都有，外洞内洞闹哄哄的，要上小船得排队等候好一会儿。这种景象，莫说徐霞客，假如达夫还在人世，也一定会说二十年前决想不到。

我排队等候，又仰卧在小船里，出了洞。在外洞前边休息了一会儿，就往冰壶洞。根据刚才的经验，知道洞里潮湿，穿布鞋非但容易湿透，而且把不稳脚。我就买一双草鞋，套在布鞋上。

从双龙洞到冰壶洞有石级。平时没有锻炼，爬了三五十级就气呼呼的，两条腿一步重一步了，两旁的树木山石也无心看了。爬爬歇歇直到冰壶洞口，也没有数一共多少级，大概有三四百级吧。洞口不过小县城的城门那么大，进了洞就得往下走。沿着石壁凿成石级，一边架设木栏杆以防跌下去，跌下去可真不是玩儿的。工友提着汽油灯在前边引导，我留心脚下，踩稳一脚再挪动一脚，觉得往下走也不比向上爬轻松。

忽然听见水声了，再往下没有多少步，声音就非常大，好像整个洞里充满了轰轰的声音，真有逼人的气势，就看见一挂瀑布从石隙吐出来，吐出来的地方石势突出，所以瀑布全部悬空，上狭下宽，高大约十丈。身在一个不知道多么大的岩洞里，凭汽油灯的光平视这飞珠溅玉的形象，耳朵里只听见它的轰轰，脸上手上一阵阵地沾着飞来的细水滴，这是平生从未经历的境界，当时的感受实在难以描述。

再往下走几十级，瀑布就在我们上头，要抬头看了。这时候看见一幅奇景，好像天蒙蒙亮的辰光正下急雨，千万枝银箭直射而下，天边还留着几点残星。这个比拟是工友说给我听的，听了他说的，抬头看瀑布，越看越有意味。这个比拟比较把石钟乳比做狮子和象之类，意境高得多了。

在那个位置上仰望，瀑布正承着洞口射进来的光，所以不须照灯，通体雪亮，所谓残星，其实是白色石钟乳的反光。

这个瀑布不像一般瀑布，底下没有潭，落到洞底就成伏流，是双龙洞泉水的上源。

现在把徐霞客记冰壶洞的文句抄在这里，以供参证。“洞门仰如张吻。先投杖垂炬而下，滚滚不见其底。乃攀隙倚空入。忽闻水声轰轰，秉炬从之，则洞之中央，一瀑从空下坠，冰花玉屑，从黑暗处耀成洁彩。水穴石中，莫稔所去。乃依炬四穷，其深陷逾朝真，而屈曲少逊。”

刺绣和缂丝

最近在苏州参观江苏省工艺美术研究所。敞亮的工作室里，著名的金静芬老太太与好些中年妇女和女青年在那里刺绣，大多是赶制“七一”的献礼品。谁都像忘了自己似的，全神贯注在一上一下的针线上，使参观的人不敢轻轻地咳嗽一声，不敢让脚步有一点儿声音。“绷架”上或是大幅，或是小品，大幅几个人合作，小品一个人独绣。花线渐渐填充双钩的底稿，于是一只有神的眼睛出现了，一张娇艳的嫩叶出现了，层叠的峰峦显出了明暗，烂漫的花朵显出了阴阳。

大凡工艺美术的活儿，要是要求不高，竟可以说人人干得来。譬如刻图章，说容易真容易，阴文只要把字的笔画刻掉，阳文只要把字的笔画留着。有些小学生中学生爱找一块图章石买一把刻刀来玩儿，缘由之一就在刻图章这么容易。但是要讲布局，要讲刀法，要讲整个图章的韵味，就连积年的老手也未必个个图章都能踌躇满志。刺绣这活儿，无非拿花线填充底稿而已，只要针针刺在界限上，线跟线不散开也不重叠，就成了，这还不容易？但是要讲选用花线颜色恰到好处，要讲丝毫不露针线痕迹，要讲整幅绣品站得起来，透出生气和活力，就跟画家画一幅惬心之作一样，是不怎么容易的艺术造诣。有些绣品诚然平常，如演员身上穿的戏衣，如百货店柜台里陈列的椅垫枕套。我看江苏省工艺美术研究所完成的绣品，却几乎幅幅是惬心之作，是不用画笔而用针线画成的好画。在从前，谁绣出这么一两幅，人家就交口赞誉，称为“针神”了。而现在“针神”竟有这么多，静静地坐在那里刺绣的老年中年青年人全都是“针神”！百花齐放的时代啊！她们的成品在好些刺绣车间里是制作的楷模，在展览会和陈列馆里是引人注目的展品，在国际交往间是最受欢迎的礼物，需要那么多，因而经常供不应求。

新创的针法听说有好多种，没仔细打听，说不上来。研究所正在写稿子，总结种种经验，我很盼望早日成书问世，虽然完全隔行，也乐于知其梗概。一句话给我印象很深，说努力的方向在使画面富于立体感。的确，我们看见的旧时的佳绣，工致匀净有余，生动活泼不足，换句话说，就是缺少立体感。要画面富于立体感，就是说，绣品要超过旧时的佳绣，真够得上称为生动活泼的好画。这个方向定得好，见出革新的精神和追求的勇气。而摆在面前的绣品，几乎幅幅是好画，又可见新针法新经验已经起了作用，所谓富于立体感已经在艺术实践中做到了。刺绣固然不是垂绝之艺，可是一代一代传下来，艺术上的发展不怎么大。现在多数人集体钻研，共同实践，有意识地要它发展，发展果然极大，往后精益求精，前途何可限量。这儿我只是就苏绣而言，此外如湘绣广湘，虽然知道得很少，想必跟苏绣一样，近年来艺术上也有大发展，为历来所不及。从刺绣我又联想到同属工艺美术的木刻水印术，十年来的发展多大啊！十年以前，表现北京荣宝斋最高造诣的是《北平笺谱》和《十竹斋笺谱》，到现在，《文苑图》和《夜宴图》的复制品挂在荣宝斋的橱窗里了。要不是亲眼看见，亲耳听说，很难相信从比较简单的笺谱发展到《文苑图》《夜宴图》那样要印几百次才完成的工笔绢画（《夜宴图》现在才复制一段，五段复制齐全，估计要印一千八百次），只有十年工夫。总而言之，各种工艺美术像是结伴合伙似的，赶在最近这十年间都来个大大的发展。这几乎不须列举若干个为什么，套用一句“其故可深长思矣”也就够了。

对于女青年，研究所规定常课，要她们练习绘画。这个措施极有意义。既然要用针线画画，练习用画笔画画自然有很大好处，从这中间通达画理，无论选线运针就都有另外一副眼光了。我知道在那里刺绣的老年中年人，她们年轻的时候没受过这种基本训练。她们从小学刺绣，无非练成个手术，贴补些家用而已，精不精并非主要考虑的事，偶尔有几个人用力勤，用心专，天分又比较高些，才成为好手。现在不同于她们年轻的时候了，刺绣是工艺美术之一，要学就非精不可，于是注重基本训练，借以保证人人能精。这是现在青年的好运气，也是刺绣艺术的好运气。

研究所里不仅刺绣一门，还有缂丝，象牙雕刻，黄杨浮刻，这几门也是制作兼研究，所以这机关叫作工艺美术研究所。现在光说缂丝。缂丝是始于宋代的一种丝织工艺，宋以来的缂丝佳作，现在在少数几个博物馆里还可以看到。在清代，苏州担负了皇家的织造任务，缂丝就在苏州流传，织工聚集在城北叫陆墓的小镇上，主要织造宫中所用的袍料。近几十年来，干这一行的越来越少了，知道什么叫缂丝的也不太多了，缂丝成为垂绝之艺了。1955年初冬我到苏州去，那时候刺绣合作社刚组织起来（就是研究所的前身），就从陆墓请来几位老艺人，让他们传授这个垂绝之艺，其中一位姓沈，七十多了。这一回没见着沈老，听说他还健康。堪喜的是现在不织什么袍料，而是继承着宋以来佳作的传统，织优秀的画幅了。更堪喜的是老一代培养年青一代，缂丝这一种工艺不仅保存下来，而且将像刺绣一样，老树枝上开出新鲜的花朵。

缂丝是怎么一回事呢？不妨拿刺绣来比较，刺绣是在现成的料子上加工，绣出图画或是文字，缂丝是在织作的时候织出图画或是文字，织料子织花纹一气呵成。缂丝又跟织彩缎文锦不一样。彩缎文锦也是织料子织花纹一气呵成的，因为图案有规则，彩色有限制，依靠纹工的事先安排，各色纬线一梭去一梭来，梭梭都径直穿过。缂丝可不一定织图案，彩色看稿样而定，譬如稿样是一幅花卉，彩色很复杂，每种彩色又有不同程度的深淡，缂丝都得照样织出来。这就不是纹工所能事先安排的了，只能把花卉画的轮廓描在经线上，用小梭子引着深淡不同的各色纬线，看准稿样的彩色一截一截地织，某一梭该三根经线宽就织三根经线，某一梭该五根经线宽就织五根经线。两脚踩着织机的踏板，牵动经线一上一下。一堆小梭子搁在旁边。手里拿个小铁篦挑起几根经线，就拣一个适当的小梭子穿过去，随即用小铁篦轻轻地把织上的纬线贴紧。整幅缂丝就是这样织成的，真是磨细了心思的工作。

我怀着这样一个愿望，把一些工艺美术的制作过程写下来，要写得清楚明白，让不知道的人仿佛亲眼看见了似的。这儿写缂丝，自己觉得未能满足这个愿望。这是了解不透彻，观察不细密的缘故，我很抱愧。

从西安到兰州

十月三十一日下午两点四十分，火车从西安开，七点十多分到宝鸡。车程一百七十六公里。还没有快车，逢站都停。靠近西安和宝鸡的几站，乘客上下的多，车厢里坐得满满的。中间一段比较空，三个人的座位上有的只坐一个人。乘客里头农民居多。车上的广播室广播保藏红薯的方法，这是认定对象而又很适时的。

在咸阳和茂陵两站之间，北面耸起好些个大土堆，轮廓齐整。那是汉唐的陵墓，前些日子我们原想去看一看，可是没有去成。

南面远处是秦岭。始而终南山，既而太白山，还有好些个叫不出名儿的峰峦，一路上轮替送迎。那一天轻阴，梨树的红叶和留在枝头的红柿子都不怎么鲜明。秦岭的下半截让厚厚的白云封住。那白云的顶部那么齐平，好像用一支划线尺划过似的。韩昌黎的诗有“云横秦岭”的话，我们亲眼看见了，而且体会到那个“横”字下得实在贴切。露出在云上的峰峦或作淡青色，或作深青色，或只是那么浑然的一抹，或显出凹凸的纹理，看峰峦的远近高低而定。有些云上的峰峦又让白云截断，还有些简直没了顶。那些看得清凹凸的纹理的峰峦，山凹里有积雪。

从咸阳起，铁路始终跟渭河平行，渭河在铁路的南面。因为距离有远近，渭河有时看不见，有时看得见。渭河的水黄浊，看来跟黄河相仿。

就农事而言，铁路两旁的田野好像跟成都平原跟太湖流域都差不多。土色的黄是个显然不同之点，可是土质的肥沃恐怕不相上下。麦苗萌发了，这里那里一方方的嫩绿的绒毯。翠绿的葱绿的是各种蔬菜。林木时而稀时而密，跟方才提起的两个区域比起来，就只是绝对不见竹林，经常看见白杨树——茅盾先生所赞美的傲然挺立的白杨树。

出了宝鸡车站，人力车在新修的开阔的马路上慢慢地前进。两旁店铺灯光不太强，显得安静。马路旁的横路渐渐低下去，坡度不怎么大。心中突然发生一种感觉，仿佛到了四川省沿江的那些城市，虽是初到，很觉亲切。

十一月一日早晨上车站，九点四十分开车，第二天上午十一点到兰州。车程五百零三公里，宝鸡到天水一百五十四公里，天水到兰州三百四十九公里。

在这条路上，最显著的是山崖迫近了，火车尽在丛山间跑。不但在丛山间跑，许多地方还得穿过山跑——这就是说在隧道里跑。隧道多极了，长的短的也不知道有几百个。一会儿电灯亮了，窗外一无所见，轮轨相激的声音特别响亮，仿佛蒙在坛子里似的。一会儿出了隧道，又看见窗外的天光山色。可是才抽得两三口烟，又钻进前一个隧道里了。这样的情形并非少见。最长的是天兰铁路的第四十一号隧道，在关内，数它是第一大隧道。

渭河也迫近了。靠着车窗往往可以低头看水流，或急或缓，或窄或宽，沿河的冲积土上种着庄稼。河中有滩的地方，哗哗的水声也可以听见。渭河怎么样弯曲，铁路就跟着它弯曲。我们的车厢挂在后段，常常看见前面的机车和车厢拐弯，宛如夭矫的龙。

直到陇西，铁路才跟渭河分手，转向西北。陇西以东，铁路绝大部分在渭河北岸，少数几段移到南岸。这就得在渭河上架桥。可惜经过几座渭河大桥在夜间。后来借到《庆祝天兰铁路通车纪念画刊》来看，那几座大桥真配得上“雄姿”这个字眼。桥柱像罗马建筑的柱子那样，下面流着浩浩荡荡的渭河水，上面承着钢梁，简洁壮伟，显出现代工程的美。

不但渭河桥，铁路要跨过深谷也得架桥。那些桥往往是好几座钢塔架承着钢梁，另外一种壮观。至于中型的小型的桥梁，一眨眼间就开过的，说得笼统些，简直不知其数。

铁路既然在山间通过，就得把高低不平的山地凿成近乎水平的路堑，两旁削成斜壁，使土石不至于崩塌。好些斜壁还得加工，或者涂上水泥，或者砌上石片，筑成御土墙。有些地方筑个明洞来防御土石的崩塌。所谓明洞就是并不穿山而过的隧道，筑在山脚下，一壁贴着山，一壁显露在外，开些小穹洞，可以透光。

我们完全不懂铁路工程，照我们想，这条铁路有那么些个艰难的工程，该经过较长的年月才能完工，可是我们知道，从一九五零年的五月到一九五二年的秋天，在不到两年半的时间内，天兰铁路就修成了，一九五二年的国庆前夕提前通车，同时又改善了陷于瘫痪状态的宝天铁路，使西北的大动脉畅通无阻。这是中国人民解放军的七万军工的功劳，这是不止一个民族的两万多民工的功劳，当然，毛主席和其他党政领导人的号召和指示，是工程迅速完成的最重要的因素。请听一听当时的《筑路歌》吧——“树要人来栽，路要人来开，人民天兰路，人民修起来！”唯有人民自己做了主人，彼此团结起来，发挥力量和智慧，什么高山大河都可以征服，要怎么办就怎么办。来睦铁路通车了，成渝铁路通车了，天兰铁路通车了，我们听见这些个消息，那时候的感情跟从前听见什么铁路修成了完全不一样。这一回初次经过宝天铁路和天兰铁路，我们更深切地分享到十万军工民工的成功的喜悦。

为什么说以前的宝天铁路陷于瘫痪状态呢？原来国民党反动政府修筑宝天铁路，工程是很草率的，曲线的半径极小，路基极狭窄，旁壁陡直，隧道大多没有加工衬砌，很多应修桥涵的地方没有修，修了桥涵的，孔径又不大，不能畅泄流水，因而线路常被崩塌的土石阻断，路基常被受阻的流水冲毁。当时名义上虽说通了车，实际上通车的日子很少。一九四九年将要解放的时候，主要桥梁又让蒋匪军给破坏了，于是全线陷于瘫痪状态，只是那么一条烂铁路，简直行不来车。解放以后，一面动手修筑天兰铁路，一面施工恢复宝天铁路，施工期间还是维持通车。弯曲太厉害的线路改了，路基放宽了，旁壁削斜了，该修的御土墙修起来了，隧道加上了衬砌，又加筑了好些个明洞和桥涵，孔径太小的桥涵也改大了，又吸取了苏联的先进经验，做了大规模的排水工程，种了树，种了草，用来保持水土。于是宝天铁路有了新的生命，天兰铁路工程的供应运输有了可靠的保证。

据考古家的说法，这一带河谷两岸随着河谷的下降和黄土的冲积，形成台地，史前人类和现在的居民就住在那些台地上。台地可以分做五级。第五级台地高出现在的河面二百到五百公尺，到现在还没发现人类居住过的遗迹。下一级是第四级，那里有史前人类的墓葬。再往下是第三级和第二级，高出现在的河面二十到五十公尺，新石器时代的人类就住在那里，彩陶文化的遗迹非常丰富。第一级是现在的居民居住的地方，高出河面五到二十公尺不等，我们想象那些使用石器陶器的史前人类，他们大概只能沿着河谷活动，走那大家不约而同走出来的道路，而且不可能走得太远。河这一岸的人跟河那一岸的人彼此可以望见身影，可是，恐怕始终不能够聚在一块儿说句话吧。他们的时代距离现在不到五千年，就算它五千年吧，就整个人类历史说，五千年是很短的一会儿。可是现在亮得发青的钢轨横躺在山岭间河谷上了。起初是大家不约而同走出来的道路。随后是有意铺设的道路，可是行走还得凭人力，或者利用畜力。最后才有铁路，铁路把道路机械化了。这五千年的进步多大啊！此外，公路也是机械化的道路，公路上可以开行汽车卡车。河里行了轮船，水路也机械化了。空中本来没有路，自从有了飞机，空中有路了，而且一开头就是机械化。各种机械化的道路掌握在人民手里，人民的物质生活和文化生活更将飞速地提高，那还待说吗？

说得稍稍远点儿了，再来说些所见的景物吧。

一路上两旁的山大都作黄色，少树木，垦成一鳞一鳞的梯田。可是宝鸡往西开头的几站间并不然。那里山上全是树木，同是绿色而浓淡深浅有差别。又掺杂着好些红叶，红叶又分鲜红和淡红。这就够好看的了。再说那些山。不懂地质学的人只好借用画家的皴法来说。那些山的皴法显然不同，这一座是大斧劈皴，那一座是小斧劈皴，这一座是披麻皴，那一座是荷叶筋皴……几乎可以一一指点。皴法不同的好些座山重叠在周围，远处又衬托着两三峰，全然不用皴法，只是那么淡淡的一抹。忽然想起这不跟长江三峡相仿吗，我们坐在火车里就像坐在江船里一样，峰回路转，景象刻刻变换，让你目不暇接。我把这个意思告诉我的同伴。我说，没有走过三峡的，看了这里的景象也就可以知道个大概。一位同伴脱口而出说："这个得拍电影！"是的，语言文字的确难以描写，唯有彩色活动电影才胜任愉快。

虽说山崖迫近，也有不少地段山崖退得远一些儿。这就是所谓第一级台地吧，全都平铺着各种农作物，当然也有树木和村屋，不用想得太远，至少从周秦时代起，古先的农民就在这里翻垦每一块土，他们的汗滴在每一块土里。前一辈过去了，后一辈接上去，无休无歇，直到如今。我们如今看见的那些平田以及山上一鳞一鳞的梯田，哪一处不留着历代农民改造自然的"手泽"？仔细想来，实在是伟大的事业。最近大家认明了总路线，知道农业要经过社会主义改造，不再像以前那样光靠“一手一足之烈”，要大伙儿合起来搞，要逐步机械化。预想改造完成的时候，农村经过飞跃的改变，景象必然跟如今大不相同，那是更伟大的事业了。

第二天早晨醒来，车正靠站，站名梁家坪，距离兰州只有十多站了。连绵的黄色的山，山顶大多平圆。村落里的房屋用黄土修筑的多，偶然看见用砖瓦的。除了地里的农作物和一些树木，就只见浑然一片的黄。可是将近兰州的时候，景象就不同了。显著的是树木多了，这里一丛，那里一丛，树叶还没有落，苍然成林，其中有拂着地面的垂柳。地里界划着发亮的小溪沟，沟水缓缓地流动。好些地里刚灌过，着潮的土色显得深些。那溪沟里的水是黄河水，用大水车引上来。兰州附近一带用水车引黄河水从明朝开始，据说是一位理学家段容思的儿子段续从西南方面学来的。现在有水车两百多架，每架可以灌五十亩到百把亩。

在兰州附近看见好些地里尽是小卵石或是黑色的小石片，平匀地铺在那里，像富春江的江底。我们不明白那是什么玩意儿，打听人家才知道那是兰州农作方面一种特殊的发明。原来兰州的土地干燥，又含着卤质，遇到旱天虽有沟水灌溉，还是嫌干燥，下过大雨卤质就升起来，都对农事不利。于是发明沙地的办法——把湿沙平匀地铺在地面，上面再铺一层小卵石或是小石片来保持它。在旱天，那沙地有减少蒸发保护幼苗的功用，大雨下过，雨水透过沙地渗到土里，卤质不至于升起来，因而水旱都可以不愁。这是很细致很烦劳的工夫，你想，田地多么大，沙和卵石石片就得铺多么大。可是农民为了生产，愿意下这个又细致又烦劳的工夫。据说铺一回沙可以支持三十年，过了三十年沙老了，必须去掉旧沙，换上新沙。

黄河又见面了，在铁路的北面。几个人在河岸边慢慢地走，各掮着个长方形的架子，比人身高，架子上是些胀鼓鼓的东西，看不太清楚。可是我们立刻想到那是羊皮筏。看，黄河上一个人蹲在羊皮筏上轻飘飘地浮过去了。羊皮筏闻名已久，现在才亲眼看见，心中涌起这一回非试它一下不可的想头。

看图表，兰州海拔一千五百公尺。路上经过的寒水岔金家庄两站最高，都在两千公尺以上。从宝鸡到寒水岔是一路往上爬。

登赐儿山

赐儿山距离张家口市区三里光景。据市文化局所编的《名胜古迹》，这座山海拔一千零五公尺，山上有云泉寺，始建于明朝洪武二十六年（一三九三年）。随着山势，高高低低建筑好些殿宇，都不怎么大，石级小道曲折可通。多数殿宇里供奉道教的神像，如果按《封神榜》来指认，该说得清谁是谁。最高的一座殿宇是玉皇殿，就高度说，大约已经超过半山腰。佛教的殿宇，有一座里佛像最多。小小的三间，有塑像，有壁上的画像，三世如来和地藏菩萨在正中，韦驮站在左边，面朝内。我们几个人戏言，他们大概是厉行精简节约，故而大家挤在一块儿。

赐儿山有水洞冰洞，在半山腰石崖下。两个洞真可以说相距咫尺，可是洞里的情形完全不一样。水洞里泉水下滴，积在洞底，据说有两公尺深，寒冬也不冻结。冰洞里泉水结成冰，上面盖着灰沙，望进去好像铺一块平石板，据说炎夏也不融化。相距那么近，而温凉互异，这是什么道理，可惜没有人给我们作解释。两个洞的前边有两棵大柳树，水洞左上方的石隙中伸出一棵大榆树，相传是元榆明柳。树身那么大，历年那么久，毫无衰老意味，枝叶繁茂，叶色葱绿，给人一种青春盛年的印象。那棵大榆树生根在石隙中，得不到多少土，而能欣欣向荣，尤其奇妙。或许是得到泉水的滋润之故吧。坐在柳荫下，喝水洞里的水沏的茶，其味甘美。张家口市的居民逢到休假的日子，常到这里或是距离市区七里光景的水母富玩儿。

水洞冰洞果然奇，古老的榆树柳树也值得欣赏，但是在这赐儿山上眺望，还有一种景色叫你欢喜赞叹，想得很远很远。张家口市东北西三面全是山，峰峦重叠，山色越远越淡。我们站在半山腰，远望那些峰峦，全都染上绿色。那绿色是草吗？不是，是近几年来尤其是今年大跃进中新栽的树。照原来的计划，全都绿化那些峰峦需要三十多年。照今年大跃进的规模，可只要三年，就是说，再加两年功夫，就可以做到全部绿化了。某一座山归某机关负责，某一座山归某学校包下来，全都有了着落。眼前已经是山山有绿意，试想两年以后，不将像江南的山一样地郁郁葱葱吗？这是自古以来没有的事，是破天荒的事。那些峰峦耸起在那里，也说不清经历了多少年，在那么悠久的时间里，哪曾跟树木有过缘分？也不必想到远古的人，只从修筑了长城那时候想起，戍守长城的兵士，进出长城的行旅，历代以来不知有多少人，他们中间谁曾见过那些峰峦上染上绿色，像今天我们所见到的？说真的，我感动极了，不待思索，作成如下一首诗：

> 叠岭重峰自古然，长城亦复二千年。
> 望中景色空前史，绿树新栽遍万山。

第六辑

书不可以一日不读

读书的态度

最近各地举行读书运动，从报纸杂志上可以看到许多讨论读书指导读书的文章。

“九一八”事件发生以后，全国青年非常激动，大家想拿出自己的一分力量来对付国家的厄运；可是有些学者却告诉他们一句话，叫作“读书救国”。“读书”两个字就此为青年所唾弃。青年看穿了学者的心肠，知道这无非变戏法的人转移观众注意力的把戏，怎能不厌听“读书呀读书”那种丑角似的口吻？要是说青年就此不爱读书，这却未必。

读书有三种态度。一种是绝对信从的态度，凡是书上说的话就是天经地义。一种是批判的态度，用现实生活来检验，凡是对现实生活有益处的，取它，否则就不取。又一种是随随便便的态度，从书上学到些什么，用来装点自己，以便同人家谈闲天的时候可以应付，不致受人家讥笑，认为一窍不通。

顽固的人对于经书以及笼统的所谓古书，是抱第一种态度的。他们或许是故意或许是无心，自己抱了这种态度，还要诱导青年也抱这种态度。青年如果听从了他们，就把自己葬送在书里了。玩世的人认为无论什么事都只是逢场作戏，读书当然不是例外，所以抱的是第三种态度。世间唯有闲散消沉到无可奈何的人才会玩世；青年要在人生的大道上迈步前进，距离闲散消沉十万八千里，自然不会抱这种态度。青年应当抱而且必须抱的是第二种态度。要知道处理现实生活是目的，读书只是达到这个目的的许多手段之一。不要盲从“开卷有益”

的成语，也不要相信“为读书而读书”的迂谈。要使书为你自己用，不要让你自己去做书的奴隶。这点意见虽然浅薄，对于被围在闹嚷嚷的读书声中的青年却是有用的。

书·读书

书是什么？这好像是个愚问，其实应当问。

书是人类经验的仓库。这样回答好像太简单了，其实也够了。

如果人类没有经验，世界上不会有书。人类为了有经验，为了要把经验保存起来，才创造字，才制作书写工具，才发明印刷术，于是世界上有了叫作“书”的那种东西。

历史书，是人类历代生活下来的经验。地理书，是人类对于所居的地球的经验。物理化学书，是人类研究自然原理和物质变化的经验。生物博物书，是人类了解生命现象和动植诸物的经验。——说不尽许多，不再说下去了。

把某一类书集拢来，就是人类某一类经验的总仓库。把所有的书集拢来，就是人类所有经验的总仓库。

人类的经验不一定写成书，那是当然的。人类所有的经验假定它一百分，保存在那叫作“书”的总仓库里的必然不到一百分。写成了书又会遇到磨难，来一回天灾，起一场战祸，就有大批的书毁掉失掉，又得从那不到一百分中间减少几成。

虽然不到一百分，那叫作“书”的总仓库到底是万分可贵的。试想想世界上完全没有书的情形吧。那时候，一个人怀着满腔的经验，只能用口告诉旁人。告诉未必说得尽，除下来的唯有带到棺材里去，就此永远埋没。再就接受经验的一方面说，要有经验，只能自己去历练，否则到处找人请教。如果自己历练不出什么，请教又不得其人，那就一辈子不会有太多的经验，活了一世，始终像个泄了气的皮球，瘪瘪的。以上两种情形多么可惜又可怜啊！有了叫作“书”的仓库，谁的经验都可以收纳进去，谁要经验都可以自由检取，就没有什么可惜又可怜了。虽说不能够百分之百地保存人类所有的经验，到底是一件非常了不起的事情。人类文明发展到如今的地步，可以说，没有叫作“书”的仓库是办不到的。

仓库里藏着各色各样东西，一个人不能完全取来使用。各色各样东西太繁复了，一个人太渺小了，没法完全取来使用，而且实际上没有这个必要。只能把自己需用的一部分取出来，其余的任他藏在仓库里。

同样的情形，一个人不能尽读所有的书。只能把自己需用的一部分读了，其余的不去过问。

仓库里藏着的东西不一定完全是好的，也有霉的、烂的、不合用的。你如果随便取一部分，说不定恰正取了霉的、烂的、不合用的，那就于你毫无益处。所以跑进仓库就得注意拣选，非取那最合用的东西不可。

同样的情形，一个人不能随便读书。古人说“开卷有益”，好像不问什么书，你能读它总有好处，这个话应当修正。不错，书中包容的是人类的经验，但是，那经验如果是错误的、过时的，你也接受它吗？接受了错误的经验，你就上了它的当。接受了过时的经验，你就不能应付当前的生活。所以书非拣选不可。拣选那正确的，当前合用的书来读，那才“开卷有益”。

所谓经验，不仅是知识方面的事情，大部分关联到实际生活，要在生活中实做的。譬如说，一本卫生书是许多人对于卫生的经验，你读了这本书，明白了，只能说你有了卫生的知识。必须你饮食起居都照着做，身体经常保持健康，那时候你才真的有了卫生的经验。

看了上面说的例子，可以知道读书顶要紧的事情，是把书中的经验化为自身的经验。随时能够“化”，那才做到“开卷有益”的极致。

驱遣我们的想象

在原始社会里，文字还没有创造出来，却先有了歌谣一类的东西。这也就是文艺。

文字创造出来以后，人就用它把所见所闻所想所感的一切记录下来。一首歌谣，不但口头唱，还要刻呀，漆呀，把它保留在什么东西上（指使用纸和笔以前的时代而言）。这样，文艺和文字就并了家。后来纸和笔普遍地使用了，而且发明了印刷术。凡是需要记录下来的东西，要多少份就可以有多少份。于是所谓文艺，从外表说，就是一篇稿子、一部书，就是许多文字的集合体。

当然，现在还有许多文盲在唱着未经文字记录的歌谣，像原始社会里的人一样。这些歌谣只要记录下来，就是文字的集合体了。文艺的门类很多，不止歌谣一种。古今属于各种门类的文艺，我们所接触到的，可以说，没有一种不是文字的集合体。

文字是一道桥梁。这边的桥堍站着读者，那边的桥堍站着作者。通过了这一道桥梁，读者才和作者会面。不但会面，并且了解作者的心情，和作者的心情相契合。

先就作者的方面说。文艺的创作绝不是随便取许多文字来集合在一起。作者着手创作，必然对于人生先有所见，先有所感。他把这些所见所感写出来，不作抽象的分析，而作具体的描写，不作刻板的记载，而作想象的安排。他准备写的不是普通的论说文、记叙文；他准备写的是文艺。他动手写，不但选择那些最适当的文字，让它们集合起来，还要审查那些写了下来的文字，看有没有应当修改或是增减的。总之，作者想做到的是：写下来的文字正好传达出他的所见所感。

现在就读者的方面说。读者看到的是写在纸面或者印在纸面的文字，但是看到文字并不是他们的目的，他们要通过文字去接触作者的所见所感。

如果不识文字，那自然不必说了。即使识了文字，如果仅能按照字面解释，也接触不到作者的所见所感。王维的一首诗中有这样两句：

大漠孤烟直，
长河落日圆。

大家认为佳句。如果单就字面解释，大漠上一缕孤烟是笔直的，长河背后一轮落日是圆圆的，这有什么意思呢？或者再提出疑问：大漠上也许有几处地方聚集着人，难道不会有几缕的炊烟吗？假使起了风，烟不就曲折了吗？落日固然是圆的，难道朝阳就不圆吗？这样地提问，似乎是在研究，在考察，可是也领会不到这两句诗的意思。要领会这两句诗，得睁开眼睛来看。看到的只是十个文字呀。不错，我该说得清楚一点：在想象中睁开眼睛来，看这十个文字所构成的一幅图画。这幅图画简单得很，景物只选四样，大漠、长河、孤烟、落日，传出北方旷远荒凉的印象。给“孤烟”加上个“直”字，见得没有一丝的风，当然也没有风声，于是更来了个静寂的印象。给“落日”加上个“圆”字，并不是说唯有“落日”才“圆”，而是说“落日”挂在地平线上的时候才见得“圆”。圆圆的一轮“落日”不声不响地衬托在“长河”的背后，这又是多么静寂的境界啊！一个“直”一个“圆”，在图画方面说起来，都是简单的线条，和那旷远荒凉的大漠、长河、孤烟、落日正相配合，构成通体的一致。

像这样驱遣着想象来看，这一幅图画就显现在眼前了，同时也就接触了作者的意境。读者也许是到过北方的，本来觉得北方的景物旷远、荒凉、静寂，使人怅然凝望。现在读到这两句，领会着作者的意境，宛如听一个朋友说着自己也正要说的话，这是一种愉快。读者也许不曾到过北方，不知道北方的景物是怎样的。现在读到这两句，领会着作者的意境，想象中的眼界就因而扩大了；并且想想这意境多美，这也是一种愉快。假如死盯着文字而不能从文字看出一幅图画来，就感受不到这种愉快了。

上面说的不过是一个例子。这并不是说所有文艺作品都要看作一幅图画，才能够鉴赏。这一点必须弄清楚。

再来看另一些诗句。这是从高尔基的《海燕》里摘录出来的。

白蒙蒙的海面上，风在收集着阴云。在阴云和海的中间，得意扬扬地掠过了海燕……

……

海鸥在暴风雨前头哼着，——哼着，在海面上窜着，愿意把自己对于暴风雨的恐惧藏到海底里去。

潜水鸟也在哼着——它们这些潜水鸟，够不上享受生活的战斗的快乐！轰击的雷声就把它们吓坏了。

蠢笨的企鹅，畏缩地在崖岸底下躲藏着肥胖的身体……

只有高傲的海燕，勇敢地，自由自在地，在泛着白沫的海面上飞掠着。

……

——暴风雨！暴风雨快要爆发了！

勇猛的海燕，在闪电中间，在怒吼的海上，得意扬扬地飞掠着，这胜利的预言者叫了：

——让暴风雨来得厉害些吧！

如果单就字面解释，这些诗句说了一些鸟儿在暴风雨之前各自不同的情况，这有什么意思呢？或者进一步追问：当暴风雨将要到来的时候，人忧惧着生产方面的损失以及人事方面的阻障，不是更要感到不安吗？为什么抛开了人不说，却去说一些无关紧要的鸟儿？这样地问着，似乎是在研究，在考察，可是也领会不到这首诗的意思。

要领会这首诗，得在想象中生出一对翅膀来，而且展开这对翅膀，跟着海燕“在闪电中间，在怒吼的海上，得意扬扬地飞掠着”。这当儿，就仿佛看见了聚集的阴云、耀眼的闪电，以及汹涌的波浪，就仿佛听见了震耳的雷声、怒号的海啸。同时仿佛体会到，一场暴风雨之后，天地将被洗刷得格外清明，那时候在那格外清明的天地之间飞翔，是一种无可比拟的舒适愉快。“暴风雨有什么可怕呢？迎上前去吧！叫暴风雨快些来吧！让格外清明的天地快些出现吧！”这样的心情自然萌生出来了。回头来看看海鸥、潜水鸟、企鹅那些东西，它们苟安、怕事，只想躲避暴风雨，无异于不愿看见格外清明的天地。于是禁不住激昂地叫道：“让暴风雨来得厉害些吧！”

像这样驱遣着想象来看，这才接触到作者的意境。那意境是什么呢？就是不避“生活的战斗”。唯有迎上前去，才够得上“享受生活的战斗的快乐”。读者也许是海鸥、潜水鸟、企鹅似的人物，现在接触到作者的意境：感到海燕的快乐，因而改取海燕的态度，这是一种受用。读者也许本来就是海燕似的人物，现在接触到作者的意境，仿佛听见同伴的高兴的歌唱，因而把自己的态度把握得更坚定，这也是一种受用。假如死盯着文字而不能从文字领会作者的意境，就无从得到这种受用了。

我们鉴赏文艺，最大目的无非接受美感的经验，得到人生的受用。要达到这个目的，不能够拘泥于文字。必须驱遣我们的想象，才能够通过文字，达到这个目的。

不妨听听别人的话

鉴赏文艺，要和作者的心情相契合，要通过作者的文字去认识世界，体会人生，当然要靠读者自己的努力。有时候也不妨听听别人的话。别人鉴赏以后的心得不一定就可以转变为我的心得；也许它根本不成为心得，而只是一种错误的见解。可是只要抱着参考的态度，听听别人的话，总不会有什么害处。抱着参考的态度，采取不采取，信从不信从，权柄还是在自己手里。即使别人的话只是一种错误的见解，我不妨把它搁在一旁；而别人有几句话搔着了痒处，我就从此得到了启发，好比推开一扇窗，放眼望出去可以看见许多新鲜的事物。阅读文艺也应该阅读批评文章，理由就在这里。

批评的文章有各式各样。或者就作品的内容和形式加以赞美或指摘；或者写自己被作品引起的感想；或者说明这作品应该怎样看法；或者推论这样的作品对于社会会有什么影响。一个文艺阅读者，这些批评的文章都应该看看。虽然并不是所有的批评文章都有价值，但是看看它们，就像同许多朋友一起在那里鉴赏文艺一样，比较独个儿去摸索要多得到一点切磋琢磨的益处和触类旁通的机会。

文艺阅读者最需要看的批评文章是切切实实按照作品说话的那一种。作品好在哪里，不好在哪里；应该怎么看法，为什么；对于社会会有什么影响，为什么。这样明白地说明，当然适于作为参考了。

有一些批评文章却只用许多形容词，如“美丽”“雄壮”之类；或者集合若干形容词语，如“光彩焕发，使人目眩”“划时代的，出类拔萃的”之类。对于诗歌，这样的批评似乎更常见。从前人论词（从广义说，词也是诗歌），往往说苏、辛豪放，周、姜蕴藉，就是一个例子。这只是读了这四家的词所得的印象而已；为要用语言文字来表达所得的印象，才选用了“豪放”和“蕴藉”两个形容词。“豪放”和“蕴藉”虽然可以从辞典中查出它们的意义来，但是对于这两个形容词的体会未必人人相同，在范围上，在情味上，多少有广狭、轻重的差别。所以，批评家所说的“豪放”和“蕴藉”，不就是读者意念中的“豪放”和“蕴藉”。读者从这种形容词所能得到的帮助很少。要有真切的印象，还得自己去阅读作品。其次，说某人的作品怎样，大抵只是扼要而言，不能够包括净尽。在批评家，选用几个形容词，集合几个形容词语，来批评某个作家的作品，固然是他的自由；可是读者不能够以此自限。如果以此自限，对于某个作家的作品的领会就得打折扣了。

阅读了一篇作品，觉得淡而无味，甚至发生疑问：作者为什么要采集这些材料，写成这篇文章呢？这是读者常有的经验。这当儿，我们不应该就此武断地说，这是一篇要不得的作品，没有道理的作品。我们应该虚心地想，也许是没有把它看懂吧。于是去听听别人的话。听了别人的话，再去看作品，觉得意味深长了；这些材料确然值得采集，这篇文章确然值得写作。这也是读者常有的经验。

我有一位朋友给他的学生选读小说，有一回，他选了日本国木田独步的一篇《疲劳》。这篇小说不过两千字光景，大家认为是国木田独步的佳作。它的内容大略如下：

篇中的主人公叫作大森。时间是五月中旬某一天的午后二时到四时半光景。地点是一家叫作大来馆的旅馆里。譬之于戏剧，这篇小说可以分为两场：前一场是大森和他的客人田浦在房间里谈话；后一场是大森出去了一趟回到房间里之后的情形。

在前一场中，侍女阿清拿了来客中西的名片进来报告说，遵照大森的嘱咐，账房已经把人不在馆里的话回复那个来客了。大森和田浦正要同中西接洽事情，听说已经把他回复了，踌躇起来。于是两个人商量，想把中西叫来；又谈到对付中西的困难，迁就他不好，对他太像煞有介事也不好。最后决定送信到中西的旅馆去，约他明天清早到这里来。大森又准备停会儿先出去会一会与事情有关的骏河台那个角色；当夜还要把叫作泽田的人叫来，叫他把“样本的说明顺序”预备妥当，以便对付中西。

在后一场中，大森从外面回来，疲劳得很，将身横倒在席上，成了个“大”字。侍女报说江上先生那里来了电话。大森勉强起来去接，用威势堂堂的声气回答说：“那么就请来。”大森“回到房里，又颓然把身子横倒了，闭上眼睛。忽而举起右手，屈指唱着数目，似乎在想什么。过了一会，手‘拍’地自然放下，发出大鼾声来，那脸色宛如死人”。

许多学生读了这篇小说，觉得莫名其妙。大森和田浦要同中西接洽什么事情呢？接洽的结果怎样呢？篇中都没有叙明。像这样近乎无头无尾的小说，作者凭什么意思动笔写作呢？

于是我的朋友向学生提示说：

你们要注意，这是工商社会中生活的写生。他们接洽的是什么事情，对于领会这篇小说没有多大关系；单看中间提及“样本的说明顺序”，知道是买卖交易上的事情就够了。在买卖交易上需要这么钩心斗角，斟酌对付，以期占得便宜：这是工商社会的特征。

再看大森和田浦的生活方式，完全是工商社会的：他们在旅馆里开了房间商量事情；那旅馆的电话备有店用的和客用的，足见通话的频繁；午后二时光景住客大都出去了，足见这时候正有许多事情在分头进行。大森在房间里拟的是“电报稿”，用的是“自来水笔”，要知道时间，看的是“案上的金时计”。他不断地吸“纸烟”，才把烟蒂放下，接着又取一支在手；烟灰盆中盛满了埃及卷烟的残蒂。田浦呢，匆忙地查阅“函件”；临走时候，把函件整理好了装进“大皮包”里。这些东西好比戏剧中的“道具”，样样足以显示人物的生活方式。他们在商量事情的当儿，不免由一方传染到对方，大家打着“呵欠”。在唤进侍女来教她发信的当儿，却顺便和她说笑打趣。从这上边，可以见到他们所商量的事情并不是怎样有兴味的。后来大森出去了一趟再回来，横倒在席上，疲劳得连洋服也不耐烦脱换。从这上边可以见到他这一趟出去接洽和商量的事情也不是怎样有兴味的。待他接了江上的电话之后，才在“屈指唱着数目，似乎在想什么”，但是一会儿就入睡了，“脸色宛如死人”。这种生活怎样地使人困倦，也就可想而知了。

领会了这些，再来看作为题目的“疲劳”这个词，不是有画龙点睛的妙处吗?

许多学生听了我的朋友的提示，把这篇小说重读一遍，差不多异口同声地说：“原来如此。现在我们觉得这篇小说句句有分量，有交代了。”

揣　摩

一篇好作品，只读一遍未必能理解得透。要理解得透，必须多揣摩。读过一遍再读第二第三遍，自己提出些问题来自己解答，是有效办法之一。说有效，就是增进理解的意思。

空说不如举例。现在举鲁迅的《孔乙己》为例，因为这个短篇大家熟悉。

读罢《孔乙己》，就知道用的是第一人称写法。可是篇中的“我”是咸亨酒店的小伙计，并非鲁迅自己，咱们确切知道鲁迅幼年没当过酒店小伙计。这就可以提出个问题：鲁迅为什么要假托这个小伙计，让这个小伙计说孔乙己的故事呢？

用第一人称写法说孔乙己，篇中的“我”就是鲁迅自己，这样写未尝不可以，但是写成的小说会是另外一个样子，跟咱们读到的《孔乙己》不一样。大概鲁迅要用最简要的方法，把孔乙己活动的范围限制在酒店里，只从孔乙己到酒店里喝酒这件事上表现孔乙己。那么，能在篇中充当“我”的唯有在场的人。在场的人有孔乙己，有掌柜，有其他酒客，都可以充当篇中的“我”，但是都不合鲁迅的需要，因为他们都是被观察被描写的对象。对于这些对象，须有一个观察他们的人，于是假托一个在场的小伙计，让他来说孔乙己的故事。小伙计说的只限于他在酒店里的所见所闻，可是，如果咱们仔细揣摩，就能从其中得到不少东西。

连带想到的可能是如下的问题：幼年当过酒店小伙计的一个人，忽然说起二十多年前的故事来，是不是有点儿不自然呢？

仔细一看，鲁迅交代清楚了。原来小伙计专管温酒，觉得单调，觉得无聊，“只有孔乙己到店，才可以笑几声，所以至今还记得”。至今还记得，说给人家听听，那是很自然的。

从这儿又可以知道第一、第二两节并非闲笔墨。既然是说当年在酒店里的所见所闻，当然要说一说酒店的大概情况，这就来了第一节。一个十几岁的孩子勉勉强强留在酒店里当小伙计，这也“侍候不了”，那也“干不了”，只好站在炉边温酒，他所感到的单调和无聊可以想见。因此，第二节就少不得。有了这第二节，又在第三节里说“掌柜是一副凶脸孔，主顾也没有好声气”，那么“只有孔乙己到店，才可以笑几声”的经历，自然深印脑筋，历久不忘了。

故事从“才可以笑几声”说起，以下一连串说到笑。孔乙己一到，“所有喝酒的人便都看着他笑”。“众人都哄笑起来，店内外充满了快活的空气”，说了两回。在这些时候，小伙计“可以附和着笑”。掌柜像许多酒客一样，问孔乙己一些话，“引人发笑”。此外还有好几处说到笑，不再列举了。注意到这一点，就会提出这样的问题：这篇小说简直是用“笑”贯穿着的，取义何在呢？

小伙计因为“才可以笑几声”而记住孔乙己，自然用“笑”贯穿着他所说的故事，这是最容易想到的回答，但是不仅如此。

故事里被笑的是孔乙己一个人，其他的人全是笑孔乙己的，这不是表明孔乙己的存在只能作为供人取笑的对象吗？孔乙己有他的悲哀，有他的缺点，他竭力想跟小伙计搭话，他有跟别人交往的殷切愿望。所有在场的人可全不管这些，只是把孔乙己取笑一阵，取得无聊生涯中片刻的快活。这不是表明当时社会里人跟人的关系，冷漠无情到叫人窒息的地步吗？为什么会冷漠无情到这样地步，故事里并没点明，可是咱们从这一点想开去，不是可以想得很多吗？

第九节是这么一句话：“孔乙己是这样的使人快活，可是没有他，别人也便这么过。”这句话单独作一节搁在这儿，什么用意呢？

最先想到的回答大概是结束上文。上文说孔乙己到来使酒店里的人怎样怎样快活，这儿结束一下，就说他“是这样的使人快活”，这样回答当然没有错。但是说“可是没有他，别人也便这么过”，又是什么意思呢？这不是说孔乙己来不来，存在不存在，全跟别人没有什么关系吗？别人的生涯反正是无聊，孔乙己来了，把他取笑一阵，仿佛觉得快活，骨子里还是无聊；孔乙己不来，没有取笑的对象，也不过是个无聊罢了，这就叫“也便这么过”。“也便这么过”只五个字，却是全篇气氛的归结语，又妙在确然是小伙计的口吻。当年小伙计在酒店里，专管温酒的无聊职务，不是“也便这么过”吗？

还有不少问题可以提出，现在写一些在这儿。

第一节说酒店的大概情况，点明短衣帮在哪儿喝，穿长衫的在哪儿喝，跟下文哪一处有密切的联系呢？

开始说孔乙己的形象，用“身材很高大；青白脸色，皱纹间时常夹些伤痕；一部乱蓬蓬的花白的胡子”。这些话是仅仅交代形象呢，还是在交代形象之外，还含有旁的意思要咱们自己领会？

为什么“孔乙己一到店，所有喝酒的人便都看着他笑”呢？

孔乙己说的话，别人说的话，都非常简短。他们说这些简短的话的当时，动机是什么，情绪是怎样呢？

孔乙己的话里有“污人清白”“窃书”“君子固穷”“多乎哉？不多也”之类的文言。这除了照实摹写孔乙己的口吻之外，有没有旁的作用呢？

孔乙己到店时候的情形，有泛叙，有特叙，泛叙叙经常的情形，特叙叙某一天的情形。如果着眼在这一点上，是不是可以看出分别用泛叙和特叙的作用呢？

掌柜看孔乙己的账，一次是中秋，一次是年关，一次是第二年的端午，为什么呢？

诸如此类的问题，几乎是提不尽的。

几个人读同一篇作品，各自提出些问题，决不会个个相同。但是可能个个都有价值，足以增进理解。

理解一篇作品，当然着重在它的主要意思，但是主要意思是靠全篇的各个部分烘托出来的，所以各个部分全都不能轻轻放过。体会各个部分，总要不离作品的主要意思，提出来的必须是合情合理的值得揣摩的问题。要是硬找些不相干的问题来抠，那就没有意义了。

从焚书到读书

人类真是奇怪的动物，有所谓“智慧”。以有智慧故，从最初劳动时或惊骇时所发的呼声，进化而为互通情意的语言，由语言而造出文字，用文字记载事物，产生“书”这一类东西。

书，又是奇怪的东西：说它可爱呢，书确然把人类过去从奋斗中得来的经验和理论告诉后来的人，给后来人指出努力的方向。说它可恶呢，自从书把经验和理论告诉了后来人，就使阶级化了的人类社会常常感到不安。

在可恶这一点上，二千一百多年前聪明的秦始皇已经感觉到了，他就采取激烈手段。索性把藏在民间的书统统付之一炬。这个手段究竟太激烈了，不久就有不读书的刘项二人起来把妄想传之万世的秦朝打倒。后来的皇帝更加聪明，他们知道既然有了“书”这件东西，要根本毁灭它是不可能的，与其“焚”，不如索性让人家“读”，不过“读”要有一定的范围，一定的方法，于是找出几种有利于当时社会的支配阶级的理论的书，定名为“圣经贤传”，其他诸子百家就是“异端邪说”，都在“罢黜”之列，此外还定下个“使天下英雄入吾彀中”的科举制度。一般人读了圣经贤传，不难在科举制度下名利双收：要是读异端邪说的书，就是“非圣无法”，可以使你身首异处。那时奖励青年们读书有四句口号道：“天子重英豪，文章教尔曹，万般皆下品，唯有读书高。”

现在科举制度早已废止了，但是科举的精神依旧存在。政府的煌煌明令。学者名流的谆谆告诫，都说“青年应该读书”。读什么书呢？他们没有说，大概是因为有所谓“标准”在，不用细说了。合乎标准的，读了有文凭可拿，有资格可得。不合乎标准的，就等于从前所谓诸子百家，是异端邪说，教师不敢介绍，书店也不敢刊行，青年们更少有读到的机会了。不过社会究竟在进步，口号和以前不同了：“非圣无法”现在简称为“反动”，“……唯有读书高”现在变而为“读书救国”了。

从“焚书”到“读书”。方法和口号尽管在变换，精神却是一贯的。我们不知道叫学生埋头读书的学者名流有否想到这一层。

何所为而学习

现在抛开“唯有读书高”的“读书”，从青年自身成长上说，书是究竟要读的。不过“读书”该把它看作人生一部分活动，包括学习的一切过程在内。要是单就字面看，以为“读书”就是把一本一本的书读过，此外没有别的事了，那就非上当不可。上当的人实在很不少，小学生捧着《自然教科书》米呀麦呀无异读国文，一年一度的远足跑到田野间，看见稻和麦子依然“陌生”，非上当而何？

为免生误会计，说“读书”不如说“学习”好。并且，书虽然“把人类过去从奋斗中得到的经验和理论告诉后来的人”，但是书的功能并非不能被代替的，如果动物园、植物园、博物院、无线电广播、有声电影等等不为玩好或营利而存在，能够供社会大众普遍享受，那时候不用说书，就是文字也将成为可识可不识的了。而参观动物园、听无线电广播、看有声电影等等还是学习，与读书一样。

学习不能没有中心；换句话说，学习这个，学习那个，要明白何所为。将趋向“封建时代的权威主义和资本主义时代的个人主义”呢，还是趋向“使人类的劳动力无限发展的集体主义”？对这个问题不作决定，学习就像盲人骑瞎马。

年份是一九三二。人是被压迫的中国的人。环境是日帝国主义的枪炮对准我们的胸膛，国际帝国主义罅漏百出，各自为最后的挣扎。想到这些，何所为而学习就可以决定了。

决定了，于是读历史、地理，为这个；学物理、化学，为这个；体操，为这个；画图，为这个。知道人是终身在学习的途中的，就预备终身“为这个”而学习。

虚无主义的“无所为而为”，应该化为“时代”脚下的泥土了！

读 经

六月间，报载广东电讯，粤省政府主席陈济棠提案，各学校应注重读《五经》《四书》，每周至少在六小时以上，……案经省府全体通过后，令教育厅即日遵行云云。

上海某报对于这事件特撰评论，有以下的一些话："十五年来，自北大所谓新潮流发生之后，斥经书为死物，詈礼教为桎梏。……于文字则尚白话，而欲尽燔旧时典籍，虽二十四史亦不过一部相斫书。于人生则竞吹解放，孝悌忠信，礼义廉耻，目为洪水猛兽。然行之数年，黉中之课艺，求一文从字顺者不可或得，而礼教既倒，共产党乃遍于中国矣。"篇末说，"陈氏虽武夫，而此举固未可厚非者也。"

这样的电讯，这样的评论，在有些人看来，一定觉得"正中下怀"。青年的心性太活跃了，自由探索的勇气犹如不羁的马。给他们以有形的束缚，他们会跳起来闹什么风潮。给他们以无形的桎梏，让他们的心思才力慢慢地腐败下去，这才不至于出什么乱子。于是那些人的权势得以稳固，天下得以太平，秦始皇所梦想的，他们得以亲身经历。此所以在如今时代，青年又将有"读经"的福分。

"读经"，怎样读呢？当然还是照传统的方法，像画符念咒那样地读。读了之后感到一种神秘的麻醉力，仿佛喝了过量的酒。于是写起文章发起言论来。无不如从前应制的经义：或者作一字一名的钻研，走到所谓"雕虫小技"的"牛角尖"里去。至于行为方面，就不折不扣当那些提倡读经的人的"帮闲"，作维护封建势力的篱笆。这时候，那些提倡读经的人是踌躇满志了，但是，被迫读经的青年却给葬送了！

所谓"经"是什么东西，那些提倡读经的人未必知晓，就是作前面所引的那篇评论的作者又何尝认识得清楚。所谓"经"乃是古代的文化史料。在大学生及专门家，如果研究古代的文化，"经"是必要的对象的一部分。研究者对于研究的对象是取客观态度的，既不奉为神圣，也不"斥为死物"，只还它个本来面目。这并不是"读经"。"读经"这勾当与基督教的"查经班"所做的工作大致相当，在研究者是无所用之的。

中等学生并不担负研究古代文化的责任。他们有历史、文学等课程，从这些课程他们会接触古代文化。假如嫌仅仅接触还不够，要他们与大学生和专门家一样，去研究古代文化，对各种"经"下功夫，这已经是责望非人，而且紊乱了教育系统。何况所谓"读经"并不是这个意思，而是要青年去上"查经班"，希望收到麻醉的效果。这不是非常严重的一个问题吗？

那个电讯刊出以后，过了若干天，又见报载广东各校即日读经之说，查无其事云云。"查无其事"，我们也并不乐观。这个年头，有人正要把整个教育系统"读经化"呢！

读书

听说读书，便引起反感。何以致此，却也有故。文人学士之流，心营他务，日不暇给，偏要搭起架子，感喟地说："忙乱到这个地步，连读书的功夫都没有了。"或者表示得恬退些，只说最低限度的愿望："别的都不想，只巴望能安安逸逸读点儿书。"这显见得他是天生的读书种子，做点儿其实不相干的事就似乎冤了他，若说利用厚生的笨重工作，那是在娘胎里就没有梦见过，这般荒唐的骄傲意态，只有回答他一个不理睬了事。衣锦的人必须昼行，为的是有人艳羡，有人称赞，衬托出他衣锦的了不起。现在回答他一个不理睬，无非让他衣锦夜行的意思。有朝一日，他真个有了读书的功夫了，能安安逸逸读点儿书了，或者像陶渊明那样"不求甚解"，或者把一句古书疏解了三四万言，那也只是他个人的事，与别人毫不相干。

还有政客、学者、教育家等人的"读书救国"之说。有的说得很巧妙，用"不忘""即是"等字眼的绳子，把"读书"和"救国"穿起来，使它颠来倒去都成一句话。若问读什么书，他们却从来不曾开过书目。因此人家也无从知道究竟是半部《论语》，还是一卷《太公兵法》，还是最新的航空术。虽然这么说，他们欲开而未开的书目也容易猜。他们要的是干练的帮手，自然会开足以养成这等帮手的书，他们要的是驯良的顺民，自然会开足以训练这等顺民的书。至于救国，他们虽然毫不愧怍地说"已有整个计划"，"不乏具体方案"，实际却最是荒疏。救国这一目标也许真能从读书的道路达到，世间也许真有足以救国的书，然而他们未必能，能也未必肯举出那些书名来。于是，不预备做帮手和顺民的人听了照例的“读书救国”之说，安得不“只当秋风过耳边”？

还有小孩进学校，普通都称为读书。父母说：“你今年六岁了，送你到学校里去读书吧。”教师说：“你们到学校里来，要好好儿读书。”嘴里说着读书，实际做的也只是读书。国语科本来还有训练思想和语言的目标，但究竟是工具科目，现在光是捧着一本书来读，姑且不说它。而自然科、社会科的功课也只是捧着一本书来读，这算什么呢？一只猫，一个苍蝇，一处古迹，一所公安局，都是实际的东西，可以直接接触的。为什么不让小孩直接接触，却把这些东西写在书上，使他们只接触一些文字呢？这样地利用文字，文字就成为闭塞智慧的阻障。然而颇有一些教师在那里说：“如果不用书，这些科目怎么能教呢？”而切望子女的父母也说：“进学校就为读这几本书！”他们完全忘了文字只是一种工具，竟承认读书是最后的目的了。真要大声呼喊“救救孩子”！

读书当然是甚胜的事，但是必须把上面说起的那几种读书除外。

没有书，自己想办法

最近接到一位读者来信，说他以前没有读过本志，今年才看见本志的一月号，爱不忍释，省了旁的急用，掏出仅存的钱买了一本回去，两天工夫，通体看完。二月号、三月号也买了，是省了每天的早餐积下来的钱。可是早餐不能经常不吃，旁的钱没有来源，他父亲是一位工人，绝没有余钱给他买杂志。而四月号快要出版了，就此间断，实在难受。他问我们有什么办法可以解决。我们看了这封信，非常感动，有这样的读者在那里看我们的杂志，我们还敢懈怠吗？至于解决办法，我们可想不出。书籍杂志也是商品，非钱买不到手，没有钱只好不买。为安慰这位读者起见，我们送了他一本四月号，并且写信回复他说：书籍杂志不一定要买来看，如果当地的什么图书馆备有本志的话，到图书馆去看好了。这个话只恐会使他失望，如果图书馆不备有本志，怎么办呢？

从这件事，我们想起在目前的经济情况之下，感到同样苦闷的青年很多。要看书，可是没有力量买书。心里记着什么什么书名，或者在书铺里见过那些书的封面，翻过那些书的序文目录，可是没有福分把那些书捧在手里，从头到尾，几次三番，称心适意地读个畅快。这种难受，正不比坐在粮食铺前的饥民来得轻松。老实说，由于种种条件的限制，我国出版界实在贫弱得可怜。融会贯通，深入浅出的著作，举不出几部，系统地介绍世界思想艺文的译著，还没有出现，嚷了二十多年的整理旧籍，真正整理好了的旧籍不知道在哪儿。若用粮食铺来比，我国出版界好比一家蹩脚的粮食铺，其中储备既不多，又不免掺杂些陈腐货色。可是一批精神上的饥民连这一点儿贫弱的储备也没法享受。困扰他们的不是好坏问题，是有无问题，他们彻头彻尾地没有，彻头彻尾地挨饿。

说到图书馆，情形也很惨。除了大都市里少数大图书馆而外，各地图书馆的购买费都很窘，照目前的书价来说，每个月买不到十本五本。旧存的图书，破碎的破碎了，遗失的遗失了，日子延长下去，说不定会只剩屋子里的几个破书架，大门口的一块破招牌。学校里的图书馆或图书室也不会好些，可能还要坏些。在教师无法维持生活，万分不得已，用罢教的手段来表示控诉的今日，学校还有余钱来添购图书吗？因此，青年们精神上无论如何饥饿，要想在图书馆里学校里饱餐一顿，往往废然而返。

那么竟毫无办法了吗？我们想，办法是有的，只有青年们自己来解决。爱读书的同志组织起来，为了读书，广泛地坚强地组织起来。组织起来之后，各人拿出少数的钱，共同采购各种书志，是一法。有无相通，各人把所有的书志换看没有见过的书志，是一法。协力捐募书志，汇集在一起大家看，又是一法。这些办法是容易想到的，而且早有人行过，不必多说。我们要说的是行这种办法必须有恒心，必须当一件事干。常见学校里组织读书会，起初大家兴致很好，不久就渐渐懈怠，最后烟消云散，连会里的几本书志也不知道哪儿去了。那样的没有恒心，不当一件事干，精神上永久挨饿也是应该的。真正感到饥饿的青年们该不会如此。组织广泛且坚强，共同阅读可以收到观摩切磋的益处，这比较关起门来一个儿阅读，当然大有不同了。

能读的作品

在《艺坛》第十九、二十两号，见到袁俊先生所作《好望号》译本序文，知道这个译本的单行本快要出版了，非常高兴。这个译本分期登载在《文史杂志》，我们是从《文史杂志》上读到的。这儿说我们，包括我跟家里的几个人。收到了些新出版的书籍杂志，白天没空看，到夜间，几个人坐在一块儿，挑选一篇由小孩读；读过一遍，大家就跟自己看过那篇一样。读的时候不容马虎，要按照语言的声调，要传出情绪的强弱缓急；读得不得劲，不传神，宁可耐着性儿，回上去重读。这样读过了袁俊先生改译的《好望号》，我们觉得这个剧本好，值得劝人读，而且值得演。原作者自然大可钦佩，可是把这个剧本化为我国的语言，精练纯粹的语言，是袁俊先生的功绩。

在这儿我不是要说这篇《好望号》，我只从这个译本想起一些小意思，现在想说说。如今咱们的文艺，就语言文字方面说，似乎可以分作两大类。一类是看得又读得的，一类是只能看不能读的。比起分量来，前一类少得多。用文字写的文艺，眼睛看时认得清一个个的字，嘴念时发得出一个个的音，怎么会只能看不能读的？原来我所说的读不是念出音来就算，我所说的读要达出语言的节奏跟情趣。这样的读，必须文字本身是活生生的语言才行。如果文字本身是生打硬造的语言，是有骨骼没有血肉的语言，凭你读的人怎样尽心体会，也不能把他读成活生生的语言；你读下去总觉着这不像个语言，不如索性住嘴，单凭眼睛看下去了事。这就是所谓只能看不能读。

旁的文字且不说，在文艺，能读是个重要条件，我想。读者不一定为读给旁人听，自己轻轻读下去，宛如听作者在倾吐他的思想情感。比较仅仅地看，感人更深。文字只能看不能读，读者就得不到这种享受。

“白话文”这个名词似乎出了些毛病。我一向写些东西就是“白话文”，都搬不上口，现在看看，觉得难受。选择语言，提炼语言，决不可脱离语言；在文艺作者，这是必须努力的。语言文字的研求，好像只是形式方面的事儿，其实不然，追究到根底，就知道这牵涉到作者的整个生活。

我见识很狭窄，事实限制，不能广遍地阅读现代的作品。就我所知，如老舍、曹禺、朱自清、吕叔湘、姚雪垠、沙汀诸位先生的著作，袁俊、吕叔湘、潘家洵诸位先生的译品，都是看得又读得的。现在写在这儿，请读者印证。

第七辑

故友旧交，三三两两

好友宾若君

前晚，善儿将睡，倦意已笼住他的眉目，忽然懊丧地说，“听济昌说，明天他要跟着祖父母母亲回苏州去了。”

济昌跟善儿同班，是善儿最好的朋友。当善儿说起学校里的玩戏时，我们往往不待思索地问：“是不是跟济昌？”或者陈说功课的成绩时，我们也常常会问：“那么济昌的成绩怎样？”

听善儿这么说，知道离别之感侵入他的心了。而在我，更触动了似已淡忘而实在是有意避开的生死之感，于是颇觉凄然。

济昌的父亲宾若君，我永远纪念的好友，是给火车轮碾伤而惨死的。在我粘贴照片的簿子里，有他一帧半身的遗像，我在上边题着“是具真诚能实行的教育家”十一个字。

宾若君在甪直当高小学校校长，先后邀伯祥与我去当教员。本来是同学，犹如亲兄弟一样，复为同事。真个手足似的无分彼此，只觉各是全体的一部分。我因年轻不谙世故，当了几年教师，只感到这一途的滋味是淡的，有时甚且是苦的；但自从到甪直以后，乃恍然有悟，原来这里头也颇有甜津津的味道。

宾若君不好空议论，当然也不作现在所谓宣传性质的文字，他对于教育只是“认真”，当一件事去干。在到甪直之前，他在诗人所萦系的虎丘下的七里山塘当小学校长。山塘的店家每看宾若君的往还作他们的时计；而学生家属有难决的事，如关于疾病资产营业等的，宾若君往往是他们的重要顾问：这就见得他不单是个教读书写字的教师。

我与他同事以后，只觉得他的诚恳远过于我，竟略带压迫的力量。学生偶犯过失，他招犯过失的学生到他的办事室里详细地开导，严正而慈祥，往往是一点钟两点钟。末了，那学生擦着悔悟的眼泪退出来，宾若君自己的眼眶也好像湿润了。他热心于卫生常识的传授，以为这是一切的基本，所以讲刷牙齿洗澡等每至两三星期，讲了之后，见学生一一照着做了，他才放心。

他并不主张什么教育什么教育，像其他的教育工作者。

他的唱歌是学生时代早著名的，曼声徐引，有女性的美而无其靡。课毕，学生回去了，我们有时沽酒小酌，酒既半醺，他按拍而歌，双颜红润，殊觉可爱。数阕以后，歌者听者皆觉无上快适，已消散了积日的辛劳。

我对他也有不满意之点，就在他略带黏滞的性质。他总是“三思而后行”，而我以为未免多了一思或两思。但是轻忽偾事的先例正多呢，像他这样审虑再四，欲行又止，即从最平常的方面说，也未必不因而少偾了几件事。所以我的不满意只因彼此的气质有不同罢了。

那年暑假已过，我因父亲去世，移家住角直。宾若君家里有事，来了又回去，说两三天就来。但是第三天没有来。他是不肯失约的，这不来颇使我们疑怪，揣度的结论是他害病了。次日傍晚，两条航船都已泊在埠头，连船夫也散得渺无踪影，而他仍杳然。我与伯祥回家，正在谈论不知他的病重不重，那每晚来一趟的瘦脸邮差送信来了。伯祥接信，看了看，似乎放心又略带惊讶地说：

“果然，他病了，这是他的老太爷写的。”

“啊！”伯祥抽出信笺看，突然叫起来。我赶忙凑近去看，八九行的话，似乎个个字是生疏的，重看一遍方才明白。信里说宾若君在昆山下车，车尚未停稳，失足陷入月台与车身之间，致下身被轧受伤甚重，现由路局送回苏州，入福音医院医治；医生说暂时没有把握，要看一两天内经过情形再说。

这消息于我们真是一声霹雳似的震撼；也不是悲伤，也不是惊惶，实在无以名心头一时的情状。想到这个具有真诚的心的可贵的躯体正淌着红血，想到老年的父母亲爱的哥哥正在伤心这猝然降临的不幸，我们的心都麻木了……

次日，这消息震荡了全校的心，有如突然来了狂飙。

又次日，我们买舟到苏探视。原是怀着寒怯的心情的，到望见福音医院低低的围墙时，全身仿佛被束缚了，不相信等会儿会有登岸跨进门去的勇气。“但愿是梦里吧！”这样无聊地想。

真同梦里一样，恍惚地登岸，恍惚地进医院的门。繁密的绿叶遮蔽了下射的阳光，细沙路阴森森的，树以外飘来礼拜堂里唱颂祷诗的沉静而稍带悲哀的声音，一缕哀酸直透心胸，我流泪了。

前边来了宾若君的大哥勖初君，我们迎上去问，差不多都噤口了，只简短地低低说：“怎样？”

勖初君的眼睛网着红丝，惘然的，想来已经过度失眠而且流了好些眼泪吧。他摇头默叹，说宾若君失血太多了，至于十之六七，大半身无处不烂，肠也有被轧出来的，简直无望了。

立刻要去看见的是个未死而被判定必死的好友，还能有余裕想什么！无形的大石块早已紧紧压住我们了。我们承着这无形的大石块踅进病房，一切所见全是浮泛的，也不曾嗅到病房里特有的药气或者其他气味。

宾若君盖在红色的被单之下，这个想是医院里特别预备来混淆可怕的血迹，以减轻视疾者的忧惧的吧。但是我们明知这里掩盖着半截腐烂了的身体，虽用红色，又有什么用呢？他的脸色纯乎灰白，眼睛时时张开，头发乱结像衰草。他神志还清，抬起眼来望着我们，说：“你们来看我了，谢谢。我的毛病……学校……唷……唷……”一阵剧痛打断了他的话。

除了“你放心养病，一切都有我们在”这样虚空的安慰语，还有什么可说的？不知怎样的，两条腿就把我们载出这间病室，与直躺着的宾若君分别了。伤心呵，这就是永远永远的分别，我竟不曾仔细地多看他一眼。

记得床头站着个悲伤的影子，默默的，低头，是宾若君的夫人。

受伤后的七天，宾若君才离开了人世。我因牵于校课，不曾去送殓。后来知道，宾若君在最后的两三天里是吃尽了剧烈的痛楚的。血流得越多，残破的肌肉和内脏越发不可收拾，痛觉也越见厉害。不知几千百回的沉吟哀号，不知几千百回的辗转反侧，使在旁侍奉的人想不出一点儿办法。医生给他打吗啡针，麻醉他的痛觉，但是不见有效，还是一阵阵的痛。后来他实在担当不住了，对自己的命运也已明白，含着眼泪哀恳他的二哥致觉君说："二哥，你是我的亲哥哥，疼我的，请设法让我早点儿死吧！"

致觉君是个诚笃的人，虽然万分伤心，却同意宾若的要求，就去与医生商量。

把病人看作死物一般的医生只是摇头；他们对于病人亲属的眼泪和哀泣，视同行云流水，无所动心。

"他不是绝对没有希望了么？"

"是的，绝对没有希望。"

"他当不起强烈的痛楚呢！"

"我们能够做的，就是给他打针。"

"打了针还是痛。"

"这就没有办法了。"

"与其听他多延时刻，多吃痛苦，还不如让他早点儿解脱？这是我们对于他的唯一帮助，我们是人，人有同情心，不这样做是我们的罪过！"

"向来没有这个办法。"

"哥罗仿（三氯甲烷）之类，你们不是惯用的么？只要分量适合，给他一嗅，就完事了。"

"我不能依你，因为我是医生。"

"病人自己愿意。"

"不相干。"

"我用病人的亲哥哥的名义给你写笔据，并且签字在上面！"致觉君郁悒久了的心情一不自禁，泪珠与哭声迸裂而出，鹘落地跪在医生面前。"医生，我求你，求你的仁慈，请你依我的话！该是犯罪，是杀人，都由我承当！"

"但是医生的宣誓是决不弄死一个还有一线生机的生命。"

"不管病人比死还难堪的痛苦么？"

"虽然痛苦，生机未尽的决不能绝灭他的生机。"

"这是人情么！"致觉君转为愤愤了。

"不问人情不人情，当医生就得如此。"医生还是那样冷静。

于是致觉君只得怀着自己害了弟弟似的歉意再去坐在宾若的榻前，直看他的生命一丝一丝地自己断绝。

宾若君受伤的消息才传出的时候，好些人就开始“逐鹿”，希望继任校长；他们用了各色各样的方法，有巧捷的，也有拙劣的，这且不说。到他的死信传来，学校里立刻笼罩着一重惨雾，却是千真万确的事实。特地为他唱追念的歌，特地为他刻碑砌入教务室的墙壁，都是凭神灵如在的信念来做的。

开追悼会的一天，致觉君出席致感谢。还没有开口，出于天性的友爱的眼泪先已流满两颊，开口时是凄苦的声音，我忍不住，低下头来哭了。

各有各的伤心，可以达到同样的深度而各异其趣，所以说谁最伤心其实是不合的。但是据传闻的消息，宾若君的母亲太伤心了。她因宾若君死于火车，视火车如残暴的恶魔。可是住家贴近西城，每天城外来往的火车不知经过多少回，就得听不知多少回凄厉的汽笛。她听着，心就震荡了，仿佛还将夺去她的别的宝贝！有时惘然失神了，有时泫然掉泪了。忧伤痛苦笼罩她的一切，差不多没法继续她的生活。

关于招魂之类的方术经人推荐，就时时一试。这当然是迷信；但是只要想起母性的生死不渝的爱，你就不会有那种心存鄙弃的轻薄想头了。

其中一个术者声誉最高，也说得最动听。她说宾若君已在某某菩萨座旁为童子，光明而快乐，如果生者多多给他念些经卷，升天成佛是十分稳当的。

这是一条新的道路！她开始念经，凭着坚强的信念，以为果得升天成佛，也就差足安慰。直到现在，念经是她的日课——将永远是她的日课了。

然则念经完全替代了忧伤痛苦么？此殊未必，有一事可以证明。前年江浙战争，他们全家搬来上海；住在致觉君那里。每天下午没到四点半，她就倚着楼廊的栏杆，望致觉君归来。望到了，这才安心，知道放出去的宝贝重复回到掌中。致觉君偶或因事迟归，虽经先期禀明，她必对灯等候，直到看见儿子的笑容确已呈现于面前，然后去睡。使她致此的根源，不就是永远不能磨灭的忧伤痛苦么？

有时经过致觉君家，望见宾若夫人寂寞的侧影，或在灌花，或在闲立，心头就不禁暗淡了。抱着终生的悲哀，为恐伤翁姑的老怀，想来时时要自为敛抑吧；

而为孩子的前途起见，想也不愿意多给他伤感的印象；于是只有闷闷地暗自咀嚼那悲哀的滋味，这比起哀号长叹，尽情倾吐来，其难堪岂止十倍。

看见济昌，我同样地黯然，虽然他是个苹果红的面颊乌亮亮的眼睛的可爱的孩子。宾若夫人对于济昌，听说是竭尽了所有的心力的，差不多自己生存的意义就是为着孩子。

济昌与善儿成为很好的朋友，我觉得安慰，父亲与父亲突然中断的缘分，让他们好好接下去，直到永远吧！有一次，善儿来说济昌小病新愈，在家寂寞，济昌的母亲的意思要他去陪着济昌玩儿。我听说，催善儿立刻去；能够使人慰悦的事总是我们应该做的，何况需要慰悦的是济昌母子俩！

现在，两个孩子暂时分别了。我愿他们永远是很好的朋友。这不单是济昌的母亲祖父母伯父等以及我的欢喜，也该是永生在我意念中的宾若君的极大安慰。

追念陶元庆先生

与陶元庆先生会见仅三四面，一回在酒席间，其余几回是接洽他的画幅制版的事。话谈得极少，他那种安详亲和的态度却永不能忘。

制版的画就是那幅《卖轻气球者》，原定制三色版，他屡次往制版部分监看，制成时不惬意。制版部分对这位认真的画家自觉抱歉，愿意重制。但是他看了印红色的一块版子倒中意，说就用这块版子印单色吧。制版部分不了解，以为他怕人家嫌麻烦，硬说制得不好重制是应该的。他回答说，“这就很好了。”

看钱君匋先生文，知道这幅《卖轻气球者》从开始到完成，费时一个月，中间曾把整幅设计斟酌变更了不知多少次，才成现在的这一幅。结合着制版的事来看，可知务求心之所安，不失当前的机，是他的艺术的良心与能力。

有些写文字的人提起笔来时自以为大有可写，到写完时说，我不高兴再看第二遍了，这些人大概是所谓天才。而艺术家者，是天才又加上些别的东西的一种人物。画画与作文虽是两回事，而在这上边并无二致。像陶先生，说他是天才，我想，不如说他是艺术家来得贴切。

画，我完全不懂，但喜欢看。所谓不懂，是说没有关于这一部门的素养，不能用内行家的尺度来衡量作品的短长，不能用内行家的眼力来摄取作品的精魂。而看是一种嗜好，画幅展开，足以悦目娱心，就屡屡想看了。

陶先生的画，如《落红》《一瞥》《墓地》《卖轻气球者》《烧剩的应天塔》等，我都喜爱。只觉得看在眼里舒服，是所以喜爱的极简单的缘故。作品能使几同盲目的无识者看来舒服，心里喜爱，同时又为具有素养的人所赞叹，不是艺术造诣的理想境界么？陶先生的苦心钻研使他的艺术达到了这样的境界。

从《申报》看到许钦文先生报告陶先生的死耗，心头一怔，仿佛觉得不应该有这回事似的。随后检出以前惠赠的作品复制本，逐一重看，借寄哀思。这些复制本，我要永远珍藏，纪念这位艺术家。

从钱君匋先生来信里知道，陶先生在病中对于世间颇满意。他不是抄写这个世间的人，但是他成就他的艺术却多方使用了这个世间，我想这就是他所以满意之故吧。果尔，他离去世间不但使知好悲伤，为他自己的艺术，他更要悲伤了吧。

记徐玉诺

假设我没有记忆，
现在我已是自由的了。
人类用记忆把自己缠在笨重的木桩上。

这是玉诺许多杂诗中的一首。他对记忆最感愤慨，他辨出了记忆的味道。在又一首小诗里，他说：

当我走入了生活的黑洞
足足的吃饱了又苦又酸的味道的时候，
我急吞吞地咽了咽；
我就又向前进了。
历史在后边用锥子刺我的脊梁筋；
我不爱苦酸，我却希望更苦更酸的味道。

他的记忆确是非常酸苦的。只就他的境遇来说：他的家乡在河南鲁山县，是兵和匪的出产地。他眼见掮着枪炮杀人的人扬长走过；他眼见被杀的尸骸躺在山野间；他眼见辛苦的农人白天给田主修堡垒，夜间又给田主守堡垒，因为要防抢劫，他在因运兵而断绝交通的车站旁边，眼见在尘土里挣扎的醉汉，只求赏一个钱的娼妓，衙门里的老官僚，沿路赌博的赌棍，东倒西歪的烟鬼和玩弄手枪的土匪，而且与他们作伴。当初与他一起的，后来他觉得他们变了，虽然模样依旧，还能认识；这更使他伤心得几乎发狂，尝到了记忆的最酸苦的味道。他曾经对我说："在我居住的境界里，似乎很复杂，却也十分简单，只有阴险和防备而已！"我虽然不知道他所有的记忆，只就"阴险和防备"来想，倘若拿来搁在舌尖上，就足以使我们哭笑不得了。

他咒诅"阴险和防备"的境况和人物的诗很多。在这样的境况和人物之中，当然只有咒诅，只有悲痛，而无所期求。但是在咒诅倦了，悲痛像波浪一样暂时平息了的时候，他羡慕"没有一点特殊的记忆"的海鸥。当然，他要像海鸥似的，漂浮在"不能记忆的海上"生活，是做不到的。所以他赞美颠倒记忆的梦幻，羡慕泯没记忆的死灭，以为在这两种境界里，尝到的总不是现在尝到的酸苦的味道了。但是，梦幻不会破空飞来，死灭又不可骤得．这又引起他深沉的悲叹。试读以下两首诗：

现实是人类的牢笼，
幻想是人类的两翼。
一只小鸟——失望的小东西——
他的两翼破碎而且潮湿；
他挣扎着起飞，
但他终归落下。
呵，可怜的脱不出牢笼的人呀！

——《现实与幻想》

自杀还算得有意义的：
没意义的人生，
他觉得自杀也是没趣味。

——《小诗》

不过他在一首《春天》里，起先叙了小鸟、小草、小孩对于春天的赞颂，以下说：

失望的哲学家走过，
逗留着无目的的寻求；
搂一搂乱发，
慈祥地端详着小鸟，小草，小孩……
仿佛这……告诉他说虚幻的平安。
倦怠的诗人走过，
擦一擦他的眼泪，微笑荡漾在枯皱的额上，
仿佛这……点缀了他梦境的美丽。

在现实的境界里，足以使他暂时满足的只有“虚幻的平安”和“梦境的美丽”的自然景物了。他最喜爱和自然景物相亲；不仅相亲，他能融化陶醉在自然景物之中，至于忘了自己。去年的初夏，他到杭州去，中途在我的乡间住了三天。那正是新苗透出不容易描绘的绿，云物清丽，溪水涨满的时候，我因为工作忙，不能每天陪着他玩。他看惯了中原的旷野，骤然见到江南的田畴，格外觉得新鲜有趣。他独自赤着脚，跨进水齐到膝盖的稻田，抚摩溪上的竹树，采访农家的小女孩，憩坐在临门的小石桥栏杆上，偃卧在开着野花的坟墓上，回来告诉我说：“我已经领略了所见的一切的意思。”后来他回鲁山去了，还在信里问起他抚摩过的竹树和踏过的稻田。他描写景物的诗，与其说是描写，不如说是他自己与自然融化的诗，都有奇妙的表现力，“这一片树叶拍着那一片”，“一片片小叶都张开它的面孔来，一个个小虫都睁开它的眼睛来”。他常常有奇妙的句子花一般怒放在他的诗篇里，不在于别的，在于他有特别灵敏的感觉。他并不是故意做作，感觉到这样，就这样写下来了。不仅是写景物的诗，他所有的诗都如此。他并不把写诗当一回事，像猎人搜寻野兽那样。在感觉强烈、情绪兴奋的时候，他不期然而然地写了；写出来的，我们叫它作诗。他的稿子往往有许多别字和脱漏的地方。我曾经问他为什么不仔细一点儿写？他说：“我这样写，还恨我的手指不中用。仔细一点儿写，那些东西就逃掉了。”这就可知他的诗有时不免结构松散，修辞草率的缘故。但是也可知他的诗所以那么自然，没有一点儿雕凿的痕迹，那么真实，没有一点儿无谓的呻吟。

他虽然有时陶醉在自然里，但是“记忆”像锥子似的在背后刺他，他不能不醒来，醒来的时候当然还是愤慨；他在福州，大半是为了吃饭，所以他觉得“勉强”。他曾经对我说：“我一切都有些勉强。”既然“勉强”，热带的密林和微风的海边，于他都漠然了，他只是恋念遥远的故乡。故乡虽然是兵和匪的巢穴，然而有他的母亲父亲在那里。他还没到福州，在途中就有一首题为《给母亲的信》的诗：

当我迷迷糊糊的思念她的时候，就心不自主地写了一封信给她。
——料她一字不识——
待我用平常的眼光，一行一行看了这不甚清晰的字迹时，
我的眼泪就像火豆一般，经过两颊，滴在灰色的信纸上了。

他写了许多恋念故乡的诗。在那些诗里，爱慕母亲之外，还记挂鲁山的山谷，草原，田园，家里的小弟弟，两头母牛，三头牛犊，以及父亲的耕耘，小弟弟的玩弄小石子与他自已的割草。他的心时时飞过林原和海天，翱翔在所爱的故乡。他的爱实在很热烈而广大。他所以有咒诅的声音，就像鲁迅先生说爱罗先珂那样，叫作无所不爱而不得所爱的悲哀。所以他一方面咒诅，一方面又宽恕被咒诅的，同时还加上十分的怜悯。这种情形在他的诗里时常可见。从这里就可以推知他对于和他心灵相通的几个人是怎样的热诚而天真地相爱了。

他脸色苍黄，眼睛放射出神秘的光，“乱发乘风飘拂”，不常剃的短髭围着唇边。绍虞兄看了他的相片，说他是个神秘家。我说有些儿意思，但是你如果与他见面，即使不开口谈话，就能感到他真朴的心神。在他乘着小汽轮来我的乡间那时候，我在埠头听见报到的汽笛，期待的心紧张到十二分了。汽轮泊定，乘客逐一登岸，我逐一打量。在许多客人的后面，一个人穿黑布衣服，泥污沾了很多，面貌像前面说的那样，一手拿一个轻巧的铺盖，一手提一只新的竹丝篮，中间满盛着枇杷香蕉等果品。我仿佛受着神秘的主宰命令似的，抢先紧握着他的胳膊，“你——玉诺？”他的目光注定在我的脸上，几乎使我想要避开，端详了一会儿，才把铺盖也提在提篮子的手里，随即紧握着我的手说，“你——圣陶！”这当儿有一种说不出来的感觉，只感到满足，至今也忘不了。

记佩弦来沪

每回写信给佩弦，总要问几时来上海，觉得有许多的话要与他细谈。佩弦来了，一遇于菜馆，再遇于郑家，三是他来我家，四呢，就是送他到车站了。什么也没有谈，更说不到“细”，有如不相识的朋友，至多也只是“颠头朋友”那样，偶然碰见，说些今天到来明天动身的话以外，就只剩下默默相对了。也颇提示自己，正是满足愿望的机会，不要轻易放过。这自然要赶快开个谈话的端，然后蔓延不断地谈下去才对。然而什么是端呢？我开始觉得我所怀的愿望是空空的，有如灯笼壳子，我开始懊恼平时没有查问自己，究竟要与佩弦细谈些什么。端既没有，短短的时光又如影子那样移去无痕，于是若有所失地又“天各一方”了。

过几天后追想，我所以怀此愿望，以及未得满足而感到失望，乃因前此晤谈曾经得到愉悦之故。所谓愿望，实在并不是有这样那样的话非谈不可，只是希冀再能够得到从前那样的愉悦。晤谈的愉悦从哪里发生的呢？不在所谈的材料精微或重大，不在究极到底而得到结论（对这些固然也会感到愉悦，但不是我意所存），而在抒发的随意如闲云之自在，印证的密合如呼吸之相通，如佩弦所说的“促膝谈心，随兴之所至。时而上天，时而入地，时而论书，时而评画；时而纵谈时局，品鉴人伦，时而剖析玄理，密诉衷曲……”可谓随意之极致了。不比议事开会，即使没法解决，也总要勉强作个结论，又不比登台演说，虽明知牵强附会，也总要勉强把它编成章节。能说多少，要说多少，以及愿意怎样说，完全在自己手里，丝毫不受外力牵掣。这当儿，名誉的心是没有的，利益的心是没有的，顾忌欺诈等心也都没有，只为着表出内心而说话，说其所不得不说。在这样的进程中随伴地感到一种愉悦，其味甘而永，同于艺术家制作艺术品时所感到的。至于对谈的人，一定是无所不了解，无所不领会，真可说彼此“如见其肺肝然”的。一个说了这一面，又一个推阐到那一面，一个说如此如此，又一个从反面证明决不如彼如彼，这见得心与心正起共鸣，合为妙响。是何等的愉悦！即使一个说如此，又一个说不然，一个说我意云尔，又一个殊觉未必，因为没有名誉利益等等的心思在里头作祟，所以羞愤之情是不会起的，驳诘到妙处，只觉得共同找到胜境似的，愉悦也是共同的。

这样的境界是可以偶遇而不可以特辟的。如其写个便条，说“月之某日，敬请驾临某地晤谈，各随兴趣之所至，务以感受愉悦为归”。到那时候，也许因为种种机缘的不凑合，终于没什么可说，兴味索然。就如我希望佩弦来上海，虽然不曾用便条相约，却颇怀着写便条的心理。结果如何呢？不是什么也没有谈，若有所失地又“天各一方”了么？或在途中，或在斗室，或在临别以前的旅舍，或在久别初逢的码头，各无存心，随意倾吐，不觉枝蔓，实已繁多。忽焉念起。这不已沉入了晤谈的深永的境界里么？于是一缕愉悦的心情同时涌起，其滋味如初泡的碧螺春，回味刚才所说，一一隽永可喜，这尤其与茶味的比喻相类。但是，逢到这样愉悦是初非意料的。那一年岁尽日晚间，与佩弦同在杭州，起初觉得无聊，后来不知谈到了什么，兴趣好起来了，彼此都不肯就此休歇，电灯熄了，点起白蜡烛来，离开了憩坐室去到卧室，上床躺着还是谈，两床中间是一张双抽屉的桌子，桌上是两支白蜡烛。后来佩弦看了看时计，说一首小诗作成了，就念给我听。

除夜的两支摇摇的白烛光里，
我眼睁睁瞅着
一九二一年轻轻地蜕过去了。

佩弦每次到上海总是慌忙的。颧颊的部分往往泛着桃花色；行步急遽，仿佛有无量的事务在前头，遗失东西是常事，如去年之去，墨水笔和小刀都留在我的桌上。其实岂止来上海时，就是在学校里作课前的预备，他全神贯注，表现于外面的神态是十分紧张；到下了课，对于讲解的反省，答问的重温，又常常涨红了脸。佩弦欢喜用“旅路”之类的词儿，周作人先生称徐玉诺“永远的旅人的颜色”，如果借来形容佩弦的慌忙的神气，可谓巧合。我又想，可惜没有到过佩弦家里，看他辞别了旅路而家居的时候是不是也这样慌忙。但是我想起了“人生的旅路”的话，就觉得无须探看，“永远的旅人的颜色”大概是“永远的”了。

佩弦的慌忙，我以为该有一部分原因在他的认真。说一句话，不是徒然说话，要掏出真心来说；看一个人，不是徒然访问，要带着好意同去；推而至于讲解要学生领悟，答问要针锋相对：总之，不论一言一动，既要自己感受喜悦，又要别人同沾美利（佩弦从来没有说起这些，全是我的揣度，但是我相信“虽不中不远矣”）。这样，就什么都不让随便滑过，什么都得认真。认真得厉害，自然见得时间之暂忽。如何叫他不要慌忙呢？

看了佩弦的《“海阔天空”与“古今中外”》一文的人，见佩弦什么都要去赏鉴赏鉴，什么都要去尝尝味儿，或许以为他是一个工于玩世的人。这就错了。玩世是以物待物，高兴玩这件就玩这件，不高兴就丢在一边，态度是冷酷的。佩弦的情形岂是这样呢？佩弦并非玩世，是认真处世。认真处世是以有情待物，彼此接触，就以全生命交付，态度是热烈的。要谈到“生活的艺术”，我想只有认真处世的人才配，“玩世不恭”，光棍而已，艺术家云乎哉！——这几句就作佩弦那篇文字的“书后”，不知道他以为用得着否。

这回佩弦动身，我看他无改慌忙的故态。旅馆的小房间里，送行的客人随便谈说，佩弦一边听着，一边检这件看那件，似乎没甚头绪的模样。馆役唤来了，叫把新买的一部书包在铺盖里，因为箱子网篮都满满的了。佩弦帮着拉毯子的边幅，放了这一边又拉那一边，还有伯祥帮着，结果只打成个“跌塞铺盖”。于是佩弦把新裁的米通长衫穿起来，剪裁宽大，使我想起法师的道袍；他脸上带着小孩初穿新衣那样的骄意和羞态。一行人走出旅馆，招呼人力车，佩弦则时时回头向旅馆里面看。记认耶？告别耶？总之，这又见得他的“认真”了。

在车站，佩弦怅然地等待买票，又来回找寻送行李的馆役，在黄昏的灯光和朦胧的烟雾里，“旅人的颜色”可谓十足了。这使我想起前年的这个季节在这里送颉刚。颉刚也是什么都认真的，而在行旅中常现慌忙之态，也与佩弦一样。自从那回送别之后，还不曾见过颉刚，我深切地想念他了。

几个人着意搜寻，都以为行李太重，馆役沿路歇息，故而还没送到。哪知他们早已到了，就在我们团团转的那个地方的近旁。这可见佩弦慌忙得可以，而送行的人也无不异感塞住胸头。

为了行李过磅，我们共同看那个站员的鄙夷不屑的嘴脸。他没有礼貌，没有同情，呼叱似的喊出重量和运费的数目。我们何暇恼怒，只希望他对于无论什么人都是这个样子，即使是他的上司或者洋人。

幸而都弄清楚了，佩弦两手里只余一只小提箱和一个布包。“早点去占个座位吧”，大家对他这样说。他答应了，颠头，将欲回转身，重又颠头，脸相很窘，踌躇一会儿之后，他似乎下了大决心，转身径去，头也不回。没有一歇工夫，佩弦的米通长衫的背影就消失在站台的昏茫里了。

白　采

那一年我从角直搬回苏州，一个晴朗的朝晨，白采君忽地来看我。先前没有通过信，来了这样轻装而背着画具的人，觉得突兀。但略一问答之后，也就了然，他是游苏州写风景来的，因为知道我的住址，顺便来看我。我始终自信是一无所知一无所能的人，虽然有愿意了解别人以善意恳切对待别人的诚心，但是从小很少受语言的训练，在人前难得开口，开口又说不通畅，往往被疑为城府很深甚至是颇近傲慢的人。而白采君忽地来看我，我感激并且惭愧。

白采君颇白皙，躯干挺挺的使人羡慕。坐了一会，他说附近有什么可看的地方愿意去看看。我就同他到沧浪亭，在桥上望尚未凋残的荷盖。转到文庙，踏着泮池上没踝的丛草，蚱蜢之类便三三两两飞起来。

大成殿森然峙立在我们面前，微闻秋虫丝丝的声音，更显得这境界的寂寥。我们站在殿前的阴影里，不说话。白采君凝睛而望，一手按着内装画板的袋子。我想他找到画题了吧，看他作画倒是有味的事。但是他并不画，从他带笑的颧颊上知道他得到的感兴却不平常。

我想同他出城游虎丘，但是他阻住我，说太远了，他不愿多费我的时间——其实我的时间算得什么。我声明无妨，他只是阻住，于是非分别不可了。就在文庙墙外，他雇了一头驴子，带着颇感兴趣的神情跨了上去。驴夫一鞭子，那串小铜铃康郎康郎作响，不多时就渺无所闻，只见长街远处小玩具似的背影在那里移动。

我的记性真不行，那一天谈些什么，现在全想不起来了。

后来也通过好几回信，都是简短的，并不能增进对于他的了解。但是他的几篇小说随后看到了，我很满意。我们读无论怎样好的文字，最初的感觉也无非是个满意，换句话说，就是字字句句入我意中，觉得应该这么说，不这么说就不对。但是，单说满意似乎太寒碜了，于是找些渊博的典雅的话来这样那样烘托，这就是文学批评。去年，他的深自珍秘的一首长诗《赢疾者的爱》刊布出来了，我读了如食异味，深觉与平日吃惯了的青菜豆腐乃至鱼肉不同，咀嚼之余，颇想写一点文字。但是念头一转，我又不懂什么文学批评，何必强作解人呢，就把这意思打消了。不过我坚强地相信这是一首好诗，虽然称道的人不大有。

去年冬，我们到江湾看子恺君的漫画。在立达学园门前散步的时候，白采君与别的几位教师从里面出来，就一一招呼，错落聚谈。白采君不是前几年的模样了，变得消瘦，黝黑，干枯，说话带伤风的鼻音。后来知道他有吐血的病。

今年大热天的一个午后，愈之君跑来突然说："白采死了！"

"啊！"大家愕然。

我恍惚地想大概是自杀吧；当时虽不曾想到他的诗与小说，但是他的诗与小说早使我认定他是骨子里悲观的人。

经愈之君说明，才知道是病死在船上的。

"人生如朝露"等古老的感慨，心里固然没有，但是一个相识而且了解他的心情的人离开我们去了，永不回来了，绝不是暂时的哀伤。

他的遗箧里有许多珍秘的作品，我愿意尽数地读它们。已经刊布的一篇诗一本小说集，近来特地检出来重读了。我们能更多地了解他，他虽然死了，会永远生存在我们的心里。

两法师

在到功德林去会见弘一法师的路上，怀着似乎从来不曾有过的洁净的心情；也可以说带着渴望，不过与希冀看一出著名的电影剧等的渴望并不一样。

弘一法师就是李叔同先生，我最初知道他在民国初年；那时上海有一种《太平洋报》，其艺术副刊由李先生主编，我对于副刊所载他的书画篆刻都中意。以后数年，听人说李先生已经出了家，在西湖某寺。游西湖时，在西泠印社石壁上见到李先生的“印藏”。去年子恺先生刊印《子恺漫画》，丏尊先生给它作序文，说起李先生的生活，我才知道得详明些；就从这时起，知道李先生现在称弘一了。

于是不免向子恺先生询问关于弘一法师的种种。承他详细见告。十分感兴趣之余，自然来了见一见的愿望，就向子恺先生说了。“好的，待有机缘，我同你去见他。”子恺先生的声调永远是这样朴素而真挚的。以后遇见子恺先生，他常常告诉我弘一法师的近况；记得有一次给我看弘一法师的来信，中间有“叶居士”云云，我看了很觉惭愧，虽然“居士”不是什么特别的尊称。

前此一星期，饭后去上工，劈面来三辆人力车。最先是个和尚，我并不措意。第二是子恺先生，他惊喜似的向我点头。我也点头，心里就闪电般想起“后面一定是他”。人力车夫跑得很快，第三辆一霎经过时，我见坐着的果然是个和尚，清癯的脸，颔下有稀疏的长髯。我的感情有点激动，“他来了！”这样想着，屡屡回头望那越去越远的车篷的后影。

第二天，就接到子恺先生的信，约我星期日到功德林去会见。

是深深尝了世间味，探了艺术之宫的，却回过来过那种通常以为枯寂的持律念佛的生活，他的态度该是怎样，他的言论该是怎样，实在难以悬揣。因此，在带着渴望的似乎从来不曾有过的洁净的心情里，还掺着些惝恍的成分。

走上功德林的扶梯，被侍者导引进那房间时，近十位先到的恬静地起立相迎。靠窗的左角，正是光线最明亮的地方，站着那位弘一法师，带笑的容颜，细小的眼眸子放出晶莹的光。丏尊先生给我介绍之后，叫我坐在弘一法师的侧边。弘一法师坐下来之后，就悠然数着手里的念珠。我想一颗念珠一声“阿弥陀佛”吧。本来没有什么话要向他谈，见这样更沉入近乎催眠状态的凝思，言语是全不需要了。可怪的是在座一些人，或是他的旧友，或是他的学生，在这难得的会晤时，似乎该有好些抒情的话与他谈，然而不然，大家也只默然不多开口。未必因僧俗殊途，尘净异致，而有所矜持吧。或许他们以为这样默对一二小时，已胜于十年的晤谈了。

晴秋的午前的时光在恬然的静默中经过，觉得有难言的美。

随后又来了几位客，向弘一法师问几时来的，到什么地方去那些话。他的回答总是一句短语；可是殷勤极了，有如倾诉整个心愿。

因为弘一法师是过午不食的，十一点钟就开始聚餐。我看他那曾经挥洒书画弹奏钢琴的手郑重地夹起一荚豇豆来，欢喜满足地送入口中去咀嚼的那种神情，真惭愧自己平时的乱吞胡咽。

“这碟子是酱油吧？”

以为他要酱油，某君想把酱油碟子移到他前面。

“不，是这个日本的居士要。”

果然，这位日本人道谢了，弘一法师于无形中体会到他的愿欲。

石岑先生爱谈人生问题，著有《人生哲学》，席间他请弘一法师谈些关于人生的意见。

“惭愧，”弘一法师虔敬地回答，“没有研究，不能说什么。”

以学佛的人对于人生问题没有研究，依通常的见解，至少是一句笑话。那么，他有研究而不肯说么？只看他那殷勤真挚的神情，见得这样想时就是罪过。他的确没有研究。研究云者，自己站在这东西的外面，而去爬剔、分析、检察这东西的意思。像弘一法师，他一心持律，一心念佛，再没有站到外面去的余裕。哪里能有研究呢？

我想，问他像他这样的生活，觉得达到了怎样一种境界，或者比较落实一点儿。然而健康的人不自觉健康，哀乐的当时也不能描状哀乐，境界又岂是说得出的。我就把这意思遣开；从侧面看弘一法师的长髯以及眼边细密的皱纹，出神久之。

饭后，他说约定了去见印光法师，谁愿意去可同去。印光法师这个名字知道得很久了，并且见过他的文抄，是现代净土宗的大师，自然也想见一见。同去者计七八人。

决定不坐人力车，弘一法师拔脚就走，我开始惊异他步履的轻捷。他的脚是赤着的，穿一双布缕缠成的行脚鞋。这是独特健康的象征啊，同行的一群人哪里有第二双这样的脚。

惭愧，我这年轻人常常落在他背后。我在他背后这样想：

他的行止笑语，真所谓纯任自然，使人永不能忘。然而在这背后却是极严谨的戒律。丏尊先生告诉我，他曾经叹息中国的律宗有待振起，可见他是持律极严的。他念佛，他过午不食，都为的持律。但持律而到达非由"外铄"的程度，人就只觉得他一切纯任自然了。

似乎他的心非常之安，躁忿全消，到处自得，似乎他以为这世间十分平和，十分宁静，自己处身其间，甚而至于会把它淡忘。这因为他把所谓万象万事划开了一部分，而生活在留着的一部分内之故。这也是一种生活法，宗教家大概采用这种生活法。

他与我们差不多处在不同的两个世界。就如我，没有他的宗教的感情与信念，要过他那样的生活是不可能的。然而我自以为有点儿了解他，而且真诚地敬服他那种纯任自然的风度。哪一种生活法好呢？这是愚笨的无意义的问题。只有自己的生活法好，别的都不行，夸妄的人却常常这么想。友人某君曾说他不曾遇见一个人他愿意把自己的生活与这个人对调的，这是踌躇满志的话。人本来应当如此，否则浮漂浪荡，岂不像没舵之舟。然而某君又说尤其要紧的是同时得承认别人也未必愿意与我对调。这就与夸妄的人不同了，有这么一承认，非但不菲薄别人，并且致相当的尊敬。彼此因观感而潜移默化的事是有的。虽说各有其生活法，究竟不是不可破的坚壁；所谓圣贤者转移了什么什么人就是这么一回事。但是板着面孔专事菲薄别人的人决不能转移了谁。

到新闸太平寺，有人家借这里办丧事，乐工以为吊客来了，预备吹打起来。及见我们中间有一个和尚，而且问起的也是和尚，才知道误会，说道，“他们都是佛教里的。”

寺役去通报时，弘一法师从包袱里取出一件大袖僧衣来（他平时穿的，袖子与我们的长衫袖子一样），恭而敬之地穿上身，眉宇间异样地静穆。我是欢喜四处看望的，见寺役走进去的沿街的那个房间里，有个躯体硕大的和尚刚洗了脸，背部略微伛着，我想这一定就是了。果然，弘一法师头一个跨进去时，就对这位和尚屈膝拜伏，动作严谨且安详。我心里肃然。有些人以为弘一法师该是和尚里的浪漫派，看见这样可知完全不对。

印光法师的皮肤呈褐色，肌理颇粗，一望而知是北方人，头顶几乎全秃，发光亮，脑额很阔，浓眉底下一双眼睛这时虽不戴眼镜，却用戴了眼镜从眼镜上方射出眼光来的样子看人，嘴唇略微皱瘪，大概六十左右了。弘一法师与印光法师并肩而坐，正是绝好的对比，一个是水样的秀美，飘逸，一个是山样的浑朴，凝重。

弘一法师合掌恳请了，“几位居士都欢喜佛法，有曾经看了禅宗的语录的，今来见法师，请有所开示，慈悲，慈悲。”

对于这“慈悲，慈悲”，感到深长的趣味。

“嗯，看了语录。看了什么语录？”印光法师的声音带有神秘味。我想这话里或者就藏着机锋吧。没有人答应。弘一法师就指石岑先生，说这位先生看了语录的。

石岑先生因说也不专看哪几种语录，只曾从某先生研究过法相宗的义理。

这就开了印光法师的话源。他说学佛须要得实益，徒然嘴里说说，作几篇文字，没有道理，他说人眼前最紧要的事情是了生死，生死不了，非常危险；他说某先生只说自己才对，别人念佛就是迷信，真不应该。他说来声色有点儿严厉，间以呵喝。我想这触动他旧有的忿忿了。虽然不很清楚佛家的“我执”“法执”的涵蕴是怎样，恐怕这样就有点儿近似。这使我未能满意。

弘一法师再作第二次恳请，希望于儒说佛法会通之点给我们开示。

印光法师说二者本一致，无非教人父慈子孝兄友弟恭等等。不过儒家说这是人的天职，人若不守天职就没有办法。佛家用因果来说，那就深奥得多。行善就有福，行恶就吃苦。人谁愿意吃苦呢？——他的话语很多，有零星的插话，有应验的故事，从其间可以窥见他的信仰与欢喜。他显然以传道者自任，故遇有机缘不惮尽力宣传；宣传家必有所执持又有所排抵，他自也不免。弘一法师可不同，他似乎春原上一株小树，毫不愧怍地欣欣向荣，却没有凌驾旁的卉木而上之的气概。

在佛徒中，这位老人的地位崇高极了，从他的文抄里，见有许多的信徒恳求他的指示，仿佛他就是往生净土的导引者。这想来由于他有很深的造诣，不过我们不清楚。但或者还有别一个原因。一般信徒觉得那个“佛”太渺远了，虽然一心皈依，总不免感到空虚；而印光法师却是眼睛看得见的，认他就是现世的“佛”，虔敬崇奉，亲接謦欬，这才觉得着实，满足了信仰的欲望。故可以说，印光法师乃是一般信徒用意想来装塑成功的偶像。

弘一法师第三次“慈悲，慈悲”地恳求时，是说这里有讲经义的书，可让居士们“请”几部回去。这个“请”字又有特别的味道。

房间的右角里，装订作似的，线装、平装的书堆着不少：不禁想起外间纷纷飞散的那些宣传品。由另一位和尚分派，我分到黄智海演述的《阿弥陀经白话解释》，大圆居士说的《般若波罗密多心经口义》，李荣祥编的《印光法师嘉言录》三种。中间《阿弥陀经白话解释》最好，详明之至。

于是弘一法师又屈膝拜伏，辞别，印光法师点着头，从不大敏捷的动作上显露他的老态。待我们都辞别了走出房间，弘一法师伸两手，郑重而轻捷地把两扇门拉上了。随即脱下那件大袖的僧衣，就人家停放在寺门内的包车上，方正平帖地把它折好包起来。

弘一法师就要回到江湾子恺先生的家里，石岑先生予同先生和我就向他告别。这位带有通常所谓仙气的和尚，将使我永远怀念了。

我们三个在电车站等车，滑稽地使用着“读后感”三个字，互诉对于这两位法师的感念。就是这一点，已足证我们不能为宗教家了，我想。

几种赠品

两个月前，接到厦门寄来一封信。拆开来看，是不相识的广洽和尚写的；附带赠给我一张弘一法师最近的相片。信上说我曾经写过那篇《两法师》，一定乐于得到弘一法师的相片。料知人家欢喜什么，就让人家享有那种欢喜，遥远的阻隔不管，彼此还没相识也不管，这种情谊是非常可感的。我立刻写信回答广洽和尚；说是谢，太浮俗了，我表示了永远感激的意思。

相片是六寸的，并非“艺术照相”，布局也平常，跟身旁放着茶几，茶几上供着花盆茶盅的那些相片差不多。寺院的石墙作为背景，正受阳光，显得很亮；靠左一个石库门，门开着，画面就有了乌黑的长方形。地上铺着石板，平，干净。近墙种一棵树，比石库门高一点儿，平行脉叶很阔大，不知道是什么；根旁用低低的石栏围成四方形，栏内透出些兰草似的东西。一张半桌放在树前面，铺着桌布，陈设的是两叠经典，一个装着画佛的镜框子，还有一个花瓶，瓶里插着菊科的小花。这真所谓一副拍照的架子；依弘一法师的艺术眼光看光，也许会嫌得太呆板了；然而他对不论什么都欢喜满足，人家给他这样布置了请他坐下来的时候，他大概连连地说“好的，好的”吧。他端坐在半桌的左边；披着袈裟，折痕很明显；右手露出在袖外，拈着佛珠；脚上还是穿着行脚僧的那种布缕纽成的鞋。他现在不留胡须了，嘴略微右歪，眼睛细小，两条眉毛距离得很远；比较前几年，他显得老了，可是他的微笑里透露出更多的慈祥。相片上题着十个字：“甲戌九月居晋水兰若造”，是他的亲笔；照相师给印在前方垂下来的桌布上，颇难看。然而，我想，他看见的时候，大概也是连连地说“好的，好的”吧。

收到了照片以后不多几天，弘一法师托人带来两个瓷碟子，送给丏尊先生跟我。郑重地封裹着，一张纸里面又是一张纸，纸面写上嘱咐的话，请带来的人不要重压。贴着碟子有个字条子："泉州土产瓷碟二个，绘画美丽，堪与和兰瓷媲美，以奉丏尊圣陶二居士清赏。一音"书法极随便，不像他写经语佛号的字幅那样谨严，然而没有一笔败笔，通体秀美可爱。

瓷碟子的直径大约三寸，土质并不怎样好，涂上了釉，白里泛点儿青，跟上海缸甏店里出卖的最便宜的碗碟差不多。中心画着折枝；三簇叶子像竹叶，另外几簇却又像蔷薇；花三朵，都只有阔大的五六瓣，说不来像什么；一只鸟把半朵花掩没了，全身轮廓作半月形，翅膀跟脚都没有画。叶子着的淡绿；花跟鸟头，淡硃；鸟身和鸟眼是几乎辨不清的淡黄。从笔姿跟着色看，很像小学生的美术课成绩。和兰瓷是怎样的，我没有见过；只觉得这碟子比那些金边的画着工细的山水人物的可爱。可爱在哪里，贪图省力的回答自然只消说"古拙"二字；要说得精到些，恐怕还有旁的道理呢。

前面说起照片，现在再来记述一张照片。贺昌群先生游罢华山，寄给我一张十二寸的放大片。前几年他在上海，亲手照的相我见过好些，这一张该是他的"得意之作"了。

这一张是直幅，左边峭壁，右边白云，把画面斜分成两半。一条栈道从左下角伸出来，那是在山壁上凿成的仅能通过一个人的窄路；靠右歪斜地立着木栏干，有几个人扶着木栏杆向上走。路一转往左，就只见深黑的一道裂缝；直到将近左上角，给略微突出的石壁遮没了。后面的石壁有三四处极大的凹陷，都深黑，使人想那些也许是古怪的洞穴。所有的石壁完全赤裸裸的，只后面的石壁的上部挺立着一丛柏树：枝条横生，疏疏落落地点缀着细叶，类似"国画"的笔法。右边半幅白云微微显出浓淡；右上角还有两搭极淡的山顶，这就不嫌寂寞，勾引人悠远的想象。——这里叫作长空栈，是华山有名的险峻处所。

最近接到金叶女士封寄的两颗红豆。附信大意说，家乡寄来一些红豆，同学看见了，一抢而光。这两颗还是偷偷地藏起来的，因为好玩，就寄给我。过一些时，还要变得鲜艳呢。从小读"红豆生南国"的诗，就知道红豆这个名称，可是没有见过实物。现在金叶女士使我长些见识，自然欢喜。

红豆作扁荷包形，跟大豆蚕豆绝不相像。皮硃红色，光泽；每面有不规则形的几搭略微显得淡些。一条洁白的脐生在荷包开口的部分，像小孩的指甲。红豆向来被称为树，而有这生在荚内的果实，大概是紫藤一般的藤本。豆粒很坚硬，听说可以久藏。如果拿来镶戒指，倒是别有意趣的。

这里记述了近来得到的几种赠品。比起名画跟古董来，这些东西尤其可贵，因为这些东西浸渍着深厚的情谊。

弘一法师的书法

弘一法师对于书法是用过苦功的。在夏丏尊先生那里，见到他许多习字的成绩，各体的碑帖他都临摹，写什么像什么。这大概由于他画过西洋画的缘故。西洋画的基本练习是木炭素描，一条线条，一笔烘托，都得和摆在面前的实物不差分毫。经过这样训练的手腕和眼力，运用起来自然能够十分准确，达到得心应手的境界。于是写什么像什么了。

艺术的事情大都始于模仿，终于独创。不模仿打不起根基，模仿一辈子，就没有了自我，只好永远追随人家的脚后跟。但是不用着急，凭真诚的态度去模仿的，自然而然会有蜕化的一天。从模仿中蜕化出来，艺术就得到了新的生命——不傍门户，不落窠臼，就是所谓独创了。弘一法师近几年来的书法，可以说已经到了这般地步。可是我们不要忘记，他是用了多年的苦功，临摹各体的碑帖，而且是写什么像什么的。

弘一法师近几年来的书法，有人说近于晋人。但是，模仿的哪一家呢？实在指说不出。我不懂书法，然而极喜欢他的字。若问他的字为什么使我喜欢，我只能直觉地回答，因为他蕴藉有味。就全幅看，好比一位温良谦恭的君子人，不亢不卑，和颜悦色，在那里从容论道。就一个字看，疏处不嫌其疏，密处不嫌其密，只觉得每一笔都落在最适当的位置上，不容移动一丝一毫。再就一笔一画看，无不使人起充实之感，立体之感。有时候有点儿像小孩子所写的那样天真，但是一面是原始的，一面是成熟的，那分别又显然可见。总括以上的话，就是所谓蕴藉，毫不矜才使气，功夫在笔墨之外，所以越看越有味。这样浅薄的话，方家或许要觉得好笑，可是我不能说我所不知道的话，只得暴露自己的浅薄了。

记丏翁一二事

去年中原战争发动以后，直到如今，没有接到过上海丏翁来信。邮路并非不通，人家已经收到了上海九月间发出的信。丏翁为什么没有来信，令人怀念无极。猜想起来，大概没有旁的原因，只因为敌人的深入把我们分隔得愈远了；从前神仙家有什么缩地之方，如今适得其反，彼此居处虽然没有变更，而邮递迟迟，寄一封信就得八九十天，好像把距离拉远了似的。在这么遥远的程途中寄信，收信人开缄细读，无非是些明日黄花。古代人有那么一种习惯，由交通的不方便养成的，书到经年，不以为奇，在现代人可觉得太难受了。并且写信也不能说什么；问个安好，写些近况，原可以心照不宣，米价涨到若干，燃料如何艰难，写了也是徒然，彼此帮不了忙。这样想时，索性不写了事，一切待会面那时候谈它三天三夜吧。我猜想就是这么个原因。

前天N先生到来，嘱我写些文字给《朝华》，因为我与丏翁是亲家，特别“点戏”写些关于丏翁的什么。我正在怀念丏翁，写这个题目倒不觉得勉强。可是想了一想，怀念不过是一种情绪，空灵得很，难以把捉。不如记述一二事实，来得便当。

前年十二月间，丏翁被日本宪兵部捕去，关了十天放出来。因何被捕，因何放出来，始终莫名其妙；据推测，大概丏翁的名字已列入敌人的“黑单”；黑单中人只关了十天，可见在敌人心目中，情形并不怎么严重。丏翁不会参加什么地下活动，直接打击敌人，我是知道的。在被拘留期间，受审问倒有五天之多；日本人是天南地北地乱问，把回答的话一一记录下来。他们知道丏翁能说日本话，要他用日本话回答。而他说，“我，中国人，我说中国话。你们审问有翻译员，翻译就是了。”这个话是去年从上海来的一位朋友转述给我听的，确是丏翁的声口，我听了仿佛看见了丏翁本人。

在被拘留期间，有一天，丏翁家来了个客人，送一封信，说是几个同学凑起来的钱，请夏师母随便使用，夏师母把钱收下了，没有问明来客姓甚名谁。后来丏翁回了家，一定要去还那笔钱；他以为自己虽然窘，那些学生也并不宽裕，不该凭被捕的名义受他们的钱。可是逐个逐个地问，没有一个学生承认送过那笔钱。他没有办法，只好打算捐给慈善机构，让受难同胞用。那笔钱到底捐了没有，我不清楚，因为那位朋友没有说明。我相信那送钱的确是他的学生，而且就在他问过的若干人中间，说不定那若干人个个都掏了腰包。他们知道丏翁的耿介脾气，才来个闷葫芦。我替丏翁着想，单是学生们的这一份深情厚爱，就足以抵过十天的拘囚生活而有余了。

胡愈之先生的长处

胡愈之先生是我们《中学生杂志》的老朋友，从《中学生杂志》创刊到复刊，他一直给我们许多帮助，不但为我们写文字，还帮我们出主意，定规划。如今的新读者也许不很知道胡先生其人，可是从五年之前起往上溯，那时候的读者一定知道他。假如那时候的读者在《中学生杂志》以外还看旁的杂志，接触他的文字更多，那就不但知道他，并将永远的记住他了。

今年得到消息，说胡先生在南洋某地病故了。朋友们听了，都感到异样的怅惘，与他做朋友很少会是泛泛之交的。消息极简略，可是据说十之八九可靠。我们真个失掉了这位老朋友吗？于是大家作些文字来纪念他，汇刊在这儿，成个特辑。万一的希冀是海外东坡，死讯误传。如果我们有那么个幸运，等到与他重行晤面，这个特辑就是所谓“一死一生，乃见交情”的凭证，也颇有意义。

我不想在这儿说我与胡先生的私交，因为这在一般读者看来，没有多大关系。我只想说胡先生的自学精神。他没有在中学毕业，从职业中学习，从生活中学习，始终不懈，结果既博且通，为多数正途出身的人所不及。我们经常标榜自学，也许有人以为徒然说得好听，难收真实效果。但是我们可以坚决地说绝对不然，胡先生就是个最可凭信的实例。

我只想说胡先生的组织能力。他创设了许多团体，计划了许多杂志与书刊，理想不嫌其高远，而步骤务求其切实。他善于识别朋友的长处，加以运用与鼓励，使朋友人人尽其所长，把团体组织得很好，把杂志书刊办得很好。这种能力，在现代社会中是极端需要的，却又是一般人所极端缺乏的。章程议定，计划通过，招牌挂起，下文就没有了，是我们常见的事。但是我们深切地知道，要真个干一些事，非有胡先生那样的组织能力不可。

我只想说胡先生的博爱思想。我想这或许是从他学习世界语种下根的。世界语原来不仅是一种工具，其中还蕴蓄着人类爱的精神。后来他入世更深，知道普遍的人类爱还是未来的事，在当前，有所爱就不能不有所憎，爱的方面越真切，憎的方面也越深刻，深刻的憎正所以表现真切的爱，而表现的方式不限于用口用笔，尤其紧要的是用行为。在后半截的生涯中，他奔走各地，栖栖皇皇，计划这个，讨论那个，究竟何所为呢？为名吗？为利吗？都不是。无非实做“有所为”三个字而已。为什么要“有所为”？本于他那种博爱思想，只觉得非“有所为”不可而已。

我只想说胡先生的友爱情谊。这与前一点是关联的。朋友之可贵，不在聚集在一起吃点儿，喝点儿。一个人既要“有所为”，他知道无论什么事绝不是独个儿办得了的，必须与他人通力合作才成，那时候朋友就像自己的性命一样，友爱情谊自然而然深挚起来。近来有几位朋友与我谈起，朋辈之中，胡先生最笃于友谊，他关顾朋友甚于关顾他自己。在感叹家说起来，这是“古道”，如今不可多得了。其实这也是“新道”，唯有不“古”，不“新”的人物；才以为友谊是无足轻重的。

以上说了四点，自学精神，组织能力，博爱思想，友爱情谊，是胡先生的长处，我们一班朋友所公认的。关于这四点，都没有叙及具体事实，因为几位朋友的文字中都有叙及，不必重复了。

在纪念人物的文字中，有句老调，“我们要学某人的什么什么”。我不想学这句老调。我以为看了几篇纪念文字就会“学”起某人来，没有这么简单，“学”的因素很多，种种因素具备了才得完成个“学”字。不过，看了几篇纪念文字，在思想行为上发生或多或少的影响，如茅盾先生说的，受了那人物的感召力，是可能的。现在我们纪念胡先生，一位可敬的朋友，写了几篇纪念文字，这几篇文字如果能在读者的思想行为上发生若干影响，那就不是浪费笔墨，我们对于胡先生的怀念也可以稍稍发抒了。

在本志复刊后第十八期中，登过胡先生的一篇《论进步与后退》，现在在本期重印一次，让读者们再与他接触一回，听听他那非进步不可的论调。

“生活教育”

——怀念陶行知先生

关于教育的见解，千差万别，可是扼要地区别起来，也很简单，大致可以分为相反的两派。就教育的目标说，一派希望受教育者成为工具；另一派希望受教育者成为人，独立不倚的人，不比任何人卑微浅陋的人。就教育的理解说，一派认为受教育者像个空瓶子，其中一无所有，开着瓶口等待把东西装进去；另一派认为受教育者自有发掘探讨的能力，这种能力只待培养，只待启发，教育事业并非旁的，就只是做那培养和启发的工作。就教育的方法说，一派注重记诵，使受教育者无条件地吞下若干东西；另一派注重创发，不但使受教育者吞下若干东西，尤其重要的在使受教育者消化那些东西，化为自身的新血液、新骨肉。以上说的目标、理解、方法三项是一致的。前一派希望受教育者成为工具，就不能不把他们认作空瓶子，要他们无条件地吞下若干东西。后一派希望受教育者成为人，自然要把他们当人看待，自然要把培养能力启发智慧作为教育的任务，自然要竭力使他们长成新血液、新骨肉。就受教育者的方面说，受前一派的教育是“为人”，有多需要一批工具，你是应命准备去做工具，不是“为人”是什么？受后一派的教育是“为己”，“古之学者为己”的“为己”，发展知能，一辈子真实受用，这种教育就是陶行知先生所说的“生活教育”。

在皇帝的时代，在法西斯的国家，当然推行前一派的教育。皇帝要人民作工具供养他，法西斯机构要人民作工具拥护它，势所必然把教育作为造成工具的手段。但是，皇帝早已推翻了，法西斯已经打垮了，在人民的世纪中，人人要做独立不倚的人，不比任何人卑微浅陋的人，就必须推行后一派的教育，如陶行知先生所说的“生活教育”。

放眼看我国当前的教育，无论认识方面、表现方面，都还脱不出前一派的窠臼。教育原不是孤立的事项，有这么样的中国，就有如现在模样的教育。有人说，要把教育办好了，才可以把中国弄好。这自然见出对于教育的热诚和切望，可是实做起来未必做得通。还是掉转来说，要把中国弄好了，才可以脱出前一派教育的窠臼，彻头彻尾地推行后一派的教育。所以陶行知先生一方面竭力提倡“生活教育”，一方面身任民主运动的先锋。现在推行“生活教育”，不怕艰难，不避危害，当然也有成就，那成就对于中国的弄好也大有帮助。然而那成就只是一点一滴的，要收到普遍的效果，要使人人受到充实自己、发展自己的教育，总得在中国真正弄好了之后。

担任教育工作的人多极了，人的聪明才智，一般说来是相去不远的，然而像陶行知先生那样提倡并且推行“生活教育”的有几人？像陶行知先生那样认清教育与其他事项的关系，献身于民主运动的又有几人？安得陶行知先生的精神化而为千，化而为万，整个教育界的人都把陶行知先生作为楷模，使中国与中国的教育一改旧观啊！

“相濡以沫”

去年在重庆，参加鲁迅先生纪念会，我提起了他爱用的一句话“相濡以沫”。今年在上海，参加他的逝世十周年纪念会，我仍旧提起了这句话。

大概是我的话没有说清楚，或者根本没有把意思表达出来，第二天看报纸的记载，与我所说的不大相符。因此再在这里说一说，词句和顺序未必与说话当时全同，大旨却不相违异。

“相濡以沫”这句话出于《庄子》，鲁迅先生常爱引用它，只是断章取义，与这句话的上下文不大有关系。单就这句话看，是一个悲壮动人的场面。一群鱼失了水，干得要死，大家吐出口沫来，彼此互相沾润，借此延长大家的生命。试想，吐出自己仅有的东西来，不但沾润自己，还要互相沾润，那“生的意志”的强固和“群的联系”的强固，不是够得上悲壮两个字的考语吗？

鲁迅先生引用这句话，为的是他所处的环境正是一片干地，没有一滴水。他又见和他同在的人所处的是相同的环境，于是自然而然记起这句话。说它是口号，不如说它是信念。他奉行他的信念，在一片干地上，所吐的口沫非常之多。二十册的《鲁迅全集》是他的口沫，新近出版的《鲁迅全集补遗》是他的口沫，由他校印的木刻画集以及《海上述林》等书是他的口沫，尤其重要的，他那明辨是非的态度，坚决奋斗的精神，待人接物的诚恳与认真，全是他的口沫。与他接触的人见他的为人，读他的文字，也各各吐出他们的口沫，相信他，学习他，和他在一起。到了今日，“走鲁迅先生的道路”成为普遍的号召了。我想这么说：鲁迅先生的影响所以伟大，就在于他奉行那“相濡以沫”的信念。

鱼到了“相濡以沫”的境地，虽然延长一时的生命，结果总不免死掉。可是，鲁迅先生引用这句话是取作比喻，说的还是人事。就人事方面想，情形就不同了。鲁迅先生逝世不久，我曾作一首七律托他，现在抄在这里；

木坏山颓万众悲，感人岂独在文辞。暖姝夙恨时流态，刚介真堪后死师。岩电烂然无不照，遗容穆若见深慈。相濡以沫沫成海，试听如潮继志词。

前面六句不说，只说末后两句。这两句还是比喻。人与人要是“相濡以沫”，范围越推越广，口沫越聚越多，不将汇成大海吗？既然有个大海，被喻为鱼的人就可以在其中游泳自如，不再是干得要死的鱼了。而现在，大海已经汇成了，因为已经听见了潮水似的声音。潮水似的声音就是所谓“继志词”，就是“走鲁迅先生的道路！”“学习鲁迅先生的精神！”一类的号召。

谈弘一法师临终偈语

我不参佛法，对于信佛的人只能同情，对于自己，相信永远是“教宗勘慕信难起”（拙诗《天地》一律之句）的了。也曾听人说过修习净土的道理，随时念佛，临命终时，一心不乱，以便往生净土。话当然没有这么简单，可是几十年来我一直有个总印象：净土法门教人追求“好好的死”。我自信平凡，还是服膺“未知生，焉知死”的说法。“好好的死”似不妨放慢些，我们就人论人，最要紧的还在追求“好好的活”。修习净土的或者都追求“好好的活”，只是我很少听见说起。

弘一法师临终作偈两首，第二首的后两句是“华枝春满，天心月圆”。照我的看法，这是描绘他的生活，说明他的生活体验：他入世一场，经历种种，修习种种，到他临命终时，正当“春满”“月圆”的时候。这自然是“好好的死”，但是“好好的死”源于“好好的活”。他临终前又写了“悲欣交集”四字，我以为这个“欣”字该作如下解释。一辈子“好好的活”了，到如今“好好的死”了，欢喜满足，了无缺憾。无论信教不信教，只要是认真生活的人，谁不希望他的生活达到“春满”“月圆”的境界？而弘一法师真的达到这种境界了。他的可敬可佩，照我不参佛法的人说，就在于此。我曾作四言两首颂赞他，就根据这个意思，现在重抄在这儿。

“华枝春满，天心月圆。”
其谢与缺，罔非自然。

至人参化，以入涅槃。

此境胜美，亦质亦玄。

“悲欣交集”，遂与世绝。

悲见有情，欣证悼悦。

一贯真俗，体无差别。

嗟哉法师，不可言说。

朱佩弦先生

本志的一位老朋友，也是读者们熟悉的一位老朋友，朱佩弦（自清）先生，于八月十二日去世了。认识他的人都很感伤，不认识他可是读过他的文字，或者仅仅读过他那篇《背影》的人也必然感到惋惜。现在我们来谈谈朱先生。

他是国立清华大学的教授，任职已经二十多年。以前在浙江省好几个中学当教师，也在吴淞中国公学中学部教过书。他毕了北京大学的业就当教师，一直没有间断。担任的功课是国文和本国文学。他的病拖了十五年左右。工作繁忙，处事又认真，经济不宽裕，又遇到八年的抗战，不能好好治疗，休养。早经医生诊断，他的病是十二指肠溃疡，应当开割。但是也有医生说可以不开割，他就只服些药品了事。本年八月六日病又大发作，痛不可当，才往北大医院开割。大概是身体太亏了，几次消息传来，都说还在危险期中。延了六天，就去世了。他今年五十一岁。

他是个尽职的胜任的国文教师和文学教师。教师有所谓"预备"的工夫，他是一向做这个工夫的。不论教材的难易深浅，授课以前总要揣摩，把必须给学生解释或提示的记下来。一课完毕，往往满头是汗，连擦不止。看他的神色，如果表现出舒适愉快，这一课是教得满意了，如果有点儿紧张，眉头皱紧，就可以知道他这一课教得不怎么惬意。他教导学生采取一种平凡不过也切实不过的见解：欣赏跟领受着跟在了解跟分析，不了解，不分析，无所谓欣赏跟领受。了解跟分析的基础在语言文字方面，因为我们跟作者接触凭借语言文字，而且单只凭借语言文字。一个字的含糊，一句话的不求甚解，全是了解跟分析的障碍。打通了语言文字，这才可以触及作者的心，知道作者的心意中为什么起这样的波澜，写成这样的一篇文字或一本书。这时候，说欣赏也好，说领受也好，总之把作者的东西消化了，化为自身的血肉，生活上的补益品了。他多年来在语文教学方面用力，实践而外，又写了不少文篇，主要的宗旨无非如此。我们想，这是值得青年朋友注意的。好文字好作品拿在手里，如果没有办法对付它，好只好在它那里，与我全不相干。意识跟观点等等固然重要，可是不通过语言文字的关，就没法彻底分析意识跟观点等等。不要以为语言文字只是枝节，要知道离开了这些枝节就没有另外的什么大本。

他是个不断求知不惮请教的人。到一处地方，无论风俗人情，事态物理，都像孔子入了太庙似的“每事问”，有时使旁边的人觉得他问得有点儿土气，不漂亮。其实这样想的人未免“故步自封”。不明白，不懂得，心里可真愿意明白，懂得，请教人家又有什么难为情的？在文学研究方面，这种精神使他经常接触书刊论文，经常阅读新出的作品，不但理解这些，而且与这些同其呼吸。依一般见解说，身为大学教授，自己当然有已经形成的一套，就把这一套传授给弟子，那是分内的事。很有些教授就是这么做的，大家也认为他们是行所当然。可是朱先生不然，他教育青年们，也随时受青年们的教育。单就他对于新体诗的见解而言，他历年来关心新体诗的发展，认明新体诗的今后的方向，是受着一班青年诗人的教育的，他的那些论诗的文字就是证据。但是，同样在大学里当教授的，以及在中学里当教师的，以及非教师的知识分子，很有说新体诗“算什么东西”的，简直认为胡闹。若不是朱先生的识力太幼稚短浅，就该是那些人太不理会时代的脉搏了。

他待人接物极诚恳，与他做朋友的没有不爱他，分别时深切地相思，会面时亲密地晤叙，不必细说。他在中学任教的时候就与学生亲近，并不是为了什么作用去拉拢学生，是他的教学和态度使学生自然乐意亲近他，与他谈话和玩儿。这也很寻常，所谓教育原不限于教几本书讲几篇文章。不知道什么缘故，我国的教育偏偏有些别扭，教师跟学生俨然像压迫者跟被压迫者，这才见得亲近学生的教师有点儿稀罕，说他好的认为难能可贵，说他坏的就不免说也许别有用心了。他在大学里还是如此，学生是朋友，他哪里肯疏远朋友呢？可是他绝不是到处随和的好好先生，他督责功课是严的，没有理由的要求是决不答应的，当过他的学生的都可以作证明。学生对于好好先生当然不至于有什么恶感，可也不会有太多的好感，尤其不会由敬而生爱。像朱先生那样的教师，实践了古人所说的“教学相长”，有亲切的友谊，又有坚强的责任感，这才自然而然成为学生敬爱的对象。据报纸所载的北平电讯说，他入殓的当儿，在场的学生都哭了。哭当然由于哀伤，而在送死的时候这么哀伤，不是由于平日的敬爱已深吗？

他作文，作诗，编书，都极其用心，下笔不怎么快，有点儿矜持。非自以为心安理得的意见决不乱写。不惮烦劳地翻检有关的资料。文稿发了出去，发现有些小节目要改动，乃至一个字还欠妥，总要特地写封信去，把它改了过来才满意。他早期的散文如《匆匆》《荷塘月色》《桨声灯影里的秦淮河》都有点儿做作，过于注重修辞，见得不怎么自然。到了写《欧游杂记》《伦敦杂记》的时候就不然了，全写口语，从口语中提取有效的表现方式，虽然有时候还带一些文言成分，但是念起来上口，有现代口语的韵味，叫人觉得这是现代人说的话，不是不尴不尬的“白话文”。当世作者的文字，多数是不尴不尬的“白话文”，面貌像说话，可是决没有一个人真会说那样的话。还有些文字全从文言而来，把“之乎者也”换成“的了吗呢”，格调跟腔拍却是文言。照我们想，现代语跟文言是两回事，不写口语便罢，要写口语就得写真正的口语。自然，口语还得问什么人的口语，各种人的生活经验不同，口语也就两样。朱先生写的只是知识分子的口语，念给劳苦大众听未必了然。但是，像朱先生那样切于求知，乐意亲近他人，对于语言又有高度的敏感，他如果生活在劳苦大众中间，我们料想他必然也能写劳苦大众的口语。话不要说远了。近年来他的文字越见得周密妥帖，可又极其平淡质朴，读下去真个像跟他面对面坐着，听他亲切的谈话。现在大学里如果开现代本国文学的课程，或者有人编现代本国文学史，论到文体的完美，文字的全写口语，朱先生该是首先提到的。他早年作新体诗不少，后来不大作了，可是一直关心新体诗，时常写关于新体诗的文字，那些文字也是研究现代本国文学的重要资料。他也作旧体诗，只写给朋友们看看，发表的很少。旧体诗的形式限制了内容，一作旧体诗，思想感情就不免跟古人接近，跟现代人疏远。作旧体诗自己消遣，原也没有什么，发表给大家看，那就不足为训了。

他的著作已经出版的记在这里。散文有《踪迹》的第二辑（亚东版，第一辑是新体诗），《背影》，《欧游杂记》，《伦敦杂记》（开明版），《你我》（商务版）

五种。新体诗除了《踪迹》的第一辑，又有《雪朝》里的一辑（《雪朝》是八个人的诗集，每人一辑，商务版）。文学论文集有《诗言志辨》（开明版），大意说我国的文学批评开始于论诗，论诗的纲领是“诗教”跟“诗言志”，这一直影响着历代的文学批评，化为种种意见跟理论。谈文学的文集有《标准与尺度》（文光版）跟《论雅俗共赏》（观察版）两种，都是近年来的作品。用他自己的话说，他“企图从现代的立场上来了解传统”，“所谓现代的立场，按我的了解，可以说就是‘雅俗共赏’的立场，也可以说是偏重俗人或常人的立场，也可以说是近于人民的立场。”（《论雅俗共赏》序文中的话）从这中间可以见到他日进不已的精神。又有《语文零拾》（名山版）一种。《新诗杂话》（作家版）专收论诗之作，谈新体诗的倾向跟前途，也谈国外的诗。《经典常谈》（文光版）介绍我国四部的要籍，采用最新最可靠的结论，深入而浅出，对于古典教学极有用处。论国文教学的文字收入《国文教学》（开明版，与圣陶的同类文字合在一块儿）。又有《精读指导举隅》《略读指导举隅》（商务版，与圣陶合作），这两本书类似“教案”，希望同行举一而反三。他编的东西有《新文学大系》中的诗选一册（良友版）。去年的大工程是编辑《闻一多全集》（开明版）。今年与吕叔湘先生和圣陶合编《开明高级国文读本》《开明文言读本》，预定各编六册，编到第二册的半中间，他就与他的同伴分手了。

看前面开列的，可知他毕生尽力地不出国文跟文学，他在学校里教的也是这些。“思不出其位”，一点一滴地做去，直到他倒下，从这里可以见到一个完美的人格。

回忆瞿秋白先生

认识秋白先生大约在民国十一二年间，常在振铎兄的寓所里碰见。谈锋很健，方面很广，常有精辟的见解。我默默地坐在旁边听，领受新知异闻着实不少。他的身子不怎么好，瘦瘦的胳膊，细细的腰身，一望而知是肺病的型式。可是他似乎不甚措意这个。曾经到他顺泰里的寓所去过，看见桌上“拍勒托”跟白兰地的瓶子并排摆着，谈得有劲就斟一杯白兰地。

他离开了上海就没有再见着他，只从报上知道他的消息。后来他给《中学生》写过稿子，篇名现在记不起了，是从朋友手里辗转递来的，不知道他是不是秘密地住在上海。那稿子好像是斥责托洛斯基的。最后知道他被捕了，被杀了。直到今年碰见之华，之华告诉我秋白先生有一些材料，遗嘱说可以交给我，由我作小说。之华没有说明是什么样的材料，我也没有追问。我自己知道我作小说是不成的，先前胆大妄为，后来稍稍懂得其中的甘苦，就觉得见识跟功夫都够不上，再不敢胡乱欺人。因而听见有一些材料的话，也引不起姑且来试试的野心。

悼剑三

上月三十日傍晚，人民日报社的同志打电话给我，说王统照先生病故了，我听了异常怅惘。今年人代会开第四次会议，剑三（我们一班朋友习惯称王先生的字）一到北京就旧病复发，入北京医院治疗。他托人送来一本题字的册子，要好些老朋友在上面写些什么，留作纪念。我写了一首旧作的诗，就把册子转给振铎先生。当时老想去探望他，始终没去成，现在是后悔也来不及了。

将近四十年的交情，虽然叙首的时候不多，可是彼此相知以心。好几年不见一回面，不通一回信，都无所谓。只是相互相信，你也有所为，有所不为，我也有所为，有所不为，这就尽够了。待见面或者通信的时候，谈这么两三个钟头，写这么两三张信笺，又证实了彼此的相信，于是欢喜超乎寻常，各自以为尝到了友情的最好的味道。是这样的一位朋友，现在他去了，永远不回来了，再不能跟他通消息了，哪得不异常怅惘?

用抽象的词语说，剑三朴实，诚挚，向往光明，严明爱憎，解放以后热爱新社会，尽力他所担任的工作，个已方面无所求，所求的只在群众的福利和社会的繁荣。我不说他改造已经到了家，达到了脱胎换骨的境界，只说他从旧教养中得来的积极因素保持得相当多，为已为私的习染非常少，六十岁的年纪也不算大，要是体质强健些，能够多活十年八年，那么他是不难达到新社会所要求于知识分子的标准的。一九五四年的秋季，我在上海遇见他，他到上海为的是华东戏剧会演，几乎是抱病而往。看戏，参加讨论，他都不肯放松。看他气吁吁的，走十几级扶梯也觉得吃力，劝他多多休息，他可说会演的事儿很重要，既然来上海，就不能随便。即此一端，可以推见其他。他在山东担任好些工作，工作情况我不详细，我想山东的朋友一定有好些可以说的。

抗战以前，他到苏州看我，一块儿去游太湖里的洞庭东山洞庭西山。一九五五年深秋，我又到太湖，东西两山完全变了样。果农渔民绝大多数参加了合作社。果农不但高高兴兴称说合作对于果树业的种种好处，还提出提高产量改良品种的要求和办法。渔民向来是以舟为家，没有陆居的份儿的，现在可有了几年内全部登陆的打算。我当时想，要是跟剑三一块儿来，共同谈谈今昔的不同，那多有意思啊！这个期望，现在是永远不能实现了，我异常怅惘！

剑三写成长篇小说《山雨》，我读他的原稿，又为他料理出版方面的工作。近年来他对我说，他还想从事创作，想就近几十年的历史事件取题材。我当然怂恿他，我说在今天看近几十年的历史事件，总会跟前一二十年那时候看有所不同，总会比那时候看得正确些，而今天的青少年也确实需要知道近几十年的历史事件。他说只望身体好些，就抽空动笔。现在他永远不会动笔了，我异常怅惘！

今年他不能出席人代会会议，还勉力在病床上写成书面发言稿，分发给全体代表。发言稿中有以下的话："八年来我在山东可说几乎天天与党员同志们接触，开会，办事，研究问题，互提意见，自信这其间并无什么隔阂，而且我也学习了不少东西。我对同志们亦不敷衍，对付，该说的说，该做的做，只要为了群众的利益，工作上的改进，这里何须客气，又何有党内外的分别。"话虽简略，已够见出他的朴实和诚挚，他的爱党爱人民的精神。我们悼念逝者，一方面也在激励生者，我把剑三的话抄在这里，无非要让大家知道剑三是这样的一个人。

追怀调孚

调孚谢世一个多月了。刚得到消息的时候，很想找个朋友谈谈，共叙追怀，可惜熟悉他的老朋友已经不多了。他一辈子在出版界工作，知道他的人不很多，我不免代他感到寂寞。这种寂寞，调孚生前可能并没有感到。“人不知而不愠”本来是编辑工作者应有的胸怀。

我是进了商务印书馆才跟调孚相识的。将近六十年前的事，想不太清楚了，总之文学研究会刚成立，办起了《文学旬刊》，许多朋友都挺起劲，调孚就是其中的一个。后来振铎接替雁冰主编《小说月报》，邀调孚当他的助手。记得当时的《小说月报》有个特色，每期有一张精美的彩色插页，或是西方的名画，或是外国文学名著的插图。调孚大概就在那个时候学到了有关制版和彩印方面的许多知识。其时振铎正在编写《文学大纲》。这部巨著还没有完成，大革命失败了，为了暂避蒋介石屠杀革命者的凶焰，振铎往欧洲旅行去了，把剩下的工作托付给调孚。这四大厚册的插图本《文学大纲》的出版，调孚是花了不少气力的。

振铎旅欧期间，我代他编《小说月报》，当时算是四个人，实际做工作的是我和调孚。处理排印方面的问题，调孚比我精明得多。在那个时期，《小说月报》刊登了不少新作者的作品，好几位作者后来成了名。因此近年来常有人提起，说这是我的功劳，我以为这样说并不切当。首先是时代使然。轰轰烈烈的大革命冲激了人们的思想，自然会有许多新的作者和新的作品出现，自然也改变了我这样的编辑者的眼光。另外一点是，《小说月报》的工作是调孚和我共同做的，有许多好作品正是调孚在成堆的来稿里发现的。那时给《小说月报》投稿的作者可能还记得，他们收到的复信有些正是调孚写的。

后来我和调孚又在开明书店共事。开明书店创办在大革命之前，彼此是熟朋友，调孚为开明出了不少主意。《世界少年文学丛书》就是他和均正共同编辑的，他自己还译过几本。他正式进开明在“一·二八”之后，负责出版部的工作，其实他什么都管。开明的机构很简单，没有明确的分工。跟制版厂、排字房、印刷所、装订作打交道，当然是出版部的事，还有版式设计和装帧设计，出版部也要管；此外还要管发稿计划和出书计划。调孚管得更宽，许多作者本来是他的熟朋友，就由他出面联系。当时开明出版了不少文学作品，稿件大多是他约来的。工作的方面这样广，事情这样烦琐，也亏他有一副好精力才能应付。他对工作丝毫不肯放松。尤其是插页和封面付印，即使下了班，他一定要印刷所把样张送到他家里，让他过了目签了字才算数。

“八一三”上海战事开始，我从苏州到了四川，许多亲友留在上海。我和他们通信，大多寄给伯祥或者调孚，请他们转致。在上海的几位朋友以开明的名义办起了一种刊物叫《文学集林》，调孚参加了编辑工作。这种刊物像桥梁一样，使留在上海的和分散在内地的文艺界朋友得到了精神上的沟通，在当时很受欢迎。可是后来上海的环境越来越恶劣，《文学集林》出了几辑就停办了。那八个年头，留在上海的亲友都受尽苦难，调孚当然不是例外，可是他给我的信里没诉过一句苦。

抗战胜利之后，开明从内地迁回上海，亲友们都团聚了。从外表看，大家老了，可是心情都容易激动，似乎反倒年轻了。曙光已经在望，对黑暗自然更加深恶痛绝。当时在上海群众的反独裁争民主的宣言书上，几乎都可以见到调孚的签名。《闻一多全集》准备交开明出版，调孚也是竭力主张接受的一个，在排校过程中，他也尽了不少力。还有一种《开明文学新刊》，抗战前已经开始编了，停顿了八年，调孚重新把它编起来，在计划中加进了不少抗战期间的作品。此外，他还为好几位剧作家编了专集。现在看来，仿佛他有意要为解放以前的新文艺作个总结似的。

1949年初，我离开上海到解放区，从此离开了开明。新中国成立之后，调孚随开明迁到北京。不久，开明和青年出版社合并，调孚调到了古籍出版社工作，后来古籍又并入中华书局。我和调孚虽然同在北京，见面的时间却不多了。早晚相处的往时固然值得怀念，可是不常见面正表明彼此都忙着，只要听说身体都安好，就可以互相放心。到了1966年，情形就完全不同了，老朋友没有不互相牵挂的，却又无由相见。听说调孚并未受到冲击，可是也不得不离开北京，夫妇俩去外地跟孩子住在一起。后来中华书局承印的《柳文指要》重新“上马”，著者章行严先生写信给周总理说：他非常满意原来负责编校的徐先生，一定要请徐先生来完成这项工作。调孚于是又来到北京，住在中华书局的办公楼里。《柳文指要》排校完毕，章老先生又写信给周总理，说徐先生是一位难得的编辑，建议把他留在北京工作。可是调孚在北京没有家了，即使把夫人接了来，老夫妇俩跟前没有幼辈照顾，实在难以生活，结果他还是决定离开北京。

调孚直到临走才来看我。他也忒小心了，只怕早通知我会引起什么无法预料的麻烦。这最后一次见面没有说多少话，好像能见到彼此都活着，已经是莫大的安慰了。过了不久，他的夫人去世了。我接到他一封简单的信，语气很平静。这使我感到奇怪，他们夫妇之间感情之好，是朋友们经常称赞的。后来，朋友们给他去信，他大多不复；有时候突然收到他一封短信，可是再去信又得不到回复了，叫人摸不透是怎么回事；听说他脑筋还是挺清楚的。

调孚早年翻译的意大利童话《木偶奇遇记》，现在还在印行。还有一部《中国文学名著讲话》，是解放前写的，曾在《中学生》上连载，听说他在最后的岁月里作了整理，不久可能出版。署他自己的名字的出版物，大概只剩下这两部了。

我钦新凤霞

新凤霞演得一手好评剧，我早就知道；她还写得一手好文章，到去年才知道。

听孩子们说新凤霞有一篇文章写得挺好，发表在一本刊物上，就叫他们找来念给我听。原来是记齐白石老先生的。齐老先生的遗闻逸事也常听人说起，可是都没有新凤霞写的那么真。她不加虚饰，不落俗套，写的就是她心目中的齐老先生。我闭着眼睛听孩子念下去，仿佛看见了一位性情，习惯都符合他的出身、年龄、地位的老画家，同时也认识了一位敏慧的善于揣摩、体贴别人的心思而笔下绝不做作的新凤霞。于是叫孩子们去翻检报刊，检到新凤霞的东西再给我念，我又听了好几篇，都满意。

去年九月间，在一个招待会上遇见祖光。我问了新凤霞的健康情况，就说她写的东西好，希望她多写。祖光说她写了不少了，已经编成集子交给香港三联书店，还说既然我喜欢，出版之后就给我送去。没隔多久，祖光果然把《新凤霞回忆录》送来了，两指厚的一册，装帧挺惹人喜爱，收录几十幅照片，还有丁聪和黄黑蛮的插图。这本图文并茂的集子一到我们家，大大小小都争着看，看了不算，还要在饭桌上议论。我只好凑他们的空，挑一两篇让他们给我念。有时候等不及，就戴起老花镜，拿起放大镜，看它三页五页。好在看新凤霞的东西就像听她聊天，眼睛倦了，闭上休息一会儿也无妨。

新凤霞为什么能写得这样好，成了我家在饭桌上讨论的题目。她是祖光的夫人，得到老舍先生的鼓励，得到许多好朋友的支持，这些当然都是条件。但是有了这些好条件准能写出好东西来，怕也未必。主要的还在她的生活经历丰富。小时候受苦深，学艺不容易，解放以后在政治上翻了身，却又遭到不少波折……她写的不就是这些吗？她写老一辈艺人的苦难，旧班子旧剧场的黑幕；她写新时代评剧的改革，演员的新生；她写十年的浩劫，许多朋友遭到了厄运。要不是亲身经历过来，她也没有什么可写的了。但是从另外一方面想，跟她同辈的演员，经历大多跟她相仿，也有写回忆录的，像她这样畅达而深刻的似乎不多。这又为什么呢？

写东西当然得有丰富的生活经历，可是把经历写下来，要写得像个样儿，还得有一套本领。新凤霞就有这套本领，她能揣摩各种人物随时随地的内心世界，真够得上说体贴入微了。这套本领很可能是她从小学艺的时候练成的。她拜过几位师傅，几位师傅都没有认真教过她，她只好“看戏偷戏”——在戏院里偷着学。演龙套的时候在台上看戏，不上台的时候躲在后台看戏，她一边看一边揣摩，角儿在台上为什么这么唱这么做，为什么这么唱这么做才符合剧中人的身份和年龄，表出剧中人的性格和心情。她不但看评剧，还看京剧、梆子、曲艺、话剧，都一边看一边揣摩。这功夫可下得深哪。先就人家唱的做的揣摩剧中人，进一步又就剧中人的身份、年龄、性格、心情揣摩自己上台去该怎么唱怎么做才更合适，新的角色就这么创造出来了，为评剧的革新作出了贡献。

是否可以这样说，新凤霞在舞台上取得成功，就因为她从小养成了观察和揣摩的习惯。观察和揣摩本来是生活的需要，做事的需要，同时也是写东西的先决条件，而在她已经成了习惯，难怪她能写得这样好，让人读着就像看她演戏一样受她的吸引。

祖光要我写几句话鼓励鼓励新凤霞。我只能说她这本回忆录给了我极好的享受，我非常感谢。能说的话确也有几句，只是意思平常，不敢藏拙，就写成这篇短文。

追念金仲华兄

最近接端苓的来信说："时间过得真快，仲华哥被迫害致死即将十五周年。朋友们提起他都感到十分痛惜，在1978年为他召开的平反昭雪大会前后，曾有多位生前友好写过一些纪念文章在报刊上发表。您是仲华哥最早共事的老同志和老朋友，也是他生前十分尊敬和爱戴的长者，能否请您在百忙中抽空给他写一篇纪念文章，我想您是会同意的。"

在十年动乱期间，几乎人人都居住在孤岛，邮电局明明开在那里，可是得不到什么消息，偶尔有些风闻，不便打听，也无从打听。仲华被迫害致死的消息从哪里传来，现在已经想不清了，当时将信将疑，只巴望是个谣传。直到1975年10月间端苓偕同她的爱人刘火子同志来看我，我才知道仲华确已逝世还没有平反昭雪的详情。我听了唯有怅恨，还有什么话好说呢！过了几天，我作绝句四首赠予端苓，现在抄录三首在这里。

忽承临况特相寻，执手互呼感不禁，
怀想莫通将十载，今朝始获晤谈深。

备闻所叙一执澜，岂意斯人出此端！
长忆高楼联席日，衡文校稿共铅丹。

陶母风仪永不忘，高龄康健住桐乡。

敢烦一棹归宁候，祝愿代申百岁长。

（母夫人生于1881年）

第二首中我说“岂意斯人出此端”绝无责备仲华不够坚强的意思。我想，死是多么严肃的事，被迫害而出于一死，必然有深恶痛绝，再也不愿与共天地的理由在，我怎么敢责备他呢？我对老舍也作这么想。我在家里常对至善满子说，十年“人祸”，相识的朋友致死的有一百左右；其中交情最深的二位，一位是仲华，一位是老舍。我每当想到他们二位，总要感叹“斯人也而有斯死也”！

第二首中所说的高楼指东方图书馆的第四层楼，商务印书馆的妇女杂志社就在那里，商务印书馆编译人员多，彼此不尽相识，我调到妇女杂志社工作，才与仲华相识。一见如故，协作得很好，情谊宛如亲弟兄。那是20世纪20年代末了的事。后来又在开明书店共事，《中学生》归他负专责，我辅助他做些编校工作。他通英语，博览兼收，长于分析综合，谈国内国际形势变化都中肯，为这方面的专家之一。因此之故，在解放前后，他在香港和上海都曾主持新闻工作。他紧张而不忙乱，能从纷繁中理出头绪而抓其要项。我曾经想，这样的能力我是丝毫也没有的。当然，不经过长期历练，怎么会有这样的能力呢？

第三首用陶母比喻仲华和端苓的母夫人，我自以为比得挺适当，因为老太太乐于并且善于款待客人，在我们朋友中间交口称说，传为美谈。她年纪虽大，事必躬亲；熟悉仲华的各个朋友，跟谁都谈得来，可不是寻常的敷衍应对；政局和社会情况也颇了然。我有时想，仲华应该有这样一位母亲，有时又想，不如说老太太应该有仲华这样的儿子。可是我不知道，当她儿子永远离开她的时候，她是怎样忍受下来的，此后几年间心头的伤痛是怎样熬过来的。端苓没有给我说，可能是她不忍说，只说母亲身子还佳健，回到桐乡去住了。我又能说什么呢？说些不相干的安慰话，徒然勾引老太太的伤痛，自然不相宜，只能依常例祝她长寿了。后来知道老太太于1977年逝世，终年98岁，可称高寿，但是没有等到知道她的儿子得到平反昭雪。

端苓要我作文纪念仲华，我依据赠予端苓的诗写了以上的话。可以说的当然还有，而且并不少，要待静心回忆和翻看日记，只得将来再谈了。